U0010361

# The Power of Language

HOW THE CODES WE USE TO THINK, SPEAK, AND LIVE
TRANSFORM OUR MINDS

# 語言的力量

語言如何影響我們的思維、說話與生
活，如何學會更多種語言，和多語言
能力對腦部的好處

薇奧理卡·瑪利安 VIORICA MARIAN 著

胡欣蘭 譯

晨星出版

僅以本書獻給 Aimee、Nadia、Grace，
以及世界各地的語言愛好者。

目次

掌握另一種語言，
如同擁有第二種靈魂

*To have another language is to possess another soul.*

——出處：神聖羅馬帝國首任皇帝，查理大帝
（Charlemagne）

# 序

# 歡迎一探本書奧秘！
## Introduction-Or Welcome

　　傳說在古巴比倫城矗立著一座高塔，直插雲霄，高到可能把它視為人類第一座摩天大樓。歷史文獻已證實這座塔的存在，目前位於伊拉克境內。《聖經》[1]文獻指出世界上眾多語言的起源，可以追溯到這座特定的塔樓——巴比倫塔（通天塔），人們當時建造它以「通向天界」。當上帝降臨並看到人類正在試圖登天時，在《創世記》11章第 6 節中，上帝說道：「看哪，他們成為一樣的人民，都是一樣的言語，如今既做起這事來，以後他們所要做的事就沒有不成就的了。」為了阻止人類抵達天堂，上帝將他們散居在世界各地，並創造讓他們說不同語言，使他們無法相互交流，也無法推進他們的作業。

　　語言作為通往天界的鑰匙，其力量無庸置疑。巴比倫塔的故事說明了語言既可以用來包含和排除，也可以用以交流和阻礙交

---

1　按：本書所使用的《聖經》華語譯文參考《聖經華語和合本》，《古蘭經》華語譯文參考《古蘭經》馬堅譯本。

流。其他宗教也意識到，我們必須依靠語言來達到宗教信仰裡天堂一般的高度。《古蘭經》第14章第4節闡述，唯有用我們所知語言表達的宗教理念，才能傳達給人們：「我不派遣一個使者則已，但派遣的時候，總是以他的宗族的語言（降示經典），以便他為他們闡明正道。」

義大利作家暨猶太大屠殺倖存者普里莫·萊維（Primo Levi）在他的文章《恬靜的星星》[2]中，用優美文字描述出語言的侷限性，以及我們如何看待這個世界，譯文如下：

> 我們的語言對於星星的討論是難以言喻的，就好像有人
> 試圖用羽毛來耕地一般可笑。語言是我們與生俱來的，
> 適用於描述大致上和我們一樣大以及長久存在的物體；
> 它有著我們的尺度，它是人性的。

他指出隨著時間推移，會出現新單字來表示比肉眼能察覺的尺度更小或更大的尺寸、比火還炙熱的溫度，以及數百萬和數十億這樣的數字，這些都是我們以前不知其存在的概念。

語言會隨著我們對世界最嶄新或最完善的理解而產生變化，還是我們對世界的理解會隨著我們的語言而改變？為了確認語言

---

2　Primo Levi, "A Tranquil Star," *The New Yorker, February* 12, 2007, https://www.newyorker.com/magazine/2007 02/12/atranquil-star

思維限制的存在，我們可以使用現代機器學習研究。當史丹佛大學的神經科學家[3]使用大量行為數據，來研究大腦是如何分配與執行認知任務相關的腦力活動（如進行閱讀或做出決策）時，演算法聚集（cluster）神經活動的模式並不符合人類語言的預期分類模式。就像早期研究不同語言「定位」在大腦內時顯示重疊的網路，看似不同的心理過程之間的界限，並沒有反應在大腦中。相反地，演算法所做的分類表明一種構造的存在，我們（尚）未擁有相關的標籤，其如我們正試圖用羽毛耕種宇宙的恆星。即使是我們敘述心理構造用的詞彙，如**記憶**和**感知**，也不能準確地描述機器學習中出現的結果[4]。相反的，因為記憶和感知重疊，顯現出我們用來提及它們的詞彙，及我們對它們的思考方式仍然非常不精準。儘管我們會用標籤來區分記憶和感知，但是在人類智慧或人工智慧中，兩者在分類上並非迥然不同。原因很有可能是我們尚未有能更精確研究和標記的工具，能同時處理我們心理狀態及世上存在的分類。有一種特定的概念是，有一種類別存在於我們對現實的解釋之外（無論是精神狀態、膚色還是人物類型），這本身可能是一種由語言所維持的錯覺。不管世界上是否

3　Russell A. Poldrack and Tal Yarkoni, "From Brain Maps to Cognitive Ontologies: Informatics and the Search for Mental Structure," *Annual Review of Psychology* 67 (2016): 587–612, https://doi.org/10.1146/annurev-psych -122414-033729

4　Russell A. Poldrack and Tal Yarkoni, "From Brain Maps to Cognitive Ontologies: Informatics and the Search for Mental Structure," *Annual Review of Psychology* 67 (2016): 587–612, https://doi.org/10.1146/annurev-psych -122414-033729

存在「現實」類別，我們所創造的語言和心理類別都極其重要。它們對感知、科學和偏見等截然不同的領域產生了影響。

心理語言學（psycholinguistics）是一個專注於思想和語言之間關係的領域。當我在三十年前開始讀研究所時，我不僅想了解像我這樣學習多種語言者如何處理語言，還想更普遍地了解人類的認知能力、神經能力以及侷限。這本書綜合了我本人和其他人從多語使用的角度看見語言和思想相關的原創研究。我用英語（我的第三語言）撰寫了這本書，同時也利用我的母語羅馬尼亞語和第二語言俄語的知識，再加上我透過研究學過的語言，包括美國手語、粵語、荷蘭語、法語、德語、日語、韓語、華語、波蘭語、西班牙語、泰語、烏克蘭語及許多其他語言[5]。

小時候，我會注意到周遭語言有一些奇怪之處。為什麼俄羅斯人會把橋稱作「他」，並認為它們是男性，而德國人提到橋時，是用「她」，認為它們具有女性特質，而英國人把橋用「它」來稱呼，沒有性別區分？然後我的母語羅馬尼亞語具有一種玄妙屬性：如果只有一座橋，那麼橋是屬於男性，但是如果有兩座橋以上，那麼橋就是屬於女性——這對人們的思維和對橋樑的看法會帶來什麼影響，尤其是對於那些知道同一物品在不同語言中具有對立文法性別（grammatical gender）的人而言？

---

5　按：在稱呼語言上，本文將Chinese釋為「漢語」或「漢文」，Cantonese譯為「粵語」，Mandarin譯文「華語」。

近期的認知科學實驗表示，說德語的人更有可能將橋理解和描述爲**美麗的**、**優雅的**、**易碎的**、**寧靜的**、**漂亮的**和**苗條的**[6]。說西班牙語的人更容易將同一座橋感知和描述爲**巨大的**、**危險的**、**綿長的**、**強壯的**、**堅固的**和**高聳的**。這當中區別爲何？**橋**這個字在德語和西班牙語中有不同的文法性別。你能從所使用的形容詞中猜出分別是哪國語言嗎？沒錯，在西班牙語中，「橋」是屬於陽性的。對於羅馬尼亞的橋是否會轉換性別，專家們還沒有定論。（在羅馬尼亞語中，許多單數形的陽性名詞，在複數形態時會變成陰性。）無生命物體的文法性別，對我們如何思考物體的影響程度[7]，與現代使用性別代名詞和性別語言的廣泛辯論息息相關，這正是因爲性別代名詞在影響自己和他人看法的內隱聯想方面有顯著的效果。

我們使用的標籤很重要。只要改變我們用來稱呼人的標籤，例如不再使用「奴隸」這個字，而改稱「被奴役的人」或「曾被奴役的人」，心理上便能立即改變我們對所討論對象的看法。

接觸多種語言提供我們至關重要的能力，人類會需要這些能

6　Lera Boroditsky, Lauren A. Schmidt, and Webb Phillips, "Sex, Syntax, and Semantics," in *Language in Mind: Advances in the Study of Language and Thought*, eds. Dedre Gentner and Susan Goldin-Meadow (Cambridge: MIT Press, 2003), 61–79.

7　Steven Samuel, Geoff Cole, and Madeline J. Eacott, "Grammatical Gender and Linguistic Relativity: A Systematic Review," *Psychonomic Bulletin & Review* 26, no. 6 (2019): 1767–1786, https://doi.org/10.3758/s13423 019 01652 3.

力來消除日益增長的社會衝突，並為迫在眉睫的全球問題擬定解決方案。如果你能親身體會到另一種語言和世界觀的實用性和美感，那麼不難想像你自己會較少陷入偏執局面，也不會輕易妖魔化與你不同的人事物。

理解語言的力量也會讓你在被他人用語言操縱時能更加保持清醒，無論這些人是政客、廣告商、律師、同事還是家庭成員皆然。人們花了大把鈔票來操縱語言，使人們購買特定產品、以特定管道投票或做出特定判決。當你了解多種語言時，你會更加理解單字帶給你的感受，因為你已經準備好親身體驗微妙的語言差異。

未加考慮語言之間的差異性可能會導致十分嚴重的結果。NASA的火星氣候探測者號（Mars Climate Orbiter）被燒成碎片[8]，數億費用、多年成果和數月的太空旅行全都化為烏有，這一切都是因為有人沒有將測量單位從英制轉換為公制。但是，在美國國家安全局（National Security Agency）的非機密文件中，可以找到更讓人震驚的誤譯，或起碼可以說是種錯誤的闡釋。

在1945 年，當同盟國領袖在第二次世界大戰結束在德國會

---

8　National Aeronautics and Space Administration, "Mars Climate Orbiter," last modified July 25, 2019, https://solarsystem.nasa.gov/missions/mars-climate-orbiter/in-depth/

晤時，杜魯門、丘吉爾、史達林和蔣介石向日本首相鈴木貫太郎遞交了投降條件聲明時，要求日本無條件投降。聲明還指出，若不無條件投降，就會導致「立即且完全毀滅」（prompt and utter destruction）的結果。當記者詢問鈴木首相的回答時，他以一貫的政治應變方式回答說他對此持保留意見。他使用的日語單字「默殺」（もくさつ）原詞意義為沉默，可以用多種方式翻譯，從「保持明智的沉默」到「擱置」，和「以沉默的蔑視處理」。在劃時代的外交失敗中，翻譯的不當選擇在西方國家眼裡被解讀為強烈否定回應。國家安全局寫道：

> 這個詞的其他意思與鈴木的意圖大相逕庭。唉，國際新聞機構認為有必要告訴世界，在日本政府看來，這個最後通牒「不值一提」。美國官員對鈴木聲明的語氣感到憤怒……決定採取嚴厲措施。在十天之內，他們決定投下原子彈，炸彈投下後，廣島被夷為平地。[9]

值得一提的是，當我在卡特總統家鄉喬治亞州的埃默里大學（Emory University）當研究生時，他每年都會與國際學生見面。

---

9　National Security Agency, "Mokusatsu: One Word, Two Lessons," accessed February 18, 2022, https://www.nsa.gov/portals/75/documents/news-features/declassified-documents/tech-journals/mokusatsu.pdf/

爲了讓我們放心，卡特總統以其特有的和藹可親和幽默感，分享了他在日本發表演說的故事。他說他以笑話當開場白，在翻譯將笑話從英語翻譯成日語後，觀衆席中的每個人都哄堂大笑。當天稍點的時候，卡特總統問翻譯爲什麼這個笑話會引起如此熱烈的回響。經過一番巧妙詢問後，翻譯終於承認他不知道如何將這個笑話翻譯成日語，反而說：「卡特總統開了個玩笑，大家都要笑。」

我希望我能以「大家都要笑」來結束自己的笑話。學習另一種語言不會突然讓你變得有趣、讓你成爲天才，或者讓你成爲世界上最性感的人。你不會長出一頭濃密的頭髮，也不會因此成爲億萬富翁——不過事實上，多語能力與收入之間是有關聯的。

以下爲世界各地實驗室對學習另一種語言的結果的研究發現案例：

- 多語者老年人會晚四到六年才罹患阿茲海默症和其他類型的失智症，並增加認知儲備（cognitive reserve）。[10]
- 對孩子而言，學習第二語言表示及早認識物體和其名字之間的聯繫是任意的——你可以稱牛奶爲「milk」或

---

10  Ellen Bialystok, Fergus I. M. Craik, and Morris Freedman, "Bilingualism as a Protection Against the Onset of Symptoms of Dementia," *Neuropsychologia* 45, no. 2 (2007): 459–464, https://doi.org/10.1016/j.neuropsychologia.2006.10.009

「leche」（西語）或「moloko」（俄語），也能以虛構的單字稱呼。理解到現實和用來表示現實的符號系統並不是同一個，會使得元語言（metalingustic）能力更發達，為進階的元認知過程和更高階的推理奠定基礎。

- 橫跨一生，使用多種語言可以提高執行功能任務的表現，使人更容易專注於重要的事情，並忽略無關緊要之事。

- 掌握多種語言，會使人們能夠以其他人看不到的方式，在事物之間的建立聯繫，並在創造力和發散性思維任務中獲取更高的分數。

- 使用非母語會提高人們做出更具合理性、與對社會更有效益的決策。

快速發展的全球網路社群和愈來愈便利的旅行，表示我們大多數人會在生活中的某些時刻與說其他種語言的人互動。我們會和他們墜入愛河、成為他們的朋友、歡迎他們加入我們家庭、與他們一起上學，或是在專業環境中與他們共事。

每個人都在使用語言。但是鮮少有人理解語言的力量。就像是某人擁有了一件價值連城的東西，自己對其價值卻一無所知。有時候我覺得自己像一名古董巡迴秀（**Antiques Roadshow**）鑑定師，我會跟你說，你一直閒置在閣樓上的舊東西其實是一件無

價之寶。

　　我之所以會成為一名心理語言學家，是因為我熱愛語言，而且我喜歡釐清語言和思維之間如何互相影響。我希望這本書能幫助你了解自身已然擁有的不可思議能力，讓你一窺內心的運作模式，並且以一種新管道提供能釋放你潛力的鑰匙。

# 第一部分

# 個人自我

語言的局限意味著我世界的局限。

—— 路德維希・維根斯坦 [11]

The limits of my language mean the
limits of my world.

—— Ludwig Wittgenstein

11  Ludwig Wittgenstein, *Tractatus Logico- Philosophicus*
(London: Routledge & Kegan Paul, 1922)

# 驚人的思維方式
## Mind Boggling

我們生活在一個代碼的世界裡。有些代碼像軟體一樣嚴謹，有些像母語一樣流利。有些像數學一樣超越人類的經驗範圍。有些則充滿偏執。有些則像詩歌。它們都是語言，這些是我們思維的代碼。

雖然你可能還沒意識到，你的大腦已經使用了多種代碼，例如數學、音樂、口語、手語。人類的大腦是為了適應多種交流代碼而建構而成，當我們學習時，會向新體驗和知識敞開大門。我們開始以不同的方式看待這個世界，而我們的大腦開始產生變化。

許多人仍然錯過學習其他語言（例如西班牙語、華語或印地語）的好處，僅僅只是因為多語能力的影響可能被誤解，被貶低，甚至被政治化。但是，懂得多種語言可以帶來新的思維方式，而這種思維在其他方面是無法實現的——就像學習數學讓我們可以做其他原本無法想像的事情，例如開發人工智慧、

潛入海洋深處或登陸其他星球——就像學習樂譜使我們能夠聽到千里之外或幾百年前創作的音樂模式，學習另一種語言則開啟另一種編碼現實和思維的新方式。

如果你曾玩過Boggle字母盤遊戲，那麼你很有可能會因為另外一個玩家在你寫字時轉動格盤而大動肝火。甚至你自己可能就是那個被其他玩家吼的人，這都是因為有時候你的大腦已經有新發現：轉動格盤會改變你的視角，讓你以不同的方式看到相同字母，找出更多的單字，進而提高分數。

就像翻轉Boggle字母盤一樣，每一種我們知道的新語言會使我們以不同的方式獲得和解釋資訊，進而改變我們的思考和感受、我們的感知和記憶、我們做出的決定、我們的想法和見解，和我們的行為舉止。從一種新的方向看遊戲棋盤，會活化大腦中不同的神經元，不同的神經網路會對「我看到了什麼單字？」這個問題產生新的答案。同樣的，在日常生活中，大腦會根據輸入的語言組織方式，提供不同答案。

一個單字可以傳達一種複雜的概念，例如重力、基因組或是愛，透過將大量的訊息編碼為小型通訊單位，最佳化儲存和學習。語言作為一種符號系統的概念，是語言和思維科學的根本。

然而僅僅一種符號系統只能讓你到這樣的程度。學習和使用多種符號系統不僅會改變我們的思維方式，還會改變大腦本身結構。效果不僅有加成作用，而且還有轉化性質。

當你得知全球大多數人口都使用雙語或多語，這個事實可能令人感到訝異。現今世界上使用七千種以上的語言。最常用的語言是英語和華語，分別超過10億以上的人使用，使用印地語和西班牙語則各超過5億人，其次是法語、阿拉伯語、孟加拉語、俄語和葡萄牙語。說多種語言是人類的常態，而非例外。想想看：印尼語是印尼最常使用的語言，超過94%的人口使用印尼語，但它僅僅是20%人口所使用的主要語言。爪哇語是當地最常見的主要語言，但只有30%的人會說爪哇語。在歐洲、亞洲、非洲和南美洲的許多國家，兒童從出生就成長於兩種或多種語言的環境中，然後在學校或成年後學習其他語言。盧森堡、挪威和愛沙尼亞等國家有超過九成的人口使用雙語或多語。歐洲約三分之二的人口至少會說兩種語言（歐盟執行委員會〔European Commission〕估計四分之一的人會說三種或更多種語言），加拿大人一半以上的人會說兩種語言。對於那些受過高中以上教育的人而言，數字甚至更高——在歐盟國家，擁有高等教育背景的人當中，超過八成的人表示自己掌握兩種或兩種以上的語言。

使用多種官方語言是許多國家的國家政策。例如，加拿大有兩種官方語言、比利時有三種官方語言、南非則有九種官方語

言。在印度，憲法承認二十幾種官方語言，並且預設能使用多種語言。全球範圍內有大約66%的兒童接受雙語教育，而且在許多國家，外語需求是學校課程的一部分。

即使傳統上只使用一種語言的美國，懂得一種以上語言的美國人口數目也在迅速增加。在美國，超過五分之一的人表示在家會說英語以外的其他語言（2020年的數據為22%）—— 此數字已於過去四十年中倍增，並且還在持續上升，在大城市則接近50%。[12]

## 美國在家裡說英語以外語言的人口百分比

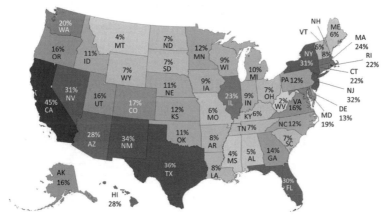

12　Karen Zeigler and Steven A. Camarota, "67.3 Million in the United States Spoke a Foreign Language at Home in 2018," *Center for Immigration Studies* (2019): 1–7, https://cis.org/sites/default/files/2019-10/camarota-language-19_0.pdf/

然而，我們才剛開始了解多語思維。為何如此？因為科學在玩Boggle字母盤時一直沒有切換角度。大部分的研究歷來聚焦在單語人群上，而且迄今仍然如此，這表示我們對大腦和人類能力的了解僅來自單語者的角度，結果不但有限且不完整，甚至在許多情況下是錯誤的。

　　當研究人類心智時僅專注於單語者，這就像心臟病和糖尿病的研究僅用於白人男性，而且假設研究結果適用於所有人一樣。我們現在知道心臟病在女性中的變化與男性不同，糖在北美和南美的原住民群體中代謝方式不同。會說超過一種語言或方言以上的人，其語言、認知和神經結構不同於只會說一種語言的人。長久以來，這些差異被視為雜音而非訊號，被視為問題而非典型的人性複雜系統。

　　將語言多樣性排除在研究之外會帶來什麼危險？舉一個歷史性的例子，就是由凱文・柯立芝總統簽署成為法律的《1924年移民法》（the Immigration Act of 1924），規定美國接受移民的國家（西北歐國家）與限制移民的國家（東南歐，亞洲和非洲國家）。這種歧視政策旨在「改善」美國的基因庫，其理由是基於我們現在所知有誤的，關於不同種族和族群智力有誤的智能心理研究：優生學研究。它沒有考慮到語言和文化差異，而是基於從那些通常不懂測試語言的人那裡收集到的數據。想像一下，一名農夫剛在愛麗斯島（按：Ellis Island，於1892～1954年間為美國移民管

理局的所在地）下船，突然被不會說的語言進行「智力」測驗，結果會如何。在這些測試中，會說英語、和英語相似的語言、或屬於日耳曼語族的語系的人，表現比那些說和英文不太相似語言的人表現更好，有什麼奇怪的嗎？

雖然《1924年移民法》最後被廢除了，但是帶有偏見的移民政策依然存在。對會說多種語言的人缺乏瞭解，持續導致對人類能力不全面和不準確的看法，限制個人機會，對移民和外語抱持負面態度，以及帶有偏見的教育和社會政策。在科學研究中納入會說多種語言的人，可以更精準回應有關人類狀況的問題。

直到最近，我們才有研究多語大腦的工具。科學和科技的進步為我們提供新的研究方式，例如功能性核磁共振造影（fMRI）可以偵測大腦中的血液含氧濃度；「腦電圖」（EEG）可以記錄大腦的電活動；眼動追蹤（eye tracking）則可以記錄瞳孔移動和擴張情況；還有機器學習和大量國際線上數據收集[13]

我們實驗室進行的研究[14]利用眼動追蹤技術，揭露出我們在日常生活中觀看的事物、注意力集中的方向以及記憶內容，都會

---

13 Sayuri Hayakawa and Viorica Marian, "Studying Bilingualism Through Eye-Tracking and Brain Imaging," in *Bilingual Lexical Ambiguity Resolution*, eds. Roberto R. Heredia and Anna B. Cieślicka (Cambridge: Cambridge University Press, 2020), 273–299

14 Northwestern University, "Bilingualism and Psycholinguistics Lab," accessed February 18, 2022, http://www.bilingualism.northwestern.edu/

受到我們已了解的語言，和當時所使用語言的影響。[15]

在這些實驗中，雙語者坐在桌子旁，被要求在移動各種物體，同時記錄他們的眼動。[16]巧妙之處在於，有些物體的名稱在不同語言之間會有部分重疊，[17]例如英語單字marker和俄語單字marka（郵票）、英語單字glove和俄語單字glaz（眼睛）、英語單字shark和俄語單字sharik（氣球）。在進行論文研究時，我經常在商店內尋找可以作為實驗刺激物的品項；現在，這些實驗可以在網路上使用個人網路攝影機進行。眼球運動分析揭露，當雙語者聽到某種語言的單字（例如英語中的mark、glove或shark）時，他們會對另一種語言中名字部分重疊的物體（如俄語中的marka/郵票、glaz/眼和sharik/氣球）產生眼動反應。[18]

與只用英語的使用者相比，雙語和僅僅使用一種語言者（單語者）都會觀察名字在英語中重疊的物體（如麥克筆marker和大理石marbles，或矛spear 和演說家speaker），但只有會俄語和

15  Viorica Marian, "The Language You Speak Influences Where Your Attention Goes," *Scientific American*, December 5, 2019, https://blogs.scientificamerican.com/observations/the-language-you-speak-influences-where-your-attention-goes/

16  Viorica Marian, "Bilingual Language Processing: Evidence from Eye-Tracking and Functional Neuroimaging," (PhD diss., Cornell University, 2000).

17  Viorica Marian and Michael Spivey, "Competing Activation in Bilingual Language Processing: Within- and Between-Language Competition," *Bilingualism:Language and Cognition* 6, no. 2 (2003): 97–115, https://doi.org/10.1017/S1366728903001068

18  Michael J. Spivey and Viorica Marian, "Cross Talk Between Native and Second Languages: Partial Activation of an Irrelevant Lexicon," *Psychological Science* 10, no. 3 (1999): 281–284, https://doi.org/10.1111/1467-9280.00151

英語的雙語者，會觀察在兩種語言中名字互相重疊的物品，如marker和marka/郵票，或spear和spichki/火柴）。英語單語者不會觀察名稱在俄語中重疊的物品，就像他們不會對其他擺出來的物體投注更多的注意力一樣。透過完全相同的刺激物對雙語者和單語者進行的測試，表明眼球運動對跨語言競爭對手的反應，是由雙語思維中另一種語言的平行活化（parallel activation）所引起。[19]

另一種史楚普任務（Stroop task）非常簡易巧妙，是讓人們說出以不同顏色墨水印刷的顏色單字，例如用黑色墨水印刷的單字為**BLACK**（黑色的），而綠色墨水印書的單字則稱為**GREEN**（綠色的）[20]。當被要求說出墨水顏色，並忽略單字內容時，會出現一種情況，當詞彙為「**BLACK**」時，人們說墨水顏色是黑色的速度通常比詞彙為「**GREEN**」時更快。多語者通常在史楚普測驗中表現得更好。他們有能力將注意力集中於墨水的顏色（相關訊息），並忽略詞彙的內容（無關訊息），這是因為多語者總是專注使用其中一種語言時，控制其他熟知語言的競

---

19　Viorica Marian and Michael Spivey, "Bilingual and Monolingual Processing of Competing Lexical Items," *Applied Psycholinguistics* 24, no. 2 (2003): 173–193, https://doi.org/10.1017/S0142716403000092

20　Ellen Bialystok, Fergus I. M. Craik, and Gigi Luk, "Cognitive Control and Lexical Access in Younger and Older Bilinguals," *Journal of Experimental Psychology:Learning, Memory, and Cognition* 34, no. 4 (2008): 859–873, https://doi.org/10.1037/0278-7393.34.4.859

爭，產生這種「副產品」。隨著時間推移，對多語競爭的控制可以使大腦更能專注於相關訊息，並忽略無關訊息，這是執行功能（executive function）的一項特徵。[21]

使用多語的影響不僅限於執行功能，還擴展到記憶、情緒、感知以及其他方面的人類經驗。在一項研究中，我們發現，當中英雙語者被要求命名一座單手舉起、遙望遠方的雕像時，他們在說英語時更傾向說「自由女神像」，而說華語時則是「毛主席」。[22]當被問及二戰時日本於何地、何時發動首次進攻，他們說英語時更傾向回答「珍珠港，1941年」，當說華語時則是「盧溝橋，1937年」（前者指對美國的攻擊，後者則是指早四年對中國襲擊的事件）。再者，當被要求說出一位雖然身體有嚴重缺陷卻仍大獲成功的女性時，他們說英語時更傾向回答「海倫凱勒」；說華語時則是「張海迪」（按：中國著名殘疾人士）。這些雙語者都知道這兩個答案，但是其中哪一個答案出現在腦海中的速度和可能性，取決於那時所說的語言。由於語言和文化緊密交織，語言充當文化的媒介，改變語言也會改變文化框架。

21 Viorica Marian, Henrike K. Blumenfeld, Elena Mizrahi, Ursula Kania, and Anne-Kristin Cordes, "Multilingual Stroop Performance: Effects of Trilingualism and Proficiency on Inhibitory Control," *International Journal of Multilingualism* 10, no. 1 (2013): 82–104, https://doi.org/10.1080/14790718.2012.708037

22 Viorica Marian and Margarita Kaushanskaya, "Language Context Guides Memory Content," *Psychonomic Bulletin & Review* 14, no. 5 (2007): 925–933, https://doi.org/10.3758/BF03194123

即使是和生活當中的個人記憶——我們的童年時期、人際關係、個人經歷相關——也會隨多語者的語言而變化。當人們使用特定語言來回憶過去時，會更有可能想起說該語言時所發生的事件。在另一項研究中，雙語者在說母語時，記得童年（移民到美國之前）事件的可能性更高，而當他們說英語時，比較容易記得後來生活（指移民到美國之後）的事件。

在我其中一堂講座上，有一位學生傳給我一條訊息，她決定親自做實驗：「我想親身嘗試這個論點，所以當我和媽媽用FaceTime 通話時，我要求她在通話開始時，用漢語問我一個和記憶有關的問題，然後在通話結束前，用英語再次問我同樣的問題。（此舉顯然不是最好的客觀科學實驗，但是嘗試時仍很有趣！）她問的問題是：『關於操場，妳最早的記憶是什麼？』當她用粵語問我時，我首先想到的是和父母在舊公寓的操場玩的時候，但當她用英語問我這個問題時，我首先想到的是在幼稚園操場玩的『公主遊戲』。雖然我一開始覺得很奇怪，為什麼我對於同樣問題的起初反應是兩種不同的情境，但是我愈思考，就愈覺得有意思。我小時候和父母在操場上玩時說的是粵語，而我在幼稚園就讀時是用英語上課。」

研究發現記憶的可及性會因語言而異[23]，即語言依賴性記憶現象（Language-Dependent Memory phenomenon）[24]，對法律案件中採訪雙語證人、獲取創傷事件的記憶、以及爲雙語客戶提供心理治療都會帶來影響。

　　記憶的浮現也會反過來塑造我們看待自己的方式和使用的框架。語言甚至可以影響人們對愛與恨的經歷。在使用母語和非母語時，「我愛你」聽起來的感受不同[25]。母語對情感的沖擊力更強。因此有些多語者覺得需要一些情感距離時，會更傾向使用非母語。[26]使用另一種語言並不會讓《星艦迷航》的瓦肯人失去情感，但是它可以讓情感從母語的強烈聯繫當中脫離。正如尼爾森·曼德拉（Nelson Mandela）的名言：「如果你用一個人聽得懂的語言與他交談，他會記在腦中。如果你用他自己的語言與他交談，他會記在心裡。」

　　雖然這似乎來很極端，但是當多語者使用母語和另一種語

23　Viorica Marian and Margarita Kaushanskaya, "Language-Dependent Memory: Insights from Bilingualism," in *Relations Between Language and Memory*, ed. Cornelia Zelinsky-Wibbelt (Peter Lang, 2011), 95–120

24　Viorica Marian and Ulric Neisser,"Language-Dependent Recall of Autobiographical Memories," *Journal of Experimental Psychology:General* 129, no. 3 (2000): 361–368, https:// doi.org/10.1037/0096-3445.129.3.361

25　Jean-Marc Dewaele, "The Emotional Weight of I Love You in Multilinguals'Languages," *Journal of Pragmatics* 40, no. 10 (2008): 1753–1780, https://doi.org/10.1016/j.pragma.2008.03.002

26　Viorica Marian and Margarita Kaushanskaya, "Words, Feelings, and Bilingualism: Cross-Linguistic Differences in Emotionality of Autobiographical Memories," *The Mental Lexicon* 3, no. 1 (2008): 72–91, https://doi.org/10.1075/ml.3.1.06mar

言時，對人、事或物的感受會迥然不同。被詛咒或禁忌用語冒犯的可能性，會隨著母語和第二語言而變。多語者不僅表示感覺不同，而且他們身體的生理反應也會不同（如測量喚醒電位〔arousal potentials〕或事件相關電位的膚電反應，與測量腦部活動的fMRI），他們的大腦在不同語言之間會做出不同的情感決定。積極、消極情緒與語言之間的明確關係會因人而異。對有些人而言，使用第二語言具有更積極的含義，因為它與自由、機會、財務健全和免於迫害有關，而母語則與貧窮、迫害和困苦相關。對於其他人來說，情況恰恰相反——第二語言與移民後的挑戰、歧視和缺乏親密關係有關，而母語與家人、朋友和父母的愛有關。許多人介於兩者之間，對於每種語言都有積極和消極的混合體驗。

現今有大量在外語效應（Foreign Language Effect）範疇下的研究指出，人們使用非母語時，在道德判斷到財政分配等各項領域中，做出的決定更合乎邏輯也更理性。[27]例如，用於研究道德和倫理的典型電車難題，有一個版本是一輛電車正朝五名看不見它的工人疾馳而去。此時你正站在火車軌道上方的橋上，旁邊是一位背著沉重背包的大塊頭。如果你把這個人從橋上推到下方的

---

27　Sayuri Hayakawa, Albert Costa, Alice Foucart, and Boaz Keysar, "Using a Foreign Language Changes Our Choices," *Trends in Cognitive Sciences* 20, no. 11 (2016): 791–793, https://doi.org/10.1016/j.tics.2016.08.004

鐵軌上，他就會喪命，但是這樣做會讓電車戛然而止，從而救下五名工人。那麼，犧牲一個人救下五條命的方法可行嗎？

當用母語回答這個問題時，20％的雙語者表示為了救五個人，將一個人推下橋是可行的。當用外語回答時，33％的雙語者表示，將一個人推下橋來拯救五個人是能被允許的。這種實用主義決策的增加，僅僅是因為轉換為第二語言。[28]

在另一個關於作弊的實驗中，雙語者被要求在私下擲骰子（只有擲骰子的人才能看到自己得到的數字），然後報告擲骰子的結果以獲得獎勵，獎勵會與他們骰到的數字成正比（數字愈大，獎勵愈大）。如果每個人都誠實報告，人們期望結果的分佈是個概率值，平均分配給可能答案的數量（擲骰子的比例是六分之一）。相反地，當人們用母語而不是用非母語詢問時，他們更有可能報告說他們擲出較高數字（5或6）而不是較低的數字（如1或2）。事實證明，語言會普遍影響我們作弊的可能性、功利性以及決策。我們甚至可以說，在第二語言中，誠實更有影響力。[29]

從本質上而言，語言使人與眾不同，凸顯出不同的自我

28　Albert Costa, Alice Foucart, Sayuri Hayakawa, Melina Aparici, Jose Apesteguia, Joy Heafner, and Boaz Keysar, "Your Morals Depend on Language," *PloS ONE* 9, no. 4 (2014): e94842, https://doi.org/10.1371/journal.pone.0094842

29　Yoella Bereby-Meyer, Sayuri Hayakawa, Shaul Shalvi, Joanna D. Corey, Albert Costa, and Boaz Keysar, "Honesty Speaks a Second Language," *Topics in Cognitive Science* 12, no. 2 (2020): 632–643, https://doi.org/10.1111/tops.12360

方面，「開啟」不同的身份認同。雖然不至於像《化身博士》（Jekyll and Hyde）如此極端，但不同的語言可以釋放出在母語中潛在的新身份認同。

除了你的身份、你的記憶和你的人際關係以外，學習另一種語言會提供你用來構建世界的新方式。身為英語使用者，你常會認為彩虹有七種顏色。然而實際上，彩虹由無數種顏色組成，色譜中有許多不同的色調，一種顏色在無縫無邊的狀況下轉換為另一種顏色。我們看待和思考彩虹的方式，受到我們處理顏色的單字影響，使用其他語言的人有不同的顏色單字，會以不同方式來觀察和討論彩虹。

我們對彩虹顏色分界的認知，和對宇宙的更普遍認知，是由我們過濾世界的詞語所造成，這種界定不只限於視覺感知，還包括嗅覺、味覺、觸覺、時間感知以及來自無數其他人的經驗。如葡萄酒或蘇格蘭威士鑑賞家可以使用更豐富的詞彙來描述這些酒的飽滿度、餘韻、風味和香氣，這也反過來提高他們的能力，能辨識和記憶一般人難以察覺的細微差異。同樣道理，廚師或調香師可以使用味道和氣味的標籤，讓他們能夠感知、區分、準備和記住細微的變化。我們用以處理的標籤，無論是在一種或多種語言中，都會影響我們看待周圍世界的方式。無論你將語言對認知影響限制放在何處，都有證據顯示，至少我們感知和記憶一些事時，會因我們所使用的標籤而有所不同。學習另一種語言，能使

我們在不受單一語言限制的情況下處理周圍的環境。

　　我們對現實的感知不僅與我們所知道的詞彙有關，也和大腦中的活化模式有關，這些模式在不同人之間會因個人經歷而異。我們所感知的現實本質上就是大腦活動。因為我們的感知和思想受神經活化模式的約束，還會因為不同的語言活化不同的神經網路，因此說多種語言的人，能以嘖嘖稱奇的方式跨越這些心理界限。我們所見或所聽是受到最可能活化的神經元影響，而最可能活化的神經元取決於最近的經歷。當雙語者轉換語言時，他們的神經活化網路也會隨之改變，隨之而來的是，他們對現實的感知和解釋也會改變，使他們能夠跨越多個神經共同活化（co-activation）的層面——因此可說是跨越多個存在的層面。

# 平行處理的超有機體
## The Parallel-Processing Super-Organism

　　我在冷戰時期的鐵幕彼側長大，期間讀過不少間諜小說。在蘇聯對應西方詹姆士・龐德的人物是馬克思・歐托・施季裏茨（Max Otto von Stierlitz），他是無數電影、書籍、電視劇、笑話和模仿秀當中的主角。你很難找到有人來自前蘇聯或現今的俄羅斯，卻不知道誰是施季裏茨。007系列電影充斥動作、性和流行文化，但施季裏茨的故事則是關於陰暗的情報世界，並展現鬥智鬥勇的故事。然而，兩方的故事，以及大多數間諜電影和小說的故事情節，其共同成分都是其中一方試圖找出臥底和內奸。間諜電影和懸疑小說的情節，和現實情報機構的活動，往往是圍繞在調查出是誰知道哪些重要訊息。

　　這聽起來可能令人難以置信，但心理語言學實驗（例如對雙語者進行的實驗）可以用來抓住間諜，而且在間諜世界給予解答。其中許多實驗使用眼球運動和大腦成像（brain image）來理解大腦如何處理資訊。

眼動追蹤（eye tracking），顧名思義是使用設備來記錄人的眼球運動，使用設備可以是遠程觀察，或將小型相機安裝在頭帶、帽子或眼鏡上。眼球運動發生在幾分之一秒內，雖然有些發生的原因是主動控制和執行的行為（例如將你的視線轉向你想看的物品），不過另一些行為則是不由自主和不假思索的，不受個人意識控制。正是透過記錄這些無意識的眼球運動，人們才能洞察人類的思想。[30]

心理語言學研究指出，一個人所知的事物（例如他們所說的語言）會改變心理過程（可透過眼球運動指出）。將這句話中的資訊反過來看，你會發現如果研究某人的眼睛是如何移動，你可以透過觀察讓他們的注意力不由自主被吸引的原因，來找出他們所知的資訊。同樣的技巧亦可以用來判斷某人對他們不想讓你知道的事是否心知肚明。

理論上，這表示俄羅斯間諜可能會因為被巧妙記錄跳視眼球運動（saccadic eye movement）或大腦活動而暴露身份，因為跳視眼球運動是無意識的，就像大腦突觸的放電一樣。簡單地記錄某人的眼球運動，就能向我們表示對方說什麼語言，知道什麼資訊。眼動追跡非常適合識別吸引注意力的環境特徵。透過觀察人們關注的事情，可以推斷他們的心理過程。（正如本書稍後會提

---

30　University of Western Ontario, "Lab Tutorials," accessed February 18, 2022, https://sites.google.com/site/kenmcraelab/lab-tutorials/

及，腦成像技術正持續穩定發展，朝向能揭露個人思考的資訊方面前進。）

長期以來，科學界認為雙語大腦能在不同語言之間進行切換，當不使用其中一種語言時，會啟動另一種語言，並在兩者之間交替。然後意想不到的是，我們發現當多語者聽到一種語言的單字時，他們的目光會自然而然轉向在另一種語言中名稱發音相似的物品（我敢說是雙關語）。這個發現令人茅塞頓開，即使雙語者不常使用某種語言，該語言仍保持活躍，並被雙語者的大腦自動處理。這個發現告訴我們關於心智和語言的什麼問題？這個問題讓我進行了數十年的探索。

保持所有語言共同活化並平行處理尤其令人驚訝，因為乍看之下，這樣的系統似乎效率不高。為什麼不停止其中一種，讓你不必事倍功半？只在一種語言中搜尋單字的意思效果不是更顯著嗎？事實證明，答案是否定的。

這是因為在序列處理（serial processing）系統當中，當你聽到一個單字，然後試圖一次將其映射（map）到意義上，一字一次的效率並不高。

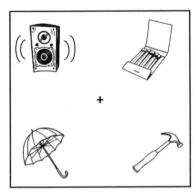

圖片說明：電腦螢幕播放的畫面一例，參與者被要求要點擊喇叭（speaker）。螢幕上包括火柴；俄語中火柴的單字是speachkey。當用英語要求俄英雙語者「點擊喇叭」時，他們比只使用英語單語者更常看向火柴，而不是螢幕裡其他的干擾物。

　　當有人要你拿起喇叭時，若你試圖將**喇叭**這單字與環境中的每樣物品逐一匹配，直到找到正確的項目，（**這是喇叭嗎？不是，這是杯子。這是喇叭嗎？不是，這是手機。這是喇叭嗎？不是，這是鉛筆。**），這樣詢問的行為將花上一段很長的時間。相反地，當你辨別出單字的更多部分時，你的大腦共同活化了所有可能以s開頭的物品（**肥皂soap、噴霧spray、矛spear**等等），然後隨著辨認出更多字母（s-p-e-...），聽覺輸入會與你環境中的視覺輸入進行整合，以**贏家通吃**的方式留下最終的唯一意義。[31]

31　Viorica Marian, "Audio-Visual Integration During Bilingual Language Processing," in *The Bilingual Mental Lexicon:Interdisciplinary Approaches*, ed. Aneta Pavlenko (Clevedon, UK: Multilingual Matters, 2009), 52–78

對於多語者而言，這種平行活化會串連他們所知道的所有語言，因此來自聽覺輸入的聲音不僅會活化英語單字：**肥皂soap**、**噴霧spray**、**矛spear**等等，也會共同活化其他語言中的詞語（在本例當中，有俄語單字 slon/大象、speert/酒精、speachkey/火柴等等），結果共同活化更多單字。這讓大腦能夠不考慮是哪種語言，對聲音和意義所有可能的映射保持開放性態度，因此大腦總是準備好接收任何語言的輸入，即使在非預期情況下，所以理解和回應的速度會快過大腦重啓被停止的語言。

自從第一次用俄英雙語者進行實驗以來，世界各地的眼動追蹤研究已經重現了語言理解過程中平行活化的發現，這些研究涵蓋了不同的語言組合，包括西班牙語和英語、日語和英語、荷蘭語和英語、德語和荷蘭語、德語和英語、法語和德語、印地語和英語，以及其他許多種語言。

平行處理（parallel processing）是指大腦能夠同時執行多項任務，處理多項刺激物和視覺搜尋顯示來源的能力。大腦不會重複執行成果；相反地，它改變了處理資訊的方式。多語者的大腦擴展了其平行處理能力，進而改變控制這種跨語言平行活化所必需的高階認知處理。大腦本質上是平行處理的超有機體，尤其在多語者中更是如此。

**語言內競爭**　　　　**跨語言競爭**

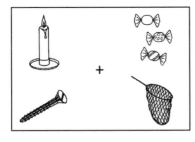 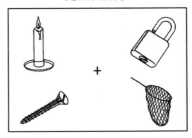

**對照組（無競爭）**　　　**填充物**

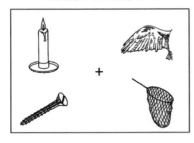 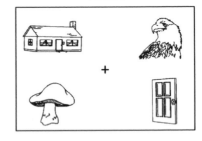

圖片說明：在西英雙語者中呈現視覺搜尋的實驗方式。競爭試驗（最上排）包括語言內競爭（燭candle-糖candy）或跨語言競爭（candle-candado／西語「鎖」）。競爭試驗會和沒有聲韻重疊的對照組（candle-翅wing）進行比較，而填充物試驗則用於掩蓋實驗操作的真正意圖。

　　除了這種「明顯」的共同活化（當單字在不同語言中聽起來相似時，兩種語言都會被活化），我們還發現有證據指出，當單字在多語之間聽起來並不相似，然而解釋相似時，也會共同活化。有關如此「隱性共同活化」現象的證據是來自一項針對西英雙語者的研究，他們聽到英語中的「鴨子duck」這個單字時，必須在四個選項中點擊目標（答案）。duck的西班牙語翻譯爲

pato，其發音與螢幕中另一物品：鏟子（西班牙語爲pala）有所重疊。當要求西英雙語者在英語中點擊鴨子圖時，和其他分散注意力的干擾物品相比，他們更可能看著鏟子的圖片。[32]

不僅我們聽到的單字會活化其他類似發音的單字，當我們看著跨語言之間有著共同音韻或字母的物品時，該物品單字在其他語言中的意義也會在多語者中被活化。雙語者即使在沒有重疊輸入的情況下也會存取兩種語言。

除了單字之外，句法和文法方面也有平行活化的證據。使用眼動追蹤來評估句法的共同活化方式，是向參加者提供句子，根據每種語言的句法，會有不同的解釋。例如「哪隻牛是山羊推的呢？」（Which cow is the goat pushing?）根據英語句法規則可以明確識別出山羊是推的一方，然而德語文法被活化時，可能會導致認爲牛才是推的一方。當兩種語言的句法導致不一致的解釋時，在沒有衝突的情況下，德英雙語者注視描述與非目標語言句法相符的場景圖的機率更頻繁。[33]

多語系統中的活化會如多面向的連漪效應一般擴散。當你把

---

32  Anthony Shook and Viorica Marian, "Covert Co-Activation of Bilinguals'Non-Target Language: Phonological Competition from Translations," *Linguistic Approaches to Bilingualism* 9, no. 2 (2019): 228–252, https://doi.org/10.1075/lab.17022.sho

33  Holger Hopp, "The Processing of English Which-Questions in Adult L2 Learners: Effects of L1 Transfer and Proficiency," *Zeitschrift für Sprachwissenschaft* 36, no. 1 (2017): 107–134, https://doi.org/10.1515/zfs-2017-0006

一顆小石子投擲到水中時，會向全部方向產生漣漪，隨著漣漪不斷往遠處擴散時，漣漪的高度會降低，但是漣漪的圓圈會變得更大。同樣地，當你聽到或閱讀某個單字時，與此單字有關聯的其他單字也會被活化；這些單字與初始單字關聯性愈緊密，活化強度愈高，擴散範圍會更遠，受影響的單字量就愈多。

例如，英語單字 POT 的發音為 /pot/，這個單字有烹飪容器、撲克牌中賭注的總和、草本植物或種花等其他意思。當說英語的人閱讀到POT這個單字時，其包含的所有意義，會在他們潛意識中以某種程度被活化，活化的強度也會不一樣。活化的強度因人而異，視他們最近經歷（如他們煮飯或玩撲克牌的頻率多寡）而定。

俄英雙語者在閱讀英文單字POT時，不僅會活化該單字的所有英語含義，還會活化在俄語中相似發音單字之意。由於俄語中「P」發音是「R」，而「P-O-T」被映射成俄語中的「R-O-T」。因此，除了英語的「POT」所有含義之外，還會活化俄語中「ROT」這個單字的所有含義。俄語的「ROT」有「嘴」的意味，所以和「嘴」有相關意義的全部單字（包括如「鼻子」和「牙齒」等名詞；如「關閉」和「親吻」等動詞；如「大的」和「噘嘴的」等等形容詞）也同樣會被活化。同樣地，因為在俄語中，「POT」發音（以「p」而非「r」發音）的單字是指「汗sweat」，因此所有聯想到「汗」的相關單字也同時被

活化。當我們透過某種語言讀到一個單字時，**聽到一個單字會活**化第一語言（按：母語）和第二語言（按：非母語）的口語和書面形式。[34]同樣地，**閱讀**一個單字時也會活化兩種語言的書面和口語形式。即使兩種語言在字母和發音的配對不同，這個論點仍然正確。[35]

如果上述內容已經看起來很多了，再考慮視覺和聽覺輸入（例如讀或聽到單字）不僅會活化兩種語言中的單字意義，而且這兩種語言所有翻譯的含義也會被活化。因為字母P-O-T在俄語中活化了單字「嘴」，而發音P-O-T活化了俄語「汗」這個單字，所以現在這些單字在英語也一同被活化，與英語的「嘴」和「汗」有關的其他單字的俄語翻譯也被活化。

再者，在任何一種語言中，與這些單字和翻譯共享某種意義或形式的單字，也會在意識中被活化。心理表徵（mental representation）的活化會產生連漪效用，將原始英語單字POT所有意義的相關單字（如廚房、撲克、打火機、園藝等）或形式（如pop、hot、pit等），以及與俄語單字ROT（嘴）有關的

---

34  Margarita Kaushanskaya and Viorica Marian, "Bilingual Language Processing and Interference in Bilinguals: Evidence from Eye Tracking and Picture Naming," *Language Learning* 57, no. 1 (2007): 119–163, https://doi.org/10.1111/j.1467-9922.2007.00401.x

35  Viorica Marian, James Bartolotti, Natalia L. Daniel, and Sayuri Hayakawa, "Spoken Words Activate Native and Non-Native Letter-to-Sound Mappings: Evidence from Eye Tracking," *Brain and Language* 223 (2021): 105045, https://doi.org/10.1016/j.bandl.2021.105045

單字，無論是意義上（如吻、大、牙齒……）、形式上（如：rose、role、rope等等），以及與俄語單字POT（汗）在意義上（如：運動、心臟、焦慮……）或形式上（如：post、pole/field等等）相關的單字。

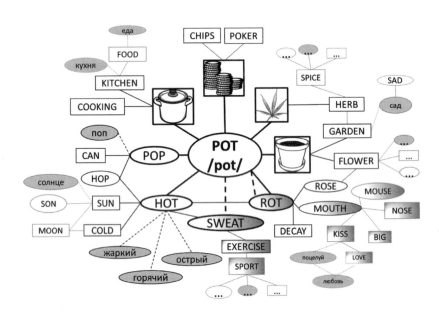

　　這只是大量過程中的一小部分例子，說明了雙語者在兩種語言中的平行共同活化[36]。如果一個三字母組成的單字就可以產生如此多的擴散活化，那麼請想像一下，橫跨多種語言的語言系統，會有涵蓋數以萬計的單字擴散活化。

36　Anthony Shook and Viorica Marian, "The Bilingual Language Interaction Network for Comprehension of Speech," *Bilingualism:Language and Cognition* 16, no. 2 (2013): 304–324, https://doi.org/10.1017/S1366728912000466

額外的語言會導致指數增長，對於我這個會英、俄、羅馬尼亞三種語言的使用者而言，單字「POT」也會活化其在羅馬尼亞語的意思（能做某事，如「I can」或「they can」裡的意義），同時根據表達方式和意義，將所有相關的單字連結起來，並將意義翻譯成英語和俄語，加上跨三語的拼音重疊和相關單字。這些所有過程都是在對話展開的幾毫秒內即時完成，由大腦不斷處理訊息。

兩種語言的活化程度跟很多因素有關，包括每種語言的結構和形式、學習語言的年齡和順序、每種語言的熟練程度和經驗、最近的使用情況，以及兩種語言的相似度或相異度的多寡。最近沒有使用的語言，其共同活化會比較少，這就是為何當有人第一次到他們長期沒使用該國語言的國家時，可能需要花幾個小時或幾天才會覺得「都想起來了」，恢復此種語言的流利度。同樣地，愈相似的語言，愈容易出現彼此干擾的情況，當你嘗試講法語時，會比你講韓語時更容易突然冒出義大利單字。隨著使用頻率、相似度和熟練程度的不同，這些語言的活化門檻也會發生變化。[37]

眼動追蹤研究對應用領域具有重要啟發，從消費者行為（我

---

37  Henrike K. Blumenfeld and Viorica Marian, "Constraints on Parallel Activation in Bilingual Spoken Language Processing: Examining Proficiency and Lexical Status Using Eye-Tracking," *Language and Cognitive Processes* 22, no. 5 (2007): 633–660, https://doi.org/10.1080/01690960601000746

們在商店裡看到哪些商品）到軍事（在複雜的視覺場景中搜尋敵人），再到藝術（我們的眼睛會被什麼吸引），這些研究表示，你所知道的語言實際上影響你會如何看待這個世界，甚至影響到你的眼動機制。了解人們的眼動和注意力可能會被吸引到圖像的不同處，或許會改變你決定如何處理依賴視覺輸入的事項，不論你是繪畫藝術家還是從事廣告行銷維生。

共同活化甚至在不同的型態（modality）下都能被發現，例如在美國手語（American Sign Language，ASL）和英語的雙語者中也是如此。[38]尤其手語實驗更值得注意，因為ASL與英語雙語者中，不僅輸入沒有重疊（如marker-*marka*的實驗），甚至連型態（聽覺與視覺）都沒有重疊，這顯示出大腦對於語言共同活化的能力。我們發現，使用ASL與英語的雙型態（bimodal）雙語者，會對在ASL中部分重疊的單字出現眼動行為，而英語單語使用者則不會出現此種行為。[39]

雖然對於英語單語者來說，「馬鈴薯potato」和「教堂church」這兩個詞聽起來並不相同，但ASL中的「馬鈴薯」和

---

38　Anthony Shook and Viorica Marian, "Language Processing in Bimodal Bilinguals," in *Bilinguals:Cognition, Education, and Language Processing*, ed. Earl F. Caldwell (Hauppauge, NY: Nova Science Publishers, 2009), 35–64

39　Marcel R. Giezen, Henrike K. Blumenfeld, Anthony Shook, Viorica Marian, and Karen Emmorey, "Parallel Language Activation and Inhibitory Control in Bimodal Bilinguals," *Cognition* 141 (2015): 9–25, https://doi.org/10.1016/j.cognition.2015.04.009

「教堂」兩個單字在位置、動作和方向等三個手語成分上相同，只有手形不同。當使用ASL與英語雙語的人聽到「馬鈴薯」這個單字時，和其他干擾物相比，眼睛轉向「教堂」手語的機率比單語者高。

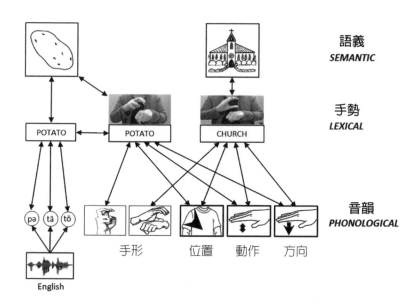

圖片解說：一項ASL實驗的示意圖，顯示英語發音會活化單字（馬鈴薯POTATO）及其含義，進而活化非目標語言（ASL的馬鈴薯手勢）的翻譯對等詞，並擴散到其他ASL手勢相似的單字（教堂CHURCH的ASL手勢，和馬鈴薯的手勢相似）。[40]

40  Anthony Shook and Viorica Marian, "Bimodal Bilinguals Co-Activate Both Languages During Spoken Comprehension," *Cognition* 124, no. 3 (2012): 314–324, https://doi.org/10.1016/j.cognition.2012.05.014

最令人吃驚的是，**在沒有使用任何單字的情況下**，不同語言的陳述者甚至在眼動模式方面也有所不同！[41]在一個簡單的視覺搜尋任務中，人們必須在其他物體中找出之前看到的物體，他們的眼睛的移動方式取決於他們所知道的語言。

例如，當尋找蒼蠅（fly）時，英語使用者也會看著旗幟（flag）。另一方面，西語使用者在找相同目標物蒼蠅時會看著風車，因為西班牙語中「蒼蠅」和「風車」的名稱（mosca和molino）有重疊。值得注意的是，西英雙語者在尋找蒼蠅時會看著旗幟和風車。換句話說，對於雙語者而言，即使沒有使用語言標籤，圖像也能活化兩種語言。我們在後續研究中發現，即使在任務中增加一定程度的心理負擔[42]，以阻止參與者低聲複訟或默背目標物名稱，這點仍然正確。

---

41  Sarah Chabal and Viorica Marian, "Speakers of Different Languages Process the Visual World Differently," *Journal of Experimental Psychology:General* 144, no. 3 (2015): 539–550, https://doi.org/10.1037/xge0000075

41.  Sarah Chabal, Sayuri Hayakawa, and Viorica Marian, "Language Is Activated by Visual Input Regardless of Memory Demands or Capacity," *Cognition* 222 (2022): 104994, https://doi.org/10.1016/j.cognition.2021.104994

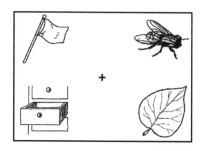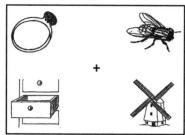

圖片說明：當尋找先前看到的蒼蠅時，在沒有語言輸入的情況下，英語母語者可能會把眼睛移向旗子，西班牙語母語者可能會將眼睛移到風車（因為西班牙語中的 "mosca" 和 "molino" 兩者有重疊之處），西英雙語者可能會將眼睛移動到蒼蠅、風車或兩者皆有。

　　眼球運動的變化告訴我們，在沒有語言輸入的情況下，使用多種語言不僅會影響語言系統，還會影響其他系統[43]，這種平行活化對於感知、專注、記憶和其他認知功能具有影響[44]。上述事物不是獨立的模組，我們的思維也不是模組化的。以學術語言來說，特定領域的語言經驗會轉化為一般領域的認知變化。

　　理解多語者的最好方式是將之視為不斷變化的心理狀態，而不是一個固定的結構。這種心理狀態會根據大腦持續接收的聽

43　Judith F. Kroll, Paola E. Dussias, Cari A. Bogulski, and Jorge R. Valdes Kroff, "Juggling Two Languages in One Mind: What Bilinguals Tell Us About Language Processing and Its Consequences for Cognition," *Psychology of Learning and Motivation* 56 (2012): 229–262, https://doi.org/10.1016/B978-0-12-394393-4.00007-8

44　Viorica Marian, Sayuri Hayakawa, and Scott R. Schroeder, "Memory After Visual Search: Overlapping Phonology, Shared Meaning, and Bilingual Experience Influence What We Remember," *Brain and Language* 222 (2021): 105012, https://doi.org/10.1016/j.bandl.2021.105012

覺、視覺、觸覺、嗅覺、味覺、前庭和本體感覺的訊息而持續變化。

因為在雙語或多語系統中有更多的共同活化，所以需要更多的認知控制（cognitive control）來管理跨語言競爭，特別是在說話和產生語言時。[45]一旦我們理解平行共同活化如何跨越高度相互連結和動態的多語網路，我們就能夠理解多語者出現的原因。

這種高度互相關聯的認知架構對現實世界產生了顯著影響。

---

45　Henrike K. Blumenfeld and Viorica Marian, "Bilingualism Influences Inhibitory Control in Auditory Comprehension," *Cognition* 118, no. 2 (2011): 245–257,https://doi.org/10.1016/j.cognition.2010.10.012

# 關於創造力、感知和思維
## On Creativity, Perception, and Thought

　　創造力是一件奇妙的事情。它難以定義，不可能量化，也很難靠意志力創造出來，但又被廣泛追求和渴望。當我一人花時間在湖邊小屋與世隔絕地寫一本書，且明明還有孩子跟全職工作時，我想起了敖德薩（Odesa）的笑話，一個男子向妻子說，他和情婦在一起，告訴他的情婦他和妻子在一起，只為了獨自一人躲在書海中閱讀。結果證明，創造力需要時間、紀律，甚至犧牲或資源，或者兩者都要。

　　用我的第三語言寫作，可以讓我與成長時那親密又脆弱的情感保持距離，遠離母語的原始情感。我能更加客觀地記錄感受和思維，幾乎宛如一個旁觀者。

　　不過差異更加顯著。我非常確定，如果不用英文撰寫，我不可能寫完這本書。這不只是因為我不知道羅馬尼亞語或俄語中談論認知科學和神經科學所需的學術和科學詞彙，而且在我腦海中，這些語言聯繫著更具性別歧視的文化和角色。用英語寫作令

我擺脫原生語言和文化中有關性別角色所帶來的局限，讓我有機會成爲許多使用其他語言的女性無法成爲的思想家、作家和科學家。借用歐巴馬在2004年民主黨全國大會上所說的話：「我的故事在世上其他其他國家甚至不可能發生。」我的書用其他語言書寫是不可能的。

那麼，使用多種語言和創造力之間的關係是什麼？除了使我們擺脫原生語言和文化相關的限制和規則之外，了解多種語言是否對創造性思維有顯著的改變呢？

關於創造性思維的研究表示，與其他國家人民關係保持密切的人會變得更具有創造力，在創造力測驗中得分更高[46]。與來自其他國家的人有密切友誼和戀愛關係，能促進創造力、職場創新和企業家精神。在一項長達十個月的縱向研究（longitudinal study）中，跨文化約會能提高標準創造力測試的表現，包括提出多種可能的解決方案，並將不同的想法整合爲單一解決方案。過去經歷跨文化戀愛關係的期間愈長，員工現在爲產品行銷創造出富有創意的名字的能力愈強。與外國友人接觸的頻率愈高，在創業和職場創新等創造成果方面的表現就愈好。即使是在主流時

---

46  Jackson G. Lu, Andrew C. Hafenbrack, Paul W. Eastwick, Dan J. Wang, William W. Maddux, and Adam D. Galinsky, "'Going Out'of the Box: Close Intercultural Friendships and Romantic Relationships Spark Creativity, Workplace Innovation, and Entrepreneurship," *Journal of Applied Psychology* 102, no. 7 (2017): 1091–1108, https://doi.org/10.1037/apl0000212

裝品牌的時裝系列，時裝設計師在不同文化中沉浸的時間也與創造力有關。

然而，僅僅接觸不同的語言、文化、思想和觀點並不能說明這整個情況。多語能力和創造性思維之間的強大連結，源自了解另一種語言如何改變我們的認知結構，並促進前一章所描述的、令人印象深刻的平行處理和共同活化。

縱觀歷史，大多數關於創造力的研究都是針對單語者進行。然而最近有關多語思維結構的研究表示，懂得多種語言可以提高許多創造性任務的表現。由於大腦將所有語言共同活化，進行平行處理，因此多語者能夠看到項目之間的關係，並且在看似不相關的事物之間建立聯繫——這即是創造力的基石。

誠如上一章所述，一些單字在不同的語言之間共享形式，包括字母、聲音、非字母文字中的特徵或者聲調語言的聲調等。由於形式上的重疊，這些單字在多語思維中被一起重複活化，導致共同激發神經元。且因一同激發的神經元也聯繫在一起，所以這些形式的共同活化也會導致這些單字的含義一起被活化。當我們想到自行車（bike）時，腦海中可能也會浮現輪子或者手把等其他特徵。

對於美國的英語使用者，單字「bike」的語意特徵（semantic feature）更傾向涵蓋運動和健身房，而在荷蘭的荷語使用者更傾向交通工具和籃子。這些特徵中的特定部分會在所有

使用的語言中重疊，而有些是只屬於特定語言，還有一些特徵在某些語言中產生重疊，然而在其他語言中則不然。例如，法語中「bike」翻譯可能包括所有語言中產生重疊的特點（例如輪子），荷蘭語和法語之間重疊的特點（例如籃子），以及特定於法語的獨有特點（例如法國長棍麵包，因為人們可能會在自行車的籃子裡面找到新鮮的麵包）。

當研究人員分析了41種語言中，1010個單字意義的語意特徵時，他們發現這些單字意義在某種程度上大異其趣，反映了其使用者的文化、歷史和地理差異。[47]我們在此談論的不僅僅是如「美麗的」等抽象單字，或如「家庭」等其他眾所周知依文化而定的單字。有些被認為在不同文化中仍意義相同的單字，例如身體部位（如「背部back」這個字），其實在不同語言中也有所不同。

兩個單字共同活化影響大腦中的連結時，這些共同活化對象的跨語言特點也會聯繫得更緊密。多語者可能會看到單語者所無法察覺的物品關係（例如車輪和法國長棍麵包之間的關係），並因種種特點和物品引發的啟示而產生感悟，而單語者無法產生此種關聯和領悟。

---

47 Bill Thompson, Seán G. Roberts, and Gary Lupyan, "Cultural Influences on Word Meanings Revealed through Large-Scale Semantic Alignment," *Nature Human Behaviour* 4, no. 10 (2020): 1029–1038, https://doi.org/10.1038/s41562 -020-0924-8

因此，掌握一種以上語言的人在創造力和發散思維（divergent-thinking）任務上的得分往往更高，就不足為奇了。多種語言不斷共同活化，加強了雙語者大腦的聲音、字母和單字之間的聯繫，從而在概念和意義層面上，形成更緊密的網路和更強大的聯繫。在最近一系列行為測量和大腦測量的實驗中，我們發現會說一種語言以上的人會認為特定項目更有關連性，但單語者的眼中，這些項目並沒有關連。換句話說，掌握多種語言使人們能將他人看不出關聯的事物建立聯繫。這些連結對於產生想法、解決問題和感受洞察力至關重要。

　　除了語意特徵之間的聯繫外，如果不同語言的事物在單字形式上有重疊，那麼多語者會認為它們在意義上更有相關。例如，希伯來語和英語雙語者認為dish和tool這兩個單字更為相似——兩者在希伯來語中翻譯成同一個單字kli。[48]

　　一位中英雙語者研究生告訴我，當她無法入睡時，有時會數山羊（goat）代替數綿羊（sheep）。在華語中，綿羊和山羊使用同一個漢字（按：也就是「羊」），當用兩個漢字稱呼時，兩者其中的一個漢字（山羊和綿羊）也相同。

---

48　Tamar Degani, Anat Prior, and Natasha Tokowicz, "Bidirectional Transfer: The Effect of Sharing a Translation," *Journal of Cognitive Psychology* 23, no. 1 (2011): 18–28, https://doi.org/10.1080/20445911.2011.445986

在一系列實驗中，英語單語者、西英雙語者、華英語雙語者，被要求評估兩個物品之間意義上的相關程度。[49]參與的雙語者會評比一對物品（它們甚至是看似不相關的，如鈴鐺和拼圖）的相關性比單語語參與者更高。這表示比起單語使用者，雙語使用者更能將不同物品做出連結。透過腦電圖（EEG）測量他們的大腦電活動時，相較於單語參加者，雙語參加者的大腦處理物品相似度的方式比單語使用者更高。

　　這種能看到物品之間的關係，並在看似無關的事物之間建立聯繫的能力，是種很難訓練和教導的技能。事實上，這種能力被許多人視為是一種天生技能，是洞察力和創新的特點。

　　在〈柿子〉（Persimmons）這首詩中，詩人李立揚（Li-Young Lee）描述了當他在小學讀英語時，他的記憶力如何理解單字的聲音和意義之間的關係。由於發音相似，他常常混淆「柿子」（persimmons）和「精確」（precision），同時連結了兩個

---

49　Siqi Ning, Sayuri Hayakawa, James Bartolotti, and Viorica Marian, "On Language and Thought: Bilingual Experience Influences Semantic Associations," *Journal of Neurolinguistics* 56 (2020): 100932, https://doi.org/10.1016/j.jneuroling.2020.100932

單字的意義，因為選擇完美的柿子需要精確。「其它讓我陷入困境的單字，」李立揚寫道：「是打鬥（fight）和害怕（fright），鷦鷯（wren）和毛線（yarn）。」

打鬥是我恐懼時所做，

恐懼是我打鬥時所感受。

鷦鷯是種小巧、平凡的鳥類，

毛線是用來編織的一種材料。

鷦鷯宛如毛線般柔軟。

我母親用毛線織出了鷦鷯。

原文：

Fight was what I did when I was frightened,

Fright was what I felt when I was fighting.

Wrens are small, plain birds,

yarn is what one knits with.

Wrens are soft as yarn.

My mother made birds out of yarn.[50]

李立揚的多語思維讓他看見其他人可能察覺不出來的聯繫模

50 Li-Young Lee, "Persimmons," in Li-Young Lee, *Rose:Poems* (Rochester, NY: BOA Editions, 1986), 17–19

式，他的詩詞因此呈現出獨樹一幟的感覺。

　　與單語對照組相比，雙語組的成年人和兒童在各種創造力和發散性思維的任務中表現不同。例如，在模糊圖像任務中，同一張圖片可以被解讀為兩種不同的圖案（海豹/馬、女士/男士、臉/蘋果、老鼠/人、薩克斯風/女士、松鼠/天鵝、身體/臉），而雙語年輕人識別出第二幅圖案的速度快過單語年輕人。[51]

　　在針對年幼兒童的類似實驗中，已發現三歲的雙語兒童和單語兒童之間存在差異。[52]雙語兒童看到第二幅圖片所需要的線索較少。儘管效應值很小，但是它們是一致的，並且具有統計學上的顯著性（表示不大可能是隨機發生）。這些結果來自一般人，而在創造力較強一端的個體中，產生的差異可能更大。

　　另一個用於測量創造力的任務是由我已故的同事、心理學家安妮特・卡米洛夫－史密斯（Annette Karmiloff-Smith）所開發，它涉及繪製不存在的物品[53]。在一項針對四歲和五歲兒童的研究中，英希雙語者，以及阿拉伯語和希伯來語雙語者的兒童被

51　Ellen Bialystok and Dana Shapero, "Ambiguous Benefits: The Effect of Bilingualism on Reversing Ambiguous Figures," *Developmental Science* 8, no. 6 (2005): 595–604, https://doi.org/10.1111/j.1467-7687.2005.00451.x

52　Marina C. Wimmer and Christina Marx, "Inhibitory Processes in Visual Perception: A Bilingual Advantage," *Journal of Experimental Child Psychology* 126 (2014): 412–419, https://doi.org/10.1016/j.jecp.2014.03.004

53　Annette Karmiloff Smith, "Constraints on Representational Change: Evidence from Children's Drawing," Cognition 34, no. 1 (1990): 57–83, https://doi.org/10.1016/0010 0277(90)90031 E

要求繪製一朵不存在的花朵，以及一間不存在的房屋，並將其與單語者繪製樣本進行比較。研究發現單語者兒童的繪畫較有可能出現以下幾種情況，包含缺少元素或要素（缺少葉子、一片花瓣、沒有莖、沒有根）或者大小和形狀出現差異（花朵的形狀是心形）。雙語兒童的繪作[54]，更有可能出現跨類別添加元素（長頸鹿花、帶尾巴的花、駱駝花、「毛髮濃密、有很多尾巴和鞋子的獅子花」、有手臂和腿的花、有牙齒的花、樹花、門花、蝴蝶花、風箏花、機器房、椅子房、球房）。一般而言，在進行這項任務時，年幼的孩子傾向於在物品大小或形狀上做出變化，或刪除元素或要素，而年長的孩子則傾向於改變要素位置、添加同類別的額外要素，或者跨類別的綜合添加，通常會在雙語兒童的繪畫作品中體現出來。因此，雙語兒童的繪畫往往更類似於單語兒童中後期（較晚年齡階段）發展的模式。

54  Esther Adi-Japha, Jennie Berberich- Artzi, and Afaf Libnawi, "Cognitive Flexibility in Drawings of Bilingual Children," *Child Development* 81, no. 5 (2010): 1356–1366, https://doi.org/10.1111/j.1467-8624.2010.01477.x

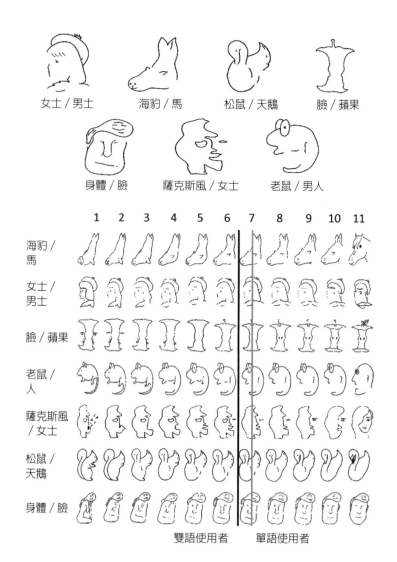

看完第一張圖像後，參與者一次會拿到一張卡片，直到他們能夠識別出新的圖像。平均而言，雙語者將視角切換到觀看另一幅圖片之前，所需要的卡片比單語者更少（例如從海豹到馬）。

童年時期的創造力也可以用來預測日後創造性的成就。在縱向研究中，針對1950年代接受托倫斯創造思考測驗（Torrance Tests of Creative Thinking）[55]評估的兒童，在五十年後再次進行測試[56]。童年時期的分數預測了成年後的個人成就，一些指標也能預測公共成就。（針對公共成就與私人成就的結果詮釋應該要謹慎。例如，該研究還指出男性在公共成就方面高於女性，但是在個人成就方面沒有性別差異。我大膽猜測，該時期的人是否意識到他們在公共領域的創造力潛能，會受到當時社會文化相關變數的影響，包括性別角色，與對女性和男性的期望差異。）

　　在我們所處的這個時代，一些最具有影響力的人會說多種語言，或處於多語環境當中。Google聯合創辦人謝爾蓋・布林（Sergey Brin）；YouTube聯合創辦人陳士駿（Steve Chen）；設計師卡羅琳娜・海萊拉（Carolina Herrera）；《赫芬頓郵報》（*Huffington Post*）創辦人阿麗安娜・赫芬頓（Arianna Huffington）；喬巴尼牌（Chobani）希臘優格創辦人漢迪・烏魯卡亞（Hamdi Ulukaya）；以及歷史上其他無數的企業家、創意巨擘、政治領袖、發明家和有影響力的思想家都懂得或接觸多種

---

55　E. Paul Torrance, "Predicting the Creativity of Elementary School Children (1958–80)—and the Teacher Who 'Made a Difference,'" *Gifted Child Quarterly* 25, no. 2 (1981): 55–62, https://doi.org/10.1177/001698628102500203

56　Jonathan A. Plucker, "Is the Proof in the Pudding? Reanalyses of Torrance's (1958 to present) Longitudinal Data," *Creativity Research Journal* 12, no. 2 (1999): 103–114, https://doi.org/10.1207/s15326934crj1202_3

語言。我們經常提及他們的移民根源和非凡的職業道德來解釋他們的成就，但是卻忽略了懂得多種語言，讓他們能在其他人看不見之處連結想法，並造成相關影響。

根據一篇關於創造力和雙語的文獻回顧發現，二十四項關於本主題的研究中，有二十項報告指出，雙語者在各種創造力任務的表現優於單語者（一項研究沒有發現差異，另外三項研究發現雙語者的表現較差；心理過程出現此種程度的變異性並不會出人意表）。衡量創造力的常用任務是交替用途任務（Alternate Uses Task）。此任務評估發散性思維的方式是在人們面前呈現常見物品，並要求他們在短時間內想出盡可能多的創造性用途。當人們被要求提供一些關於紙的其他用途時，常見的答案可能包括紙飛機、紙帽或衛生紙，而原創的答案可能包括燈罩、過濾紙或撲克牌遊戲，另外最獨特的答案可能是包括音響擴大機、風車或人造雪裝飾等等。「交替用途任務」的表現與藝術和科學的成就有關。值得注意的是，當要求雙語者在測試期間切換語言使用時，他們的表現會獲得改善，而且當要求他們保持使用同一種語言時，表現則會較差。

已有一些以計算平台自動評估創造力的提議，此種平台依賴自然語言處理，並量化文本中詞彙的語意距離（semantic distance），藉此生成語言創造力分數。然而這種方法對創造力的觀點非常狹隘，並說明了創造力測量的固有挑戰。

誰決定了創造力的定義？雖然有測量創造力的測試存在，但測量是否精確仍然難以確定。是誰更具有創造力：是有人創造出許多小發現，還是能找到一項巨大又典範轉移的發現呢？是有人的發明具有實用性或經濟影響，還是有藝術或情感的影響？這些問題並沒有明確的答案。目前仍無法計算出通用的創造力指數或通用的雙語指數。

創造力傾向不一定表示在創造性領域中聲名大噪；對於大多數人來說，它在日常生活中的表現可能是比較擅長解決問題，比較會講故事，或是對新體驗和新想法採取開放態度。對體驗採取開放態度是一種與創造力和多語能力高度相關的特質。雖然學習另一種語言不會讓你的創造力從零躍升到一百，不過它能幫助你從無到有，從有到更多，且如果你已經擁有創造性的專業，它可以提供你所需的附加優勢。

當談到創造力時，語言本身就是具有創造性和生成性的過程。語言最獨特的方面是，它允許我們將有限數量的單字組合起來，表達出無限的思想、感受和行為。當多種語言存在時，則可能的結合數量會指數增長，尤其是不僅在一種語言，而是跨語組合的時候。

———————

What's in a name? That which we call a rose

By any other name would smell as sweet

名字代表什麼呢？我們所稱的玫瑰，

換個名字還是一樣芳香。


　　莎士比亞讓他的角色茱麗葉在陷入愛戀羅密歐的痛苦時，宣稱事物的名稱並不會改變我們感知對方的方式——即使把玫瑰命名為其他名字，它的芳香依舊。

　　將詞彙在不改變意義的情況下互換，並將語言視為一種遊戲，這或多或少是德國哲學家路德維希‧維根斯坦（Ludwig Wittgenstein）的**語言遊戲**（*Sprachspiel*）理論[57]，此觀點是詞彙之所以有意義，是因為我們都同意遵循正在進行的「遊戲」的「規則」。

　　但是莎士比亞和維根斯坦的觀點是否正確呢？如果把玫瑰命名為其他名字，它還是會依舊芬芳嗎？近一個世紀前，語言學家愛德華‧沙皮爾（Edward Sapir）和班澤明‧沃爾福（Benjamin Whorf）提出假設，認為語言塑造思想和我們對現實的認知，被稱為沙皮亞—沃爾福假說（按：Sapir–Whorf hypothesis，又稱語言相對假說）。

---

57　Ludwig Wittgenstein, *Philosophical Investigations*, trans. Gertrude Elizabeth Margaret Anscombe (New York: Macmillan, 1953)

我們按照母語制定的分類剖析自然。我們從現象世界中分離出來的類別和類型，並非因爲它們對每個觀察者而言顯而易見；相反地，世界呈現出如萬花筒般流動的印象，需要由我們的意識進行組織——而這很大程度上表示必須藉由我們意識中的語言系統來進行。我們以我們的方式將自然界切割、將其組織成概念，並賦予意義，主要是因爲我們是參與了……一種協議，它貫串了我們的語言社群，並被編碼在我們語言的模式中。

沙皮亞－沃爾福假說提出了兩個主要論點：語言決定論（linguistic determinism）和語言相對論（linguistic relativity）。語言決定論認爲語言決定思維，語言相對論則認爲思想和語言有關，且不同語言使用者的思維方式不同。此假說自從1929年提出以來，一直存在激烈的討論，其極端觀點表明缺乏某些單字會阻礙思考對這些單字所涉及的事物，爭論重心在於如何定義並衡量思維和語言。

支持沃爾福理論的最著名例子是聚焦於因紐特人有關雪的單字數目（超過50個）。由於雪是因紐特人生活的基礎組成，並且因紐特人以多種方式來使用雪——這個論點認爲——他們對雪的認知與對雪缺乏經驗的人不同。沃爾福描述霍皮人（Hopi）沒有任何過去、現在和未來時態的語言標記，並認爲霍皮語指向該語

言使用者以不同方式感知時間。

自那以後，有人指出其他語言的使用者也能夠以語言形式來區分不同種類的雪。唯一的區別是，他們不使用單字，而是可能使用多個詞彙或片語，例如落雪、地上的雪、積雪、冰雪、半融的雪、濕雪等等。儘管霍皮語標記時態的方式不同於英語或其他許多語言，霍皮語使用者能以自然的時間標記（如太陽和月亮的升起和落下、一年的季節、河川水位、農作物等等）來溝通過去、現在和未來的現象。

對語言決定論的反彈在很大程度上是合理的。決定論採取語言等於思想的絕對觀點，沒有意識到語言影響的侷限，並且常產生不一致的研究結果。一種語言中的概念即使不能完全達到精確地翻譯，甚至可能需要使用多種詞彙來進行解釋，仍在很大程度上是能翻譯的。那麼，為什麼沙皮爾-沃爾福假說仍然引起如此多的興趣和魅力呢？心理學家約翰‧卡羅爾（John Carroll）寫道：「也許是因為它表示所有人一生都曾不知不覺被語言的結構所欺騙，被引導到感知現實的特定方式，而它對這種欺騙的覺察含意，使人們能以新穎的洞察力看待這世界。」[58]我有個學生甚至思索，學習外語是否可以幫他跳脫標準美式英語和非裔美國人英語（African American English）方言所施加的種族概念和偏見。

---

58　John B. Carroll, *Language, Thought, and Reality:Selected Writings of Benjamin Lee W horf* (Cambridge, MA: MIT Press, 1956)

哲學家尼采（Friedrich Nietzsche）甚至把語言稱為「監獄」[59]，是指它對思維所產生的限制，遠早於沙皮爾和沃爾福描述語言決定論和語言相對論，或科學界開始實證這些想法。

多語能力能否是揭開這個監獄大門的鑰匙？如果語言是一個濾網，用來過濾我詮釋現實用的周遭輸入，那麼新的語言會打更多孔，或者是打更大的孔，讓我們對宇宙能有更多了解。

我不認為所有的思想、記憶、情感或學習都必然是語言的。語言決定論對於解釋那些難以用言語表達的現象方面存在不足，例如愛情或榮譽等等「看到就知道」的事物。有不少學習活動不需要語言，如騎自行車或游泳就是其中一部分例子。古典條件反射，例如著名的巴甫洛夫實驗（Pavlovian experiments）讓一方學會聯繫鈴聲與食物，當聽到鈴聲時會開始流口水，也是非語言學習的另一個例子。

在記憶研究中，一個世紀多前的著名針刺實驗正時大腦可以在沒有語言的情況下學習和記憶。瑞士神經學家艾多爾・克拉帕雷德（Édouard Claparède）正在治療一位患有順行性失憶症的女士（Anterograde Amnesia，是一種無法形成新記憶和記住新訊息的疾病）。[60]克拉帕雷德的患者記得童年事件，以及更年長時的

---

59 Erich Heller, "Wittgenstein and Nietzsche," in *The Artist's Journey into the Interior and Other Essays* (London: Secker & Warburg, 1966), 199–226

60 Édouard Claparède, "Récognition et moiïté," *Archives de psychologie Genève* 11 (1911): 79–90

記憶，但卻無法創造任何新的記憶。儘管這位女士每天都與克拉帕雷德進行互動和接受他的測試，如果他離開了房間一小時，她很快就會忘記他是誰或是否曾見過他。有一天，克拉帕雷德將一根針藏在手心，當他伸手與患者握手時，刺了她一下。第二天，即使她沒有任何曾見過克拉帕雷德的有意識記憶，更不用說被針刺過，患者仍拒絕與克拉帕雷德握手，且無法解釋兩人之前每天握手，但她不想再握手的原因。縱然她沒有意識到曾經發生何事，但記憶仍然存在。克里斯多夫諾蘭（Christopher Nolan）的電影《記憶拼圖》（*Memento*）的粉絲可能會記得，一位保險業務使用類似的策略，來確認一位患者是否假裝患有記憶障礙。

顯而易見的是語言和思維並不相同。雖然語言並不能完全**決**定思想，但對我們的思維方式和自我認同來說，它是有意義地產生重要**貢獻**和**影響**的關鍵因素之一。就像能夠使用片語或句子，而非一個單字談論雪或時間，語言對思想的影響，與其說是你能夠在心中表達什麼，不如說是你**如何**表達。

例如，在推特（按：Twitter，現已更名為X）和Reddit上，多語者指出，在西班牙語中，注意力是你「借出」的物品，因為你想把它要回來。在法語中，你「創造」它，因為如果你不這樣做，它就不復存在。在英語中，你「支付」它，因為它具有價值。然後呢，在德語中，你「贈送」它，因為它實際上是個禮物。這樣的語言見解獲得了實證研究的支持。色彩知覺、時間、

空間關係和參照框架只是受語言影響的其中一些領域。就色彩而言，世界上的語言在使用基本顏色的詞彙數目方面差異巨大。《世界顏色調查》（*World Color Survey*）估計，至少有二十種世界語言只使用三或四個基本顏色詞彙（一個單字表示白色或淺色，一個單字表示紅黃色調，還有一個表示黑綠藍色調）。因為語言是我們文化重要特徵的輸入指南，且因為每種語言只對可能選項的一部份進行詞彙化，所以不同語言的使用者，感知和記憶顏色的方式也不同。

英語表達「藍色」的只有一個單字（blue），而俄語則有不同的單字來表示淺藍色（goluboy）和深藍色（siniy）。（當然，英語也有用單字組合或片語來描述不同藍色調的方式，然而這些用法較少，通常不是兒童在成長過程中學習的主要顏色）當英語和俄語使用者進行色彩辨別任務時，在不同語言類別中，俄語使用者區分兩種顏色的反應更快。在一項使用腦電圖測量大腦活動的研究中，對希臘語使用者和英語使用者進行測試時也出現類似結果。希臘語也有區分淺藍色（galazio）和深藍色（ble）的兩種不同單字。腦電圖反應顯示，希臘語使用者對淺藍色和深藍色的變化比對綠色更敏感，但英語使用者沒有出現如此差異。

當然，即使該語言中沒有不同單字來區分淺藍色和深藍色，該語言使用者仍可以在看到它們時區分出不同的藍色調。沒有不同的標籤來區分不同藍色調，就像沒有不同的標籤來區分不同種

類的雪一樣，並不會妨礙我們感知和體驗環境中出現的變化。不過，它似乎會影響我們的反應速度和將環境編碼到記憶中的方式。如果你用完全不同的標籤來描述兩個人的眼睛或衣物（藍色和綠色），那麼比起使用一個標籤（藍色）或修改的標籤（淺藍色和深藍色），記憶兩人的不同顏色會更加容易──當然向朋友描述時也更容易。當我寫這句話時，我意識到當我想著我孩子眼睛的模樣時，使用英語（並使用「blue」這個字）時會覺得藍色，深過我用俄語（並使用「golubyye」這個字）時的感覺，因為這兩種顏色的典型色調不同，影響了我的心理表徵。

另一個被廣泛研究的領域是時間概念。在科幻電影《異星入境》（Arrival）（以下劇透警告！）中，艾美．亞當斯（Amy Adams）飾演的語言學家學習外星語言，且該語言編碼了時間維度和時間轉換，之後成功穿越時間。雖然我們迄今還沒有發現任何語言可以實現時間旅行，不過不同語言的使用者思考時間的方式似乎確實不同，語言在塑造時間心理表徵方面發揮了重要作用。（無庸置疑，未來與外星意識進行溝通嘗試時，需要納入精通不同溝通代碼的心理語言學專家。）

有些人認為時間是水平前進的，有些人認為它是垂直移動，還有另外一些人則認為時間是迴圈。英語使用者更傾向於將時間描繪在水平線上，提及特定事物發生前後的東西──他們會「往前看/期待」（look forward）事件，或「回想」（think back）童

年。另一方面，華語使用者則同時將時間描繪爲垂直和水平。他們提及過去的事件時會說「上」，之後的事件說成向「下」。關於語言如何塑造時間描述的研究顯示，當被問及三月是否在五月之前時，英語使用者在看到水平排列的情況下回答更快，而華語使用者在看到垂直排列的情況下回答更快。[61]（但英語使用者也能夠學習以垂直方式思考時間：人們可以學習新的說話和思考方式。）當然，在現實中，時間根本不是一條線，雖然物理學家確實相信時間必然與空間一同出現（按：也就是所謂的「時空」觀念）。

不同語言的使用者也有不同的時間觀念，主要是視爲量詞或距離。英語使用者在談論時間時，會同時使用距離與量詞的比喻，其中距離比喻則較爲頻繁（例如「我們將會議往前移Let's move the meeting forward」、「短暫休息a short intermission」等），而量詞比喻則較爲少見（例如「有一堆時間a lot of time」、「節省時間saving time」等等）。其他語言則不然。

在兩項探討時間比喻如何影響時間估計的實驗中，英語、印尼語、西班牙語和希臘語的母語使用者被要求估計要花多久時間，使線條延伸成全長和杯子裝滿水。使用更多時間**距離**比喻的

61　Lera Boroditsky, "Does Language Shape Thought?: Mandarin and English Speakers' Conceptions of Time," *Cognitive Psychology* 43, no. 1 (2001): 1–22, https://doi.org/10.1006/cogp.2001.0748

語言（例如英語和印尼語）使用者更受**線條長度**影響。而那些使用更多時間**量詞**比喻的語言（例如希臘語和西班牙語）使用者則更受**水量**的影響。

　　語言還會影響我們對方向的感知。英語可以使用如北、東、南、西的基本方位，以及如左、右、前、後等相對身體的自身中心座標系統。有些語言並不同時具備這兩種選項。在只能選擇基本方位的語言中，演講者必須隨時知道北、南、東、西在哪裡，以便他們用來描述自己身體和四肢的位置、方向，甚至方位（例如他用南方手拿一顆蘋果）。

　　並非所有研究都發現時間描述或顏色知覺存在差異。對於屬於沙皮爾—沃爾福假說範疇的某些現象，仍需確定語言效應存在的條件。在語言決定論研究中發現的差異，在某種程度上是因為每個概念所使用的定義和測量方法不同所導致。甚至誰可以被認定為雙語者、三語者或多語者也是一種定義問題。學習第二（或第三、第四）語言的學習者何時會穿過門檻，成為該語言的真正歸化者？認為自己是雙語者或多語者的人，不僅因個別差異而有所不同，而且在不同的研究中也是如此。

　　我們尚未完全了解哪些認知功能是可以透過語言塑造，哪些無法（以及何時、為何和如何）。然而，愈來愈清楚的是，儘管語言不能決定思維，但它確實透過強大的方式塑造思維。引用愛德華・沙皮爾所言：「想像語言只是解決特定溝通和反思問題的

一種偶然手段，實際上是種錯覺。事實上，『現實世界』很大程度上是群體語言習慣無意識建立而成的。」[62]

　　偶爾，錯覺恰恰能讓我們窺見大腦對現實的解釋是多麼主觀。我們的直覺是，感知是直接的，我們所感知的外部環境是未經過濾的版本，我們都分享相同現實的感知，但錯覺違反了我們的直覺。畢竟，感官不應該是種觀點問題。這就是為什麼當有人堅稱我們看到的金色裙子是藍色的，或者我們清楚地聽到「Yanny」在他們聽來像「Laurel」時，我們會感到如此驚訝的原因。這些只是近年來網路上被廣泛分享的兩個知覺錯覺例子。

　　在「Yanny/Laurel」聽力錯覺中，一些聽眾會聽到相同的聲音為「Yanny」，而另一些人聽到的卻是「Laurel」。在藍金色裙子的視覺錯覺中，同一件裙子被一些人看成是藍色的和黑色的，卻被其他人看作是白色的和金色的（這兩種例子在Google搜尋中都可以找到）。這些感知錯覺表明，你所聽或所見會受到大腦中最容易被激發的神經元影響，而最可能被激發的神經元則取決於你最近的經驗曾激發哪些神經元。當人們聽到完全相同聲音時會聽到不同的單字（例如brainstorm或green needle），取決於他們聽到聲音之前看到了哪個字。

---

62　Edward Sapir , "The Status of Linguistics as a Science," *Language* 5, no. 4 (1929): 207–214

經驗會時時刻刻不斷重塑我們的神經網路，因此對於完全相同的刺激，激發的神經元永遠不會完全相同。同一人可能某天看那件裙子是一種顏色，另一天卻又看到不同的顏色，或者早上聽到聲音是Yanny，下午聽到的是Laurel。許多時候，激發的神經網路之間的差異不足以產生明顯不同的體驗，然而它們有時候會跨越閾值，導致相同的輸入有不同的感官知覺。我們習慣接受相同環境輸入對不同的人之間會引發不同的**情緒**，然而對於相同環境輸入會引起不同的**感官體驗**，則對人來說難以接受。

事實上，情感和感官都是主觀的。感官知覺會被周圍的視覺脈絡，與我們所說的語言等相關的事物所推動、扭曲和轉化。[63]

當雙語者轉換語言時，他們的神經活化網路會改變，他們的感知對現實的解釋也會隨之改變。在典型的雙閃錯覺（doubleflash illusion）中，聽到兩道聲音會使一次閃爍看起來像是兩次。對於多語者而言，聽覺和視覺刺激的時機必須比對單語者的更接近，否則就不會受到這種幻覺的影響。換句話說，在跨感覺輸入（cross-modal inputs）之間缺乏自然對應的情況下，雙語經驗可以增強對時機等特徵的敏感度。已經有人提出，這是由於自上而下控制（top-down control）在確定何時結合視覺和聽覺（基於空

---

63 Peiyao Chen, Ashley Chung-Fat-Yim, and Viorica Marian, "Cultural Experience Influences Multisensory Emotion Perception in Bilinguals," *Languages* 7, no. 1 (2022): 12, https://doi.org/10.3390/languages7010012

間、時間和語義特徵）時更有效。

語言經驗不僅影響感官訊息的**知覺**，還改變了跨感知輸入的**整合**。跨感官整合最引人注目的例子是聯覺（synesthesia）──特定感官經驗與另一種感官經驗互相連結的現象，如聲音連結到顏色或生理感覺。畫家瓦西里‧康丁斯基（Wassily Kandinsky）看著畫作時會聽到音樂，物理學家理查‧費曼（Richard Feynman）在看方程式時會看到顏色，藝術家菲瑞‧威廉斯（Pharrell Williams）在聽音樂時會看到顏色。儘管我們大多數人不會體驗到這種極端程度的跨感覺整合，我們也會受到跨感覺影響。例如，聆聽柔和的音樂可以增加巧克力的濃郁感。我們所有人都會整合來自不同感覺的訊息，包括處理語言的時候，因為我們同時感知到聽覺和視覺輸入。

雖然多語者在處理非語言刺激時對時機掌握得更好，更能處理如雙閃錯覺中不以固有模式呈現的音調和閃爍，但他們處理語言時，似乎更傾向整合視覺和聽覺的輸入。多語者整合語音輸入時，更傾向接合說話者的聽覺聲音和視覺唇部動作。

麥格克效應（McGurk effect）是指，如果你的眼睛看到有人嘴唇發出一種聲音（例如「ga-ga」），而同時你的耳朵聽到是不同的聲音（例如「ba-ba」），你大腦不會感受這兩種聲音，而是一種全新的聲音（「da-da」）。在語言發展的早期階段，跨感官整合就已經存在於言語理解中。對於能夠聽和看的人，大

腦會學習將特定的視覺輸入與特定的聲音進行配對，隨著時間推移，這些聯繫會更加鞏固。當發生非預期的錯配時，大腦會試圖以產生麥格克效應的方式加以調和。

我們的研究表示，雙語者比單語者更容易經歷麥格克效應，這表示多語經驗改變了跨感官整合。[64] 這可能是因為雙語者（至少在最初階段）還在學習另一種語言時，需要依賴更多視覺訊息來理解語言。語言學習者通常會描述，他們更關注說新語言者的嘴形，以提高自身語音感知能力。反過來說，要透過電話理解新語言的難度遠大於面對面交談，因為缺乏視覺訊息。事實上，成長在多語家庭的嬰兒比單語嬰兒更注重說話者的嘴形。雙語者和單語者對語言相關輸入的早期差異，會持續塑造他們一生中的感官處理。[65]

視覺和聽覺感知並不是唯一受語言影響的感官，儘管其他感覺的研究很少。不同的語言在編碼感知方式上有差異。不僅各種感官可用的詞彙數量因語言不同而異，使用同一語言的人在描述感官的一致性也有所不同。例如，在跨語言比較中，氣味的編碼程度幾乎普遍不如其他感官。研究發現，在想像不同物品的味

---

64　Viorica Marian, Sayuri Hayakawa, Tuan Q. Lam, and Scott R. Schroeder, "Language Experience Changes Audiovisual Perception," *Brain Sciences* 8, no. 5 (2018): 85, https://doi.org/10.3390/brainsci805008

65　Sayuri Hayakawa and Viorica Marian, "Consequences of Multilingualism for Neural Architecture," *Behavioral and Brain Functions* 15, no. 1 (2019): 1–24, https://doi.org/10.1186/s12993-019-0157-z

覺、嗅覺和觸覺時，多語者用外語描述觸覺、動覺、聽覺和視覺等感官體驗時，其心理意象比起母語更不生動，這表示人們最初的生活經驗與母語連結在一起。

語言甚至可以影響我們對疼痛的感知。使用髒話語能讓人們將手放在冰水中的時間更久[66]，這可能是由於語言對疼痛閾值的變化，以及透過語言釋放因為壓力所導致的生理反應。當你下次踢到腳趾或踩到孩子的樂高玩具時，你可以考慮把這個實證證據當成藉口喔（放飛「它」吧，你感覺好一點的！）。

語言是我們處理和組織周遭世界資訊的最強大工具之一。我們對現實的感知會透過我們的語言系統過濾，且學習另一種語言能使我們在感知周圍環境時，超越單一語言的限制。多語者能夠感知周遭世界的更多事物，因為它們能夠超越單一語言強加的力場（scalar gradient）[67]。當我們有語言的時候，誰還需要改變思維的藥物呢？

---

66  Richard Stephens, John Atkins, and Andrew Kingston, "Swearing as a Response to Pain," *NeuroReport* 20, no. 12 (2009): 1056–1060, https://doi.org/10.1097/WR.0b013e32832e64b1

67  按：本詞原本該翻為「純量梯度」，是描述某些物理特性對周遭空間的純量影響，如熱物周遭空間的溫度分布，不過作者在此應該是以物理詞彙比喻語言對周遭環境施加過濾的效果，故在此翻為力場。

第**4**章

# 道成肉身
## The Word Made Flesh

In the beginning was the Word. . . .

And the Word became flesh.

——John 1:1–14

太初有道……

道成了肉身。

（約1:1–14）

我第一次開始研究多語者大腦是在90年代。[68]我會花五小時從伊薩卡（Ithaca）開車到紐約市，到紀念斯隆－凱特琳癌症中心（Memorial Sloan Kettering Cancer Center），當時才剛開始將fMRI用在人類大腦認知處理，但我可以在這裡掃描雙語者的大

---

68  Viorica Marian, Michael Spivey, and Joy Hirsch, "Shared and Separate Systems in Bilingual Language Processing: Converging Evidence from Eyetracking and Brain Imaging," *Brain and Language* 86, no. 1 (2003): 70–82, https://doi.org/10.1016/S0093-934X(02)00535-7

腦。[69]我會和神經科學家喬伊‧海奕施（Joy Hirsch）一起仔細研究大腦影像到深夜，她也教我如何使用fMRI。fMRI是指使用類似你在醫生進行體檢時可能很熟的核磁共振（MRI）機器，只是它透過使用科技測量大腦功能（而非結構），追蹤不同腦區的血流和氧合（oxygenation）程度。

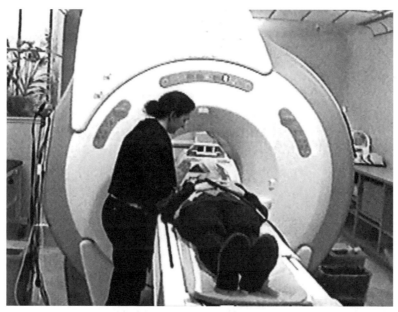

1998年，在紐約市紀念斯隆凱特琳癌症中心（Memorial Sloan Kettering Cancer Center），作者正準備用fMRI掃描儀測試雙語使用者的照片。

69　fMRI 4 Newbies, "fMRI 4 Newbies: A Crash Course in Brain Imaging," accessed February 18, 2022, http://www.fmri4newbies.com/

最初，MRI被用於定位腫瘤和呈現大腦解剖結構影像。然後它成為手術計畫的一部分，協助外科醫生保護關鍵腦區，以維持必要的生命功能。但是隨著大腦結構和功能的識別能力不斷進化，也發展出新方法來研究大腦進行認知任務時的運作方式。

血氧濃度相依對比（blood oxygenation level dependent，BOLD）已經開始用於人類腦部功能成像。當腦部區域參與認知任務時，與任務執行相關的局部神經會增加活動。神經活動增加會導致該區域血管擴張和新陳代謝率增加。血液容量和流量也會增加。增加的血流會改變腦中該區域的氧合比例。fMRI掃描儀可以檢測各個腦區氧合程度的變化。簡而言之，當我們進行心理任務時，執行此任務所在的腦區的血流量會增加，強大的磁力可以測量這些區域的氧合變化，進而確定該任務是由大腦的哪個區域執行。

最初，多語者腦研究試圖找到母語和非母語語言在腦中的位置。這些早期的錯誤努力源自有關大腦損傷修復的臨床研究。

失語症（Aphasia）是指腦部損傷後失去理解或語言表達的能力。中風的三語者可能會喪失他中風前會的三種語言中的其中兩種，之後兩種語言中可能有一種會恢復。有一個關於多語失語症的神奇案例是一位修女，她出生在卡薩布蘭卡（按：Casablanca，摩洛哥的最大城市）的法語家庭，十歲開始學阿拉伯語。她能流利使用這兩種語言，曾在醫院當了24年的兒科護理

師，她和患者和家屬主要使用阿拉伯語，與醫療人員則主要用法語。她48歲時出了一場車禍，導致腦部受損並失去意識。當她恢復意識後，她無法說話，兩種語言中均出現全面性失語症。四天後，她只能說出幾個阿拉伯詞彙。這名患者很清醒，智力完好無損，也沒有檢測到其他神經心理問題。在接下來的十四個月中，她的語言會交替恢復，有時她的阿拉伯語會更強，法語則更弱，而其他日子情況剛好相反。即便她兩種語言都恢復後，她仍然無法用拉丁語說出聖母經和主禱文，即便她過去已經牢記在心並說過無數次。這種不尋常的失語症案例被稱為交替對抗性失語症（alterante antagonism aphasia），其實不如人們所想的罕見。[70]

最早的多語失語症系統研究之一發表於1895年。神經學家艾爾伯・皮特斯（Albert Pitres）想要描述多語失語症中各種語言的喪失和恢復模式，[71]然而由於個別差異，這項任務被證實是不可能的。選擇性語言喪失和恢復的模式取決於許多因素：哪些腦部程序受到干擾、哪些語言是最近學的、如何學的、學習成果如何，以及最近是否曾使用過。

在神經語言學中，多語失語症的研究對象已經包括使用兩

70　Michel Paradis, Marie-Claire Goldblum, and Raouf Abidi, "Alternate Antagonism with Paradoxical Translation Behavior in Two Bilingual Aphasic Patients," *Brain and Language* 15, no. 1 (1982): 55–69, https://doi.org/10.1016/0093-934X(82)90046-3

71　Albert Pitres, "Etude sur l'aphasie chez les polyglottes," *Revue de Médicine* 15 (1895): 873–899

種語言至五十四種語言的人。[72]這些案例涵蓋第一語言的喪失和恢復、第二語言的喪失和恢復、死語的反常恢復（paradoxial recovery of a dead language，如古典希臘語和拉丁語）；選擇性失語症（selective aphasia，只喪失多種語言之一）；差異性失語症（differential aphasia，無法理解一種語言，和無法說出另一種語言）；交替性失語症（有時喪失一種語言，而其他時候喪失另一種語言）；以及病態混合失語症（pathological mixing，無法控制使用哪種語言，因此混用）。

最初，發現多語者無法說其中一種語言、但能說另一種時，解釋是不同語言在不同大腦部位中運作。發現多語失語症患者的選擇性失語和復語，讓早期研究被引導到錯誤的方向，努力尋找大腦中不同和局部的區域。在19世紀末，外科醫生開始使用直接電刺激來確定與語言相關的大腦區域，以保護這些區域在手術切除腫瘤或緩解癲癇發作時不受損傷。早期對多語失語症患者大腦的研究會使用皮質刺激來定位不同語言在大腦中的位置，深入挖掘，試圖爲每種語言找到特定位置。

透過大腦皮質刺激選擇性干擾多語者的特定一些語言，推動了對大腦中語言共享位置和獨立位置的研究。我們現在知道多語者的語言主要依賴大腦高度重疊的網路，並且根據語言的屬性和

---

72　Franco Fabbro, *The Neurolinguistics of Bilingualism:An Introduction* (London: Psychology Press, 1999)

掌握程度有一定的變異性，且可能有數種原因導致僅選擇性損傷其中一種語言，而不影響其他語言。

事實證明詢問多語者的語言是否在同一個或不同腦區域進行處理是錯誤的。大腦並不會在特定區域處理個別語言。相反的，有個廣泛而高度相互連接和分佈的神經網路被單語和跨語言使用。

近年來，神經科學領域在測量大腦運作方式、語言如何在神經層面被處理，與學習新語言如何重組大腦方面取得了巨大進展。現在多項令人信服的研究表示，語言涵蓋廣泛的互動區域，包含前額葉、顳葉、頂葉、枕葉和腦幹。

在認知系統中對語言的廣泛平行處理當然不僅限於多語者。近期研究指出，整體而言，感覺和詞彙語意訊息在語言系統中也是平行處理，包括單語者。事實證明，以前認為在語言處理中較晚啟動的大腦區域，實際上只要出現聲音就會馬上發揮作用。科學家曾經認為語音處理遵循序列方式進行，首先由主聽覺皮層處理簡單的聲音頻率，只有聲音稍後被轉化為有意義的詞彙時，才在上側顳葉迴中處理。[73]新的方法讓我們能在整個聽覺皮層上放置小型電極，同時收集語言映射的神經訊號。這些新的神經科學

73 Liberty S. Hamilton, Yulia Oganian, Jeffery Hall, and Edward Chang, "Parallel and Distributed Encoding of Speech Across Human Auditory Cortex," *Cell* 184, no. 18 (2021): 4626–4639, https://doi.org/10.1016/j.cell.2021.07.019

實驗顯示，大腦在處理聲音時，並非以序列方式將低階的聲音表述轉換為高階的詞彙表述，而是以平行方式處理它們。

在多語言處理中的平行活化現象提供了另一種方式來揭示人類心智的非模組化特徵。有關心智模型化的辯論根源，可以追溯到顱相學（phrenology）這個18世紀到19世紀的偽科學。顱相學家如弗朗茲．約瑟夫（Franz Joseph，1758-1828）聲稱一個人心智機能可以定位到大腦特定實體區域。當你看到大腦圖像上有個特定區域專門負責處理X，另一個區域則專門負責處理Y，第三個區域則專門負責處理Z，那就是顱相學的一種形式。

在20世紀，哲學家傑瑞．福多（Jerry Fodor）的成果為心智模型化的概念喚起新的活力。雖然他的書《心智模型》（*Modularity of Mind*）去除了心智機能精確定位在大腦特定實體區域的概念，但大膽地主張這些能力本身是模組化的。[74]亦即心智由不同的、既定的、漸進發展的模型組成，這些模組彼此不會互動或互相影響——其中有專門處理語言的模組、專門處理感知的模組、專門處理記憶的模組等等。

新的研究方法論提供了福多幾十年前所沒有的數據，顯示大腦實際上並非模型化。大腦的整體功能和其產生的智能，無法以個別研究模組的方式理解。多種語言的大量平行共同活化，及其

---

74　Jerry A. Fodor, *The Modularity of Mind* (Cambridge, MA: MIT Press, 1983)

對其他認知功能的影響，則是對心智模組化的另一個致命一擊。

　　神經語言學的當代理解最終較少強調空間化。而是將大腦神經網路想像成由湧現理論（emergence theory）解釋的其他複雜系統。[75]複雜系統具有兩種關鍵特性：一、是整體大於其每個部分的總和（按：the whole is grater than the sum of its parts，指要理解複雜系統，不能僅從組成系統的每個部分來看，還要綜觀整個系統，注意每個部分之間的互動），二、是它們高度互相關聯連和動態變化。

　　我們容納語言（所有語言）的能力可以被視為是整個大腦協同工作（working in concert）的湧現特質。延伸音樂會（concert）的比喻，講英語和法語之間不像是演奏大號與拉小提琴之間那般，而是更像是大型交響樂演奏貝多芬的第五交響曲與柴科夫斯基的第六交響曲。多語者可能會選擇性地喪失特定語言，而非另一種，儘管它們仰賴的神經網路大部分重疊；即使同一個交響樂團演奏兩首交響樂，失去小提琴手對一首樂曲的影響可能比另一首樂曲更為不利。

　　而第二個特性可以解釋語言能力隨時間變化的方式：大腦是自我組織的有機體，它是基於輸入和經驗進行學習和適應。神經網路湧現，變化，因使用而強化連結，不使用時則會發生（神經

---

75　Steven Johnson, *Emergence:The Connected Lives of Ants, Brains, Cities, and Software* (New York: Scribner, 2001)

元的）突觸修剪。艾倫・圖靈（Alan Turing）用數學方法描述湧現現象的背後原理[76]，以此證明一個複雜的有機體可以在沒有整體規劃的情況下自我彙編（assemble）。

自我組織（self-organizing）系統存在於自然界（如黏菌的行為和螞蟻群體）和工業界（如城市規劃），人類現在正在使用人工智能創建愈來愈複雜的自我組織網路。人工智能可以在無盡的試錯遊戲中反覆嘗試解決問題，來進行自主學習。隨著時間的推移，系統找出了最佳解決方案，甚至可以擊敗西洋棋大師，這在以前曾被認為是不可能發生的。人工神經網路的自動自我組織和自我複製[77]，和人類智能的湧現中有類似之處，這是由大腦多個組成部分相互作用而產生的結果。

雖然每個單一神經元的容量有限，但是當許多神經元相互連結並互動時，總和會超過了其各部分，並且能自我組織以實現複雜的認知功能。對於多語者的多種語言而言，這種自我組織系統更複雜。當兩個神經元對刺激（例如口語詞彙）做出反應時，它們開始建立或形成彼此之間的化學和物理路徑，這些路徑的強弱會根據它們共同活化的頻率而定。例如，「睡覺」和「疲倦的」

---

76　Alan Turing, "The Chemical Basis of Morphogenesis," *Philosophical Transactions of the Royal Society of London B* 237, no. 641 (1952): 37–72

77　Marvin Minsky, *The Emotion Machine:Commonsense Thinking, Artificial Intelligence, and the Future of the Human Mind* (New York: Simon & Schuster, 2006)

這兩個詞彙一起出現的可能性會大過「睡覺」和「綠色的」。[78]
隨著時間的推移，認知神經系統功能的變化會改變大腦的物理結構。

神經激發是學習的基礎，並反映在大腦中灰質和白質的形成。學習另一種語言不僅讓你擁有不同或更多的詞彙。它還重塑你大腦的連接路徑並使其轉化[79]，創造了更加密集的連接網。是的，語言使我們能夠向外部傳遞訊息，實現溝通，並將我們連繫他人。但它也在內部建立連結，在激發的神經元之間建立新神經路徑，加強現有者，以便更有效地利用大腦結構，最大化學習和最佳化功能。

就像運動可以改變我們的身體一樣，學習和使用另一種語言等心理活動也可以塑造我們大腦的實體結構。研究發現，雙語者在前額區灰質密度更高。灰質是大腦的神經細胞體所在之處，用於處理資訊；白質由髓鞘的軸突組成，透過神經脈衝將訊號從一個灰質區傳遞到另一個灰質區。有個簡化的比喻是，想像城市之間透過高速公路連接起來。在這個比喻中，腦灰質是處理訊息的地方（城市），而腦白質提供灰質區之間的溝通（高速公路）。一份刊登《自然》期刊上的研究報告指出，第二語言能力較高、

78　Noam Chomsky, *Syntactic Structures* (The Hague: Mouton, 1957)

79　Sayuri Hayakawa and Viorica Marian, "Consequences of Multilingualism for Neural Architecture," *Behavioral and Brain Functions* 15, no. 1 (2019): 1–24, https://doi.org/10.1186/s12993-019-0157-z

加上在早期就開始學習第二語言的雙語者，在多個皮質區中具有較高的灰質密度。[80]

多語者在從前額葉區連接到後部和皮質下感覺和運動區的神經束中有更多的白質[81]。這種差異可能使他們能將部分工作從通常執行認知任務的額葉區，轉移至處理更多程序活動的區域。

雖然灰質體積和白質完整性隨著年齡增長而下降，但是懂得多種語言可以幫助減緩這種衰退。透過經驗，我們的大腦具有重新組織和形成神經元之間新連繫的卓越能力。掌握多種語言經驗不僅改變了涉及語言處理的大腦結構[82]，還改變了非專門處理語言的大腦區域和結構之間的連結，甚至在未涉及語言的情況下也是如此。

關於多語者大腦的最新研究，發現多語經驗不僅改變大腦的

80　Andrea Mechelli, Jenny T. Crinion, Uta Noppeney, John O'Doherty, John Ashburner, Richard S. Frackowiak, and Cathy J. Price, "Structural Plasticity in the Bilingual Brain," *Nature* 431, no. 7010 (2004): 757, https://doi.org/10.1038/431757a

81　Jennifer Krizman and Viorica Marian, "Neural Consequences of Bilingualism for Cortical and Subcortical Function," in *The Cambridge Handbook of Bilingual Processing*, ed. John W. Schwieter (Cambridge: Cambridge University Press, 2015), 614–630

82　Viorica Marian, James Bartolotti, Sirada Rochanavibhata, Kailyn Bradley, and Arturo E. Hernandez, "Bilingual Cortical Control of Between- and Within-Language Competition," *Scientific Reports* 7, no. 1 (2017): 1–11, https://doi.org/10.1038/s41598-017-12116-w

灰質和白質區，還有更加驚人的結果。[83]

除了改變大腦結構、組織和功能外，使用多種語言還直接改變細胞的化學和代謝濃度。[84]因爲大腦中的神經過程需要消耗能量，因此代謝物濃度會隨著神經退化和經驗驅動的大腦可塑性而產生變化。大腦代謝和神經化學活動的變化與阿茲海默症、多發性硬化（multiple sclerosis）、帕金森氏症和亨廷頓舞蹈症（HD），以及原發性進行性失語症（primary progressive aphasia）等認知缺陷有關。代謝物水平的變化也存在於認知老化中。在健康的人當中，代謝物濃度受認知功能（如記憶、執行控制〔executive control〕和閱讀）的影響。測量代謝物濃度尤其有用，因爲比起相對粗糙的行爲測量，它能更敏感地測量腦神經化學狀態。

磁共振光譜學（Magnetic resonance spectroscopy）研究調查雙語大腦代謝相關性的結果顯示，雙語者和單語者的腦部代謝物程度有所不同。雙語者的大腦顯示出肌醇（myo-inositol）濃度增加，和N-乙醯天門冬胺酸（N-acetyl-aspartate）的濃度降低，這

---

83 Christos Pliatsikas, Elisavet Moschopoulou, and James Douglas Saddy, "The Effects of Bilingualism on the White Matter Structure of the Brain," *Proceedings of the National Academy of Sciences* 112, no. 5 (2015): 1334–1337, https://doi.org/10.1073/pnas.1414183112

84 Christos Pliatsikas, Sergio Miguel Pereira Soares, Toms Voits, Vincent DeLuca, and Jason Rothman, "Bilingualism Is a Long-Term Cognitively Challenging Experience that Modulates Metabolite Concentrations in the Healthy Brain," *Scientific Reports* 11, no. 1 (2021): 1–12, https://doi.org/10.1038/s41598-021-86443-4

兩種代謝物已被證實與基於經驗的大腦重組有關。兩種濃度與雙語參與程度有關。似乎使用多種語言會提供費力的認知經驗，改變大腦中代謝物濃度。

除了改變大腦細胞中的生化代謝物之外，與多語能力相關的其他細胞差異也可能由表觀遺傳學產生。這些差異可能是表觀遺傳（epigenetics）所產生的。表觀遺傳學是指研究有機體中基因表現的改變（而不是實際基因碼的改變）所引起的變化。表觀遺傳學這個詞彙來自希臘字首epi-，意思是「在……之上」或「除了……以外」，就像是在基因之上的遺傳一樣。表觀遺傳的變化會隨哪些蛋白質有無產生而不同，這是由行為和環境所引起。

DNA甲基化（DNA methylation）等表觀遺傳學的變化可以「開啓」和「關閉」基因。這些變化是可逆的且可遺傳的，取決於個體或其祖先的生活經歷。我們看到，一個人吸煙然後戒煙時，表觀遺傳學的變化會逆轉。吸煙者的DNA甲基化程度比非吸煙者低。甲基化通常會「關閉」基因，而去甲基化則會「開啓」與某些疾病相關的基因。戒煙後，隨著時間的推移，DNA甲基化程度可以達到與非吸煙者相似的程度。

我最愛的表觀遺傳性的遺傳例子來自於水蚤。[85]有些水蚤有尖刺狀的頭盔，而其他則無。裸頭水蚤和戴頭盔水蚤的DNA是

---

85 Sharon Begley, "Was Darwin Wrong About Evolution?" *Newsweek*, January 1, 2009, https://www.newsweek.com/begley-was-darwin-wrong-about-evoluti on-78507/

相同的。然而，決定水蚤是否擁有頭盔的原因是母親的生活經歷。如果水蚤媽媽遇到了天敵，那麼牠的水蚤寶寶（幼蚤）出生時會有頭盔。如果水蚤媽媽在生活中沒遇到天敵，那麼牠的幼蚤就會裸頭出生（沒有頭盔）。媽媽水蚤和幼蚤具有相同的基因物質，然而母親的經驗會透過表觀遺傳變化，影響會在後代中表現出來的基因，進而決定幼蚤是否會有頭盔。

在研究表觀遺傳學的人中，這些現象被稱為「咬母親，戰女兒」（bite the mother, fight the daughter），且不只發生在水蚤身上。即使是野生蘿蔔的下一代也會因父母植物是否遭到蝴蝶幼蟲的攻擊而發生改變。當一隻老鼠在嗅到櫻花香時遭受電擊，表觀遺傳學的改變會傳遞兩代，受到驚嚇的老鼠的後代和下下一代表現出對櫻花的類似恐懼。[86] 需要注意的是，表觀遺傳學與查爾斯·達爾文（Charles Darwin）的演化論概念有本質上的不同，後者提出變異是遺傳而來，而性狀是透過多代在更長的時間範圍下被選擇的，而不是在父母直接經歷之後形成的。

甚至還有人提出，負責細胞內廣泛訊息交換的表觀遺傳標記可以充當「細胞語言」。[87] 是什麼原因確切決定特定基因「啓

86　Brian G. Dias and Kerry J. Ressler, "Parental Olfactory Experience Influences Behavior and Neural Structure in Subsequent Generations," *Nature Neuroscience* 17 (2014): 89–96, https://doi.org/10.1038/nn.3594

87　Biao Huang, Cizhong Jiang, and Rongxin Zhang, "Epigenetics: The Language of the Cell?" *Epigenomics* 6, no. 1 (2014): 73–88, https://doi.org/10.2217/epi.13.72

動」，而使其他基因「關閉」，以及表觀遺傳變化對這些基因表現的有多少貢獻程度，這些問題仍然不甚明白。有部分原因是整個表觀遺傳學領域在200多年的時間裡一直引起極大的爭議，甚至被認為是不可信的。即使現在，一些科學家對此仍持懷疑態度。

負面經驗似乎不是唯一會產生表觀遺傳變化的原因。正面和豐富的經驗也會引起表觀遺傳變化。老鼠的研究顯示，在父親的孕前和母親的懷孕期間，刺激性的環境可以改變後代的表觀基因組、大腦和行為。當公鼠在交配前被置於豐富的環境中，而母鼠在受孕前和懷孕期間也置身於豐富的環境中，它們的後代在海馬體和前額葉皮質中的甲基化水平會降低。對於老鼠而言，豐富的刺激環境包括更大的籠子、多層次的探索空間、大量的刺激玩具和社交互動的籠友。[88]

關於豐富經驗如何改變人類所繼承的表觀遺傳特徵的研究仍處於初期階段。如藥物、酒精、菸草、毒素、食物、饑荒、溫度和光線等環境因素都能影響基因表現。最近的研究報告指出，大屠殺倖存者的子女，和世貿中心911恐怖攻擊事件的創傷倖存者

88 Richelle Mychasiuk, Saif Zahir, Nichole Schmold, Slava Ilnytskyy, Olga Kovalchuk, and Robbin Gibb, "Parental Enrichment and Offspring Development: Modifications to Brain, Behavior and the Epigenome," *Behavioural Brain Research* 228, no. 2 (2012): 294–298, https://doi.org/10.1016/j.bbr.2011.11.036

子女，都出現表觀遺傳學方面的變化。[89]表觀遺傳影響在兒童早期發展發揮重要作用，包括大腦發育、學習和語言習得和相關疾病。表觀遺傳過程也被認為與人類認知及語言障礙有關。[90]

多語能力是否會產生表觀遺傳變化仍是一個未解之謎。我們知道，語言天賦（在語言能力光譜的一端）和語言障礙（另一端）都有遺傳成分存在。但這並不表示有特定基因決定一個人是否有學習語言的天分，因為語言能力與多項基因及其表現有關。

大腦細胞可以利用DNA雙股斷裂（double-strand break，DSB）迅速讓學習和記憶相關的基因表現出來。[91]已知豐富的環境會在老鼠身上產生表觀遺傳變化，而基因表現會改變人類的學習和記憶，因此可以合理地提出假設，豐富的語言和社交環境（例如多語相關的環境）可能會改變人類的基因表現。多語能力憑藉其多種語言和文化的聲音、視覺和體驗，可能同樣會推動表觀遺傳變化。目前，這是一個理論性假設，需要資源進行實證驗證。但多語能力與表觀遺傳變化有關的想法符合表觀遺傳學理

89  Rachel Yehuda, "Trauma in the Family Tree," *Scientific American* 327, no. 1 (2022): 50–55, https://doi.org/10.1038/scientificamerican0722-5

90  Shelley D. Smith, "Approach to Epigenetic Analysis in Language Disorders," *Journal of Neurodevelopmental Disorders* 3, no. 4 (2011): 356–364, https://doi.org/10.1007/s11689-011-9099-y

91  Shaghayegh Navabpour, Jessie Rogers, Taylor McFadden, and Timothy J. Jarome, "DNA Double-Strand Breaks Are a Critical Regulator of Fear Memory Reconsolidation," *International Journal of Molecular Sciences* 21, no. 23 (2020): 8995, https://doi.org/10.3390/ijms21238995

論。

多語能力會改變大腦的結構和功能，改變細胞層面的化學性質，它可能甚至與表觀遺傳變化有關，這些發現更令人震驚，因為我們理解到，如語言和文字這樣無形的事物，改變了大腦和其內部的實體物質。從本書前面描述的眼球運動變化，到後面描述的內耳毛細胞震動變化，學習另一種語言會改變你的身體結構。

這段話可能會讓你想起聖經中的那一句話，「道成肉身」。《約翰福音》不是只在某處提到這點，而是在開篇的章節中就出現。語言轉化物質，是世上許多宗教、精神實踐、神話和文化中都存在的觀念。禱告和聖歌建立在語言之上。甚至那些相信咒語的人作法也如出一轍，因為他們相信詞彙和代碼可以使人們產生特定的感覺或行為。然而首先做到這些事情的，不就是語言本身嗎？這是我們都可以使用的魔法。

日語中有個名詞「言靈」（ことだま），指字詞有改變現實力量的概念。這反映在日本命名年代的傳統上，例如由明仁天皇登基時開啓當今的「令和」時代，意為「美好和諧」。曾經是神話領域現在正成為科學研究的主題。我們能看到，語言確實可以影響物質世界，包括改變我們身體的生理狀態。

# 第5章

# 童年、老年和兩者之間
## Childhood, Aging, and Itween

　　人類追尋的聖杯（Holy Grail）之一，長生不老藥（elixir），至少可以追溯到聖經時代。今日，我們研究「藍區」，也就是地球上人們壽命更長且百歲人瑞比例更高的地方，試圖學習在人生晚年時延長壽命和生活品質。雖然尚未找到聖杯，但是我們已經確認了幾種有助於健康老化的變因，其中最重要的是運動、營養和教育。雙語能力是另一種已被證實能保護人們對抗認知衰退，後者有時與老化相關，且為失智症的特徵。

　　試著想像一下，多年來，你每天下班後走同一條路回家，直到有一天你習慣回家的這條路坍方了，這條路再也無法使用。如果你住的地區過去已經開發出許多道路，那一條路的坍方並不會阻礙你抵達目的地，因為你可以走其他替代路線回家。但是如果只有這條路線能到家，那麼你可能需要尋找其他方式才能返回家中。或是如果你只知道一條回家的路，那麼你就會有麻煩了。同樣地，如果大腦中的某條路徑已經退化，無法用於存取記憶或資

訊，那麼多語者會擁有其他已建立的路徑，這些路徑是由其他語言或跨越兩種、多種語言中所累積的詞彙、記憶和經驗之間聯繫而成。

我八十多歲的荷蘭岳母威廉敏娜擅長五種語言；她的頭腦非常敏銳。她與其他眾多老人的經驗符合新興的研究：懂得多種語言有助於維持大腦健康。

在多語者的神經科學中，近期最引人注目的發現之一，是掌握多種語言，可以延後阿茲海默症及其他失智症相關類型疾病平均約四到六年。隨著年齡增長，掌握多種語言對大腦健康帶來的益處尤為驚人，尤其當你知道，除了運動和飲食，我們不知道還有什麼事物能提供這種程度的益處時更是如此。患有老年失智的年紀往後延遲，表示有更多時間能享受和獨立生活，也可能是以下兩種生活之間的差別：與孫輩們一起同樂並看著他們成長，抑或是永遠無法再認出他們。

兩種或兩種以上語言的不斷切換，創建了更加緊密的神經網路，從功能上彌補語言的退化。這句話並不是表示雙語者的大腦不會衰退，而是更多相互連結的網路使得他們能夠最佳化使用其餘部分。換句話說，這不代表多語者不會患上失智症，而是當大腦有同等解剖學上的退化程度時，多語者的日常症狀會比單語者輕微。他們應對失智症的行為表現更好。雙語者平均會表現出比單語者更輕微的記憶喪失和較少的認知衰退，以及在如簡易智能

狀態測驗（MMSE）之類的標準認知測試中表現更佳。

使用多種語言的人患上失智症的年齡比較晚，是因為所謂的「認知儲備」（cognitive reserve）。這是大腦的實體狀態和其認知功能程度之間的差異。具有替代性的認知資源（在儲備中）特別有助於大腦面對脅迫，無論是腦部疾病、壓力或其他挑戰。我們可以將它視為對大腦損害的抵抗能力。認知儲備較高的人在認知任務上的表現會優於認知儲備較低的人，即便雙方因疾病、老化、壓力或暫時性健康問題等原因，而面臨程度相似的大腦退化，仍然如此。

《我想念我自己》（*Still Alice*）這部電影是根據真實故事改編的，茱莉安摩爾（Julianne Moore）飾演患上阿茲海默症的語言學教授。她的角色使用外部記憶輔助工具，如筆記、日誌和通知，以幫助維持她能日常中生活的功能。愛麗絲了解研究結果，並擁有足夠的智慧來利用外部記憶輔助裝置協助記憶，讓她在早期時就能更成功地應對阿茲海默症症，並持續她的生活，直到令人心碎卻無法避免的結局來臨。有關失智症和認知衰退的研究表示，教育水準和懂得另一種語言能有助於減緩疾病進展的兩種變量。這兩種生活方式因素以及運動、壓力控管和終身好奇心都有助於延長大腦思惟的靈活性。

當然，懂得另一種語言不是唯一能夠豐富和幫助大腦健康的體驗類型。音樂是一種豐富的聽覺體驗形式，對感官處理也有所

助益。單單閱讀也是一種建立詞彙和意義之間聯繫的認知形式。甚至連電玩也可能認知控制等心理功能方面產生正面影響。積極地參與對新的追求，無論是旅遊、填字遊戲或拼圖等等，有助於到老年時仍保持大腦健康。

　　教育方面似乎尤其有所差異。最近進行一項研究的作者認為，一位擁有學士學位的八十歲女性，其記憶力通常和一位只有高中學歷的六十歲女性相當，並解釋了額外四年的教育能彌補二十年的衰老（老齡化）帶來的記憶損失。[92]

　　多語能力的優勢在於它的影響更為廣泛，並結合了上述其他活動的所有好處。多語能力的好處包括我們在音樂訓練中所見的聽覺豐富性、比閱讀中所見的詞彙和意義之間更多元的聯繫、在進行電玩中所見的認知控制增強、在參與刺激活動中所見的大腦健康、在教育中所見的增進學習效果，以及在體育運動中所見的失智症延緩。元分析（meta-analyses，是一種對多項研究的分析）發現，雙語能力對認知結果的影響，與運動對認知結果的影響並駕齊驅。[93]

92　Jana Reifegerste, João Veríssimo, Michael D. Rugg, Mariel Y. Pullman, Laura Babcock, Dana A. Glei, Maxine Weinstein, Noreen Goldman, and Michael T. Ullman, "Early-Life Education May Help Bolster Declarative Memory in Old Age, Especially for Women," *Aging, Neuropsychology, and Cognition* 28, no. 2 (2021): 218–252, https://doi.org/10.1080/13825585.2020.1736497

93　Ellen Bialystok, "Bilingualism as a Slice of Swiss Cheese," *Frontiers in Psychology* (2021): 5219, https://doi.org/10.3389/fpsyg.2021.769323

多語能力的另一個獨特性，是一旦你已經熟悉掌握了另一種語言，你不必從一天中抽出時間練習來維持此優勢。對於其他刺激大腦的活動，例如上大學課程、完成填字遊戲或數獨遊戲、運動或閱讀，都需要特別安排時間，有時還需要花錢才能從中受益。當你具備多語能力時，只需在生活中依照場合選擇其一或另一種語言，大腦便會不斷進行管理多種語言的認知運動。語言選擇、抑制、促進和控制都已經自動化。掌握你所知語言所需要的大腦操練會改變你的大腦，增加你保持敏銳的機會。

　　現今神經科學家已經區分認知儲備和神經儲備。認知儲備（cognitive reserve）更常用於指在神經退化存在的情況下建立補償性認知（compensatory cognitive）能力。神經儲備（neural reserve）更常用於指稱逐步的大腦「加強」過程，例如增加灰質體積、白質完整性以及結構和功能連接等變化[94]。擁有卓越的雙語能力，且終身都接觸雙語環境，似乎都可改善這兩種類型的儲備，並讓它們變得更加顯著。

　　在一項針對年長者（平均年齡為81歲）的研究中[95]，我們發

94　Jubin Abutalebi, Lucia Guidi, Virginia Borsa, Matteo Canini, Pasquale A. Della Rosa, Ben A. Parris, and Brendan S. Weekes, "Bilingualism Provides a Neural Reserve for Aging Populations," *Neuropsychologia* 69 (2015): 201–210, https://doi.org/10.1016/j.neuropsy chologia.2015.01.040

95　Scott Schroeder and Viorica Marian, "A Bilingual Advantage for Episodic Memory in Older Adults," *Journal of Cognitive Psychology* 24 (2012): 591–601, https://doi.org/10.1080/20445911.2012.669367

現，會說英語和另一種語言的雙語者，在記憶先前看過的場景相片方面，優於單語的同齡者，儘管雙方在非語言智力、教育年限和英語詞彙方面表現旗鼓相當。在雙語者中，更早就開始學習第二語言，和使用兩種語言的時間更長，和較強的記憶力有關。其他研究發現，練習兩種以上語言的年長多語者患有認知障礙（cognitive impairment）的風險較低，而且即使控制年齡和教育程度，結果依然如此。

雖然雙語人士和掌握兩種以上語言者之間的比較情況少見，但似乎在認知功能的特定方面，會說三種語言的人似乎比雙語者表現出更大的優勢。[96]一項人口健康研究報告顯示，多語國家的阿茲海默症發病率較低。[97]平均說一種語言的國家罹患阿茲默病的機率高過說兩種或兩種以上語言的國家。每增加一種語言，阿茲海默症的發病率持續下降，一個國家所使用的語言數量和阿茲海默症發病率之間存在直接關係。

當你學習另一種語言時，一個全新的世界將會朝你敞開，你會擁有新的方式來連結使用這種語言的人們，以及旅行和體驗這

96 Scott Schroeder and Viorica Marian, "Cognitive Consequences of Trilingualism," *International Journal of Trilingualism* 21 (2017): 754–773, https://doi.org/10.1177/1367006916637288

97 Raymond M. Klein, John Christie, and Mikael Parkvall, "Does Multilingualism Affect the Incidence of Alzheimer's Disease?: A Worldwide Analysis by Country," *SSM-Population Health* 2 (2016): 463–467, https://doi.org/10.1016/j.ssmph.2016.06.002

個世界。學習另一種語言的影響從很早的時候就開始出現了，甚至在嬰兒時期就已經能觀察到，這種影響會持續到老年時期。

　　某次去看兒科醫生時，一名護理師聽到我說話帶有外國口音，竟然告訴我應該只用英語和孩子交談。她說，說另一種語言會對我女兒造成「混淆」，對她長遠發展造成傷害。

　　其實她的觀念是錯的。

　　儘管迷思普遍存在，但沒有證據表示說多種語言或方言會導致負面後果，也不會引起兒童的溝通障礙。雙語或雙方言的情況也不會增加認知障礙的發生率。使用多種語言或方言的兒童更不容易會出現口吃狀況，不會增加聽力障礙的風險，也不會被「混淆」。當然，許多使用兩種或多種語言長大的兒童[98]可能會出現溝通或學習障礙，然而這些障礙在多語者中發生的機率並不會高過單語者；這些兒童無論伴隨多少種語言長大，都可能會出現發展障礙。

　　一些新手父母相信一些無知的護理師、醫生、教師、學校行政人員、家庭成員甚至計程車司機，聽從他們的錯誤建議，只使用一種語言來與孩子溝通交流。在此過程中，他們不僅剝奪了孩

---

98　Viorica Marian, Yasmeen Faroqi-Shah, Margarita Kaushanskaya, Henrike K. Blumenfeld, and Li Sheng, "Bilingualism: Consequences for Language, Cognition, Development, and the Brain," *The ASHA Leader* 14, no. 13 (2009): 10–13, https://doi.org/10.1044/leader.FTR2.14132009.10

子接觸到另一種語言和文化、豐富生活的機會，也剝奪了孩子們在認知、神經、社交和經濟方面的優勢。

近年來，不僅關於雙語教育的一些錯誤觀念已經被打破，而且取而代之的是，有證據顯示，使用兩種或以上語言長大的兒童都能終身受益。在兒童方面，這些好處包括在許多感知和分類任務上表現更佳[99]，以及增強認知靈活性[100]和元認知技能[101]。

元認知（metacognition）是指關於思考的思考。它是指用於計劃、監控和評估自己的理解、學習和表現的過程和意識。元語言（metalinguistic）能力簡而言之是指反思語言本質的能力。雙語兒童比單語兒童更早就明白物體和它們的名字並不相同，一個物體可以擁有多個名稱，而且周圍物體與這些物體名字之間的聯繫是任意的。語言是一種符號參照系統的理解，是認知發展中的一項重要里程碑。

99 Ellen Bialystok, "Coordination of Executive Functions in Monolingual and Bilingual Children," *Journal of Experimental Child Psychology* 110 (2011): 461–468, https://doi.org/10.1016/j.jecp.2011.05.005

100 Ágnes Melinda Kovács and Jacques Mehler, "Cognitive Gains in 7-Month-Old Bilingual Infants," *Proceedings of the National Academy of Sciences* 106, no. 16 (2009): 6556–6560, https://doi.org/10.1073/pnas.0811323106

101 Sylvia Joseph Galambos and Kenji Hakuta, "Subject Specific and Task Specific Characteristics of Metalinguistic Awareness in Bilingual Children," *Applied Psycholinguistics* 9 (1988): 141–162, https://doi.org/10.1016/j.sbspro.2009.01.243

在一項研究中，我們使用一種重複聯想字詞任務，[102]來研究華英雙語兒童和英語單語兒童單字組織的思維模式。參與研究的兒童年齡介於五歲到八歲，雙語兒童和單語兒童在智商表現相當。兒童以兩種語言中對單字提示進行了三個聯想詞（例如對於「狗」這個單字時，孩子可能會產生「貓」，「吠」和「頸圈」等聯想詞）。出現句法聯想（syntagmatic response，如「狗—叫」）的年紀早於語義聯想（paradigmatic response，如「狗—貓」）。五歲時，大多數兒童使用句法聯來回應單字；到了九歲時，大多數兒童則使用語義聯想來回應單字。雖然我們研究中測試的雙語和單語兒童在許多方面的反應都很相似，但是雙語兒童對動詞和他們的第一聯想反應有更多的語義聯想。這表示雙語能力從早年開始就改變我們組織資訊的方式，增強我們以類別思考的能力。

在兩種或多種語言環境長大的兒童具有另一項認知優勢，是更擅長在不同任務之間切換。有個例子是「多維度變化的卡片分類」（Dimensional Change Card Sort）。這項測驗要求兒童切換分類物體（例如，藍色或紅色的船和兔子）的方式，可能是按照顏色（紅色兔子和紅色小船放在一起，藍色兔子和藍色小船放在

102 Li Sheng, Karla K. McGregor, and Viorica Marian, "Lexical-Semantic Organization in Bilingual Children: Evidence from a Repeated Word Association Task," *Journal of Speech, Language, and Hearing Research* 49, no. 3 (2006): 572–587, https://doi.org/10.1044/1092-4388(2006/041)

一起），或形狀（紅色小船和藍色小船放在一起，紅色兔子和藍色兔子擺在一起）來分類。當按形狀進行分類時，兒童需要忽略顏色；當按顏色進行分類時，兒童需要忽略形狀。有些人在學習第一項規則並習慣以某種方式執行任務後，發現難以切換並改變到新的分類方式。這項任務需要他們靈活改變專注的面向，而雙語兒童在本任務的各種版本中往往有更好的表現。

雙語兒童在專注重要的事情，而忽略不重要的事情方面，表現更游刃有餘。[103]例如，在一個版本的側衛任務（Flanker task）中[104]，參與者需要識別游向左側的魚的方向，並忽略用來分散注意力和干擾的游向右側魚。這只需要一兩秒鐘的時間，[105]但是雙語兒童在這類任務上往往表現快過單語兒童。

103 Michelle M. Martin-Rhee and Ellen Bialystok, "The Development of Two Types of Inhibitory Control in Monolingual and Bilingual Children," *Bilingualism:Language and Cognition* 11, no. 1 (2008): 81–93, https://doi.org/10.1017/S1366728907003227

104 Rosario Rueda Jin Fan, Bruce D. McCandliss, Jessica D. Halparin, Dana B. Gruber, Lisha Pappert Lercari, and Michael I. Posner, "Development of Attentional Networks in Childhood," *Neuropsychologia* 42, no. 8 (2004): 1029–1040, https://doi.org/10.1016/j.neuropsychologia.2003.12.012

105 Sujin Yang, Hwajn Yang, and Barbara Lust, "Early Childhood Bilingualism Leads to Advances in Executive Attention: Dissociating Culture and Language," *Bilingualism: Language and Cognition* 14, no. 3 (2011): 412–422, https://doi.org/10.1017/S1366728910000611

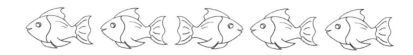

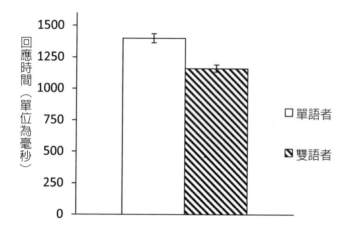

　　甚至有證據顯示，雙語兒童在早期就可以理解其他人可以
擁有與自己不同的信仰和知識，這是根據他們在心智理論和錯
誤信念作業的表現方面。心智理論（theory of mind）是指將心理
狀態歸因於自己和他人的能力，[106]以及對他人心理狀態或意圖可

---

106 Ester Navarro, Vincent DeLuca, and Eleonora Rossi, "It Takes a Village: Using Network Science to Identify the Effect of Individual Differences in Bilingual Experience for Theory of Mind," *Brain Sciences* 12 (2022): 487, https://doi.org/10.3390/brainsci12040487

能與自己不同的理解。一個錯誤信念作業（false-belief task）的例子是讓孩子觀察兩個人偶玩玩具。[107]其中一個人偶把玩具放進盒子後離開。當第一個人偶離開時，另一個人偶將玩具移動到不同地方。當第一個人偶回來時，孩子會被問道，人偶會去哪裡找玩具。四歲或四歲以上的孩子通常會回答正確答案，離開房間的人偶會在原來放玩具盒子的地方找玩具。然而，年幼的兒童和許多患有自閉症的兒童通常會回答，人偶會在新的地方找玩具，這種回答反映他們自己的知識，而非表現出對他人錯誤信念的理解能力。現今有幾項研究發現，年僅三歲的雙語兒童在錯誤信念作業的表現上是成功的。這似乎是因為雙語兒童必須學習特別注意互動對象的語言，所以他們早年就發展了社會語言（sociolinguistic）的敏感性。雙語能力有利於社會認知的發展，要麼是因為它改善對對他人觀點的理解，要麼是由於它有助於抑制個人的衝突觀點。（有趣的是，在錯誤信念作業上，雙語成年人在錯誤信念作業上也比單語成年人更不易受到自我中心偏見的影響。當追蹤年輕成年人進行典型錯誤信念作業時的眼動軌跡時，儘管大家都回答正確，但單語成年人更可能短暫地考慮錯誤的自我中心反應，才校正該傾向並提供人偶的視角。）

---

107 Paula Rubio-Fernandez and Sam Glucksberg, "Reasoning About Other People's Beliefs: Bilinguals Have an Advantage," *Journal of Experimental Psychology:Learning, Memory, and Cognition* 38 (2011): 211–217, https://doi.org/10.1037/a0025162

也許最令人驚訝的是，甚至在嬰兒時期還不會說話前，有些與使用雙語相關的認知優勢就已經出現了。在對七個月大的嬰兒進行實驗時，嬰兒學會了將預期的目光投向螢幕即將出現獎勵的一側，但是只有在雙語環境中成長的嬰兒，在提示獎勵的訊號開始指向相反方向時，能重新將預期目光調整向新的位置，並不去看原先的位置。[108]

　　關於嬰兒如何學習語言也有一些有趣的研究。我們出生時就能夠聽到和學習產生一切語言的聲音——但隨著我們學習周遭語言的聲音，我們的大腦和發音系統會逐漸適應母語的聲音，並失去識別其他語言中許多聲音的能力，通常是在生命走到第二年時會出現這種現象。在所謂知覺窄化（perceptual narrowing）的過程中，與母語中音素（phoneme）相對應的神經路徑會被加強，同時與外語聲音相對應者則會被削弱。我們從成為可以辨別所有語言聲音的「世界公民」，變成只能區分母語聲音的「一國之民」。對於多語者來說，這種「通用」聲音處理的窗口，開啟的時間會維持更久。

　　大量的研究顯示，我們的大腦在嬰兒期和整個人生中，都會從周圍的連續輸入中隱隱萃取出統計規律，以習得不同聲音同時

---

108 Ágnes Melinda Kovács and Jacques Mehler, "Cognitive Gains in 7-Month-Old Bilingual Infants," *Proceedings of the National Academy of Sciences* 106, no. 16 (2009): 6556–6560, https://doi.org/10.1073/pnas.0811323106

出現的可能性。例如，英語使用者習得以/r/聲開頭的單字更有可能在母音而非子音之後出現。在有關嬰兒認知和統計學習的研究中，心理學家珍妮‧薩福蘭（Jenny Saffran）和同事們表示，嬰兒能夠從周圍的語言環境中提取和學習機率，這表示我們大腦從很小的時候開始，就能夠追蹤可能出現的共同出現的輸入。[109]對於多語者而言，每種語言都有其特定的音韻共同出現的機率。即便是嬰兒，身處在多語言環境中也能同時追蹤和學習多個不同統計機率的組合。

除了透過內在的沉浸學習，新語言通常也會透過外在的教導而學習，如父母指著一個物體並說出它的名字，或者教科書提供一個熟悉詞彙的外語翻譯。在一項比較西英雙語者、華英雙語者，以及英語單語者在學習新語言方面能力的研究中，[110]結果顯示兩組雙語者在學習陌生音韻的詞彙方面，表現比單語組更好。現在已有多項研究證實，多語者比單語者更容易掌握一門新語言。

多語能力和音樂能力之間也存在相似之處。廣義而言，多語言和音樂都是豐富的聽覺輸入形式，也是能影響大腦可塑性的經

---

109 Jenny R. Saffran, Richard N. Aslin, and Elissa L. Newport, "Statistical Learning by 8-Month-Old Infants," *Science* 274, no. 5294 (1996): 1926–1928, https://doi.org/10.1126/science.274.5294.1926

110 Margarita Kaushanskaya and Viorica Marian, "The Bilingual Advantage in Novel Word Learning," *Psychonomic Bulletin & Review* 16, no. 4 (2009): 705–710, https://doi.org/10.3758/PBR.16.4.705

驗。它們涉及的過程能夠使人檢測到音高、節奏和音調的變化。研究發現，音樂家通常更擅長學習語言，[111]而多位多語者在特定音樂相關的任務上表現更佳（不過是平均而言成立，但並非所有音樂家或多語者都是如此）。[112]甚至是九個月大的雙語嬰兒都比單語嬰兒對照組更能區分兩個小提琴的音符。[113]這表示早期察覺和區分兩種語言之間微妙差異的經驗，可能會轉化爲對非語音的聽覺感知（如音樂）。

我們也已經發現，學習說第二語言和學習演奏樂器，都能透過經驗相關的可塑性來增強執行功能。[114]然而，雙語和音樂能力對執行控制的綜合影響仍未可知。我們的實驗室發現，雙語者和音樂家在執行功能任務上的表現優於單語非音樂人士。爲了確定雙語能力、音樂能力以及兩者的結合是否可以提高執行控制，我們在年輕的成年人身上進行了一種非語言、非音樂、視覺空間任

111 Julie Chobert and Mireille Besson, "Musical Expertise and Second Language Learning," *Brain Sciences* 3, no. 2 (2013): 923–940, https://doi.org/10.3390/brainsci3020923

112 Paula M. Roncaglia- Denissen, Drikus A. Roor, Ao Chen, and Makiko Sadakata, "The Enhanced Musical Rhythmic Perception in Second Language Learners," *Frontiers in Human Neuroscience* 10 (2016): 288, https://doi.org/10.3389/fnhum.2016.00288

113 Liquan Liu and Rene Kager, "Enhanced Music Sensitivity in 9-Month-Old Bilingual Infants," *Cognitive Processing* 18 (2016): 55–65, https://doi.org/10.1007/s10339 -016-0780-7

114 Sylvain Moreno, Zofia Wodniecka, William Tays, Claude Alain, and Ellen Bialystok, "Inhibitory Control in Bilinguals and Musicians: Event Related Potential (ERP) Evidence for Experience-Specific Effects," *PloS ONE* 9, no. 4 (2014): e94169, https://doi.org/10.1371/journal.pone.0094169

務的測試，稱爲西蒙任務（Simon task），用來測量對方有多少能力來忽略無關和錯誤的空間提示。結果顯示，雙語者、音樂家和雙語音樂家都在忽略干擾提示的能力方面，表現出來的能力比單語非音樂家更優秀，而在雙語者、音樂家和雙語音樂家之間的表現，水準大致上不分軒輊。[115]

我們還有理據認爲，定期使用另一種語言有助於兒童的數學能力，部分原因是執行功能和數學成就之間有聯繫。兩個大規模的數據組發現[116]，四歲和五歲的學齡前兒童，在數學推理和解決問題的標準化測試中，雙語是重要的預測因素。

在一項研究中，我們比較了就讀三、四和五年級的小學生，在標準化的數學和閱讀評估方面的學業表現，他們參加了以下三種教學課程計畫之一——主流英語單語教室、結合主要語言（英語）和少數語言（西班牙語）的雙語沉浸式教學課程（TWI），[117]或者英語作爲第二語言（ESL）的過渡性課程。我

115 Scott R. Schroeder, Viorica Marian, Anthony Shook, and James Bartolotti, "Bilingualism and Musicianship Enhance Cognitive Control," *Neural Plasticity* 2016 (2016), https://doi.org/10.1155/2016/4058620

116 Andree Hartanto, Hwajin Yang, and Sujin Yang, "Bilingualism Positively Predicts Mathematical Competence: Evidence from Two Large Scale Studies," *Learning and Individual Differences* 61 (2018): 216–227, https://doi.org/10.1016/j.lindif.2017.12.007

117 Viorica Marian, Anthony Shook, and Scott R. Schroeder, "Bilingual Two-Way Immersion Programs Benefit Academic Achievement," *Bilingual Research Journal* 36, no. 2 (2013): 167–186, https://doi.org/10.1080/15235882.2013.818075

們發現TWI課程有益於少數語言和主要語言學生的學業表現。在TWI課程中，少數語言學生的表現優於過渡性課程中的同儕，而主要語言學生在TWI課程中的表現則優於主流單語教室中的同儕。這顯示出TWI課程能夠同時提高少數語言和主要語言學生的閱讀和數學技能。雙語沉浸的其他好處[118]包括對不同文化和語言的人保持正向態度[119]，以及執行功能優勢。[120]

　　許多人認為，幼兒時期的雙語兒童詞彙量比較少。這部分是因為雙語兒童通常只用一種語言進行測試[121]，另外一部分是因為即使使用兩種語言測試，他們的詞彙量通常被評估為一個孩子有幾個擁有標籤的概念，而不是兒童跨語言知道的標籤總數。換言之，如果一個兒童在一種語言中獲得一個標籤，在第二種語言中為同一項目有相同的標籤，他們的詞彙量是根據概念數量，而不是標籤的數量來進行評估（在翻譯等有效詞的情況下，僅計算一

118 Nicholas Block, "The Impact of Two-Way Dual-Immersion Programs on Initially English- Dominant Latino Students'Attitudes," *Bilingual Research Journal* 34, no. 2 (2011): 125–141, https://doi.org/10.1080/15235882.2011.598059

119 Nicholas Block and Lorena Vidaurre, "Comparing Attitudes of First-Grade Dual Language Immersion Versus Mainstream English Students," *Bilingual Research Journal* 42, no. 2 (2019): 129–149, https://doi.org/10.1080/15235882.2019.1604452

120 Alena G. Esposito, "Executive Functions in Two-Way Dual-Language Education: A Mechanism for Academic Performance," *Bilingual Research Journal* 43, no. 4 (2020): 417–432, https://doi.org/10.1080/15235882.2021.1874570

121 Erika Hoff, Cynthia Core, Silvia Place, Rosario Rumiche, Melissa Señor, and Marisol Parra, "Dual Language Exposure and Early Bilingual Development," *Journal of Child Language* 39, no. 1 (2012): 1–7, https://doi.org/10.1017/S0305000910000759

種）。一個英語單語兒童懂milk（牛奶）、house（房屋）和dog（狗）這些單字時，被評估為學會的單字量多過一個西英雙語兒童懂milk（牛奶）、leche（西文的牛奶）、house（房屋）和casa（西文的房屋）四個單字。儘管雙語兒童知道四個單字，但標籤映射到兩種概念表徵（conceptual representation），而單語兒童有三個概念表徵。這種評估方式經常使雙語兒童處於劣勢。

如果跨兩種語言計算，[122]雙語兒童所知道的詞彙量與單語兒童差不多。[123]到了高中時期，雙語兒童在單一語言的詞彙量已不再有別於單語兒童。[124]此時，他們使用一種或兩種語言的詞彙量與單語兒童使用者的詞彙量相相近，然而他們現在有兩種語言的詞彙庫可以選擇運用。


在名為「執行功能」的高階認知技能組當中，有一部分是用於管理多語言當中不同語言的控制系統。我之前已經提過數次

122 Lisa M. Bedore, Elizabeth D. Peña, Melissa García, and Celina Cortez, "Conceptual Versus Monolingual Scoring," *Language, Speech, and Hearing Services in Schools* 36, no. 3 (2005): 188–200, https://doi.org/10.1044/0161-1461(2005/020)

123 Annick De Houwer, Marc H. Bornstein, and Diane L. Putnick, "A Bilingual-Monolingual Comparison of Young Children's Vocabulary Size: Evidence from Comprehension and Production," *Applied Psycholinguistics* 35, no. 6 (2014): 1189–1211, https://doi.org/10.1017/S0142716412000744

124 Vivian M. Umbel and D. Kimbrough Oller, "Developmental Changes in Receptive Vocabulary in Hispanic Bilingual School Children," *Language Learning* 44, no. 2 (1994): 221–242, https://doi.org/10.1111/j.1467-1770.1994.tb01101.x

了，現在就讓我們更深入探討。執行功能是指包含注意力、抑制、促進、工作記憶和認知彈性（cognitive flexibility）在內的一系列認知過程。這些功能會隨著人一生而逐漸發展。它們可能因為疾病（如失智症）、腦部損傷、極大壓力，或只是因為老化等原因而導致惡化。執行功能網路使我們能夠在面對新任務時開始或停止反應，監控環境和行為，以及規劃未來的行為。從歷史角度來看，這些功能被認為是由前額葉調節，但最近的研究發現其他腦區也參與了執行功能，很可能以全腦型態進行。

在著名的斯特魯普效應（Stroop effect）示範中（在第一章中曾描述過），當被要求說出一個單字所寫的墨水顏色時，如果所看到的單字拼寫的顏色與使用的油墨顏色不同（例如，使用黑色油墨寫出**RED**這個單字），人們叫出墨水顏色所需的時間會比較長。當單字和墨水顏色相同時（用黑色墨水寫**BLACK**這個單字），人們會更快叫出墨水顏色。為什麼如此？當單字紅色（**RED**）和墨水顏色（黑色）不同時，大腦必須忽略無關的單字，並指將注意力集中在相關的顏色上。決定哪些資訊相關和不相關，並選擇要對其採取哪些行動的能力，是大腦的執行功能之一，稱為認知控制。認知控制包括抑制（inhibition），也就是抑制無關的資訊（在斯特魯普任務中是抑制單字）；和促進（facilitation），也就是優先考慮所給予的相關資訊（在斯特魯普任務中是促進顏色）。

當我們開車時，我們需要專注在道路上並忽略干擾。當我們在教室時，我們需要專注於正在教導的內容，並忽略無關資訊。無論你是執行手術的外科醫生、瞄準目標的狙擊手，還是照料農作物的農夫，爲了完成手頭任務，你需要能夠專注於相關事物，忽略與任務無關的內容。換句話說，抑制控制是我們所有人都一直在使用的一種能力。你現在正在使用它來專注於你閱讀中的內容，忽略如晚點要吃什麼等分散注意力的想法。大量實驗室的實驗顯示，懂得多種語言的人在執行功能的許多方面表現得更好。

　　這種可以切換任務、改變忽略什麼和關注什麼的能力，是多語思維在切換不同語言詞彙和規則的重覆需求，以及忽略來自無關語言的競爭當中磨練出來的。跨語言的平行處理如一條有更多車道的高速公路，可以將大腦最佳化。

　　當大腦不斷收集和處理數據時，它會透過包含語言經驗在內的過往經驗折射，過濾傳入的訊息。從聽到不同語言所產生的自下而上輸入，會透過大腦的執行功能，改變自上而下的資訊處理。由於雙語者經常在不同語言之間切換或不得不忽略無關和競爭的語言資訊，這種形式的心理練習使他們能發展更出有效的控制系統。

　　需要控制來自共同活化語言的競爭，產生了獨特需求，使得用於解決語言競爭的大腦區域在雙語者中變得更高效。在使用fMRI的實驗中，我們發現，當雙語者大腦在解決語言競爭時，

比單語者大腦更不費力[125]，如找出目標物（例如candy），且是在包含同語言競爭者（例如candle）在內的一系列物體中。

　　大腦持續管理多種語言的需求對會造成深遠的轉化。雖然可以透過翻譯將一種語言的資訊傳遞給另一種語言使用者，但依賴翻譯的資訊造成的大腦神經改變效果，並不能達到直接使用兩種以上的語言進行體驗的等同水準。

　　最近，一項麻省理工學院的研究使用fMRI技術觀察多語者和超級多語者的大腦。多語者和超級多語者的定義因研究人員不同而略有差異，在這項研究中，多語者是指懂得三種以上語言的人，而超級多語者是指懂得10到55種語言的人。與對照組相比，多語者和超級多語者在處理語言時使用更少的神經資源。這些會說三種以上語言的人在語言網路（按：指大腦的語言網路）中的活動減少，與神經影像學發現相符，即雙語大腦在解決競爭語言之間的競爭時，表現出的活化較少，並證實多語大腦可能更有效率地利用神經資源進行語言處理。[126]

　　就像擁有更強壯的肌肉可以讓你舉重更輕鬆，雙語者大腦

125 Viorica Marian, Sarah Chabal, James Bartolotti, Kailyn Bradley, and Arturo E. Hernandez, "Differential Recruitment of Executive Control Regions During Phonological Competition in Monolinguals and Bilinguals," *Brain and Language* 139 (2014): 108–117, https://doi.org/10.1016/j.bandl.2014.10.005

126 Olessia Jouravlev, Zachary Mineroff, Idan A. Blank, and Evelina Fedorenko, "The Small and Efficient Language Network of Polyglots and Hyper-Polyglots," *Cerebral Cortex* 31, no. 1 (2021): 62–76, https://doi.org/10.1093/cercor/bhaa205

中，典型執行控制區域的灰質物質增加，使得管理相關和無關資訊之間的競爭更容易（源於在任何特定時間持續管理相關或無關語言的經驗）。可以用這方式來想：一個經常做力量訓練的健康人士和一個從不運動的人士都可以舉起二十磅的重物，但對於健康人士而言，這項任務更容易，他可以舉重更久，並多次做出重複的動作。同樣地，多語者大腦在執行語言競爭任務時，不必像單語者大腦費那麼多的精力。

我們無法確定這些神經影像研究中觀察到的差異，是懂得多種語言的結果，還是掌握多種語言的前兆（基因和長期研究可以回答這個問題）。關於大腦可塑性和語言學習導致大腦變化的研究表示，這兩種解釋都發揮重要作用。

多語者大腦揭露，語言經驗的影響可能反映了單語和多語處理之間的品質差異，而不僅僅是增加語言知識所帶來的累積效應。因為相同的神經機制可以用於語言和非語言任務，從語言領域的經驗中獲得的好處，可以轉化為通用領域的改變，影響其他過程，如個人的感知和注意力。

雙語者在與初級聽覺皮層等有關感官處理的區域，與前額葉皮層等有關執行功能的區域，表現出更大的大腦物質密度和體積。這些身體變化的行為相關事物可能非常顯著，因為在初級聽覺皮層的海希耳氏迴（Heschl's gyrus）灰質增加，能預測會有更好的語言感知，而在前額葉皮質灰質增加，則與增強認知控制

有關。

　　除了皮層功能外，懂得多種語言還會影響到**皮質**下功能。尤其令人震驚的是，大腦皮層下區域的變化，這些區域通常不被認為與認知功能有關，但是這些區域卻是我們與最古老的共同祖先都擁有的大腦區域。在《美國國家科學院院刊》（*The Proceedings of the National Academy of Sciences*）的一項研究中，我們發現當青少年聆聽發音音節時，雙語者的腦幹將聲音刺激編碼時比同齡單語者的更加強烈。[127]這種增強也與執行功能的優勢有關。似乎隨著雙語經驗，聽覺系統在處理聲音方面變得更有效率。這項研究提供證據，說明雙語聽覺專業引起的神經可塑性，以及感官和認知功能的緊密結合。看到雙語能力對腦幹的改變，顯示這種**轉變**是全系統性的，不只限於語言，而是廣泛影響整個大腦網路。

　　關注重要事物而忽略不重要的事物，不僅對語言處理很重要，還有對包括記憶、決策和人際關係等思維也很重要。大多數關於此主題的研究中，雖然掌握一種以上語言對執行功能不見得會帶來很大的影響，但是在統計學上非常顯著。如果大腦是一部引擎，那麼雙語似乎可以提高它的里程數，使它用等量的燃料卻

---

127 Jennifer Krizman, Viorica Marian, Anthony Shook, Erika Skoe, and Nina Kraus, "Subcortical Encoding of Sound Is Enhanced in Bilinguals and Relates to Executive Function Advantages," *Proceedings of the National Academy of Sciences* 109, no. 20 (2012): 7877–7881, https://doi.org/10.1073/pnas.1201575109

能開得更遠。

對於現實世界的認知功能，這些變化所產生的影響尚未能完全理解。得到更細緻入微的觀點，應該有助於我們理解，在**哪種**情況下，雙語能力的**哪些**方面，會改變執行功能的**哪些**層面。這或許也能解釋，為何某些研究未能發現雙語者和單語者之間存在的顯著差異。（在多語者的執行功能任務上表現不優於單語者的研究中，他們表現大同小異，但不會更差。）像自然界中的許多事物一樣，隨著時間推移，各組之間的執行功能差異不會永遠不變。但每個人的一生都可以是一場持續學習的冒險。

第**6**章

# 另一種語言，另一種精神
## Another Language, Another Soul

有句漢語諺語提到：「學習一門語言就像擁有看向世界的新窗口。」[128]當多語者使用不同的語言時，他們往往會呈現出不同版本的自我。我說英語時，更容易彰顯身爲科學家和教授的身份。我說羅馬尼亞語時，則更容易表現出女兒和親屬的身分。我的身份當中也有一些跨越語言的共通點，最明顯的是，學習者的身份是我的核心。我還注意到，講不同的語言時，對於不同行爲的容忍度也是大相逕庭。我發現，在英語情境下，莫名其妙的自信和傲慢，比在羅馬尼亞語中更讓人反感，這可能是因爲我童年時期的主要語言是羅馬尼亞語，當時我還沒有能力評估與判斷某人的自信是否有根據。（這裡可能適合分享摩爾多瓦作家Ion Creangǎ名言的時機：「我知道我不聰明，但當我環顧四周時，我便會獲得勇氣。」）

---

128 按：To learn a language is to have one more window from which to look at the world，但編輯時無法找到本句的中文出處。

當超過一千名雙語者被問及，是否在使用不同的語言時[129]，感覺像是不同的人，有兩成三的人的答案是肯定的。彷彿一個人的不同心理狀態和自我版本在內部共存。

在心理學中，公認的人格特質分類法將外向性（Extraversion）、親和性（Agreeableness）、開放性（Openness）、自律性（Conscientiousness）和神經質（Neuroticism）列為「五大人格特質」（big five，記憶的訣竅是首字母縮略詞OCEAN或CANOE）。雙語者經常在母語和第二語言中，獲得不同的人格特質得分。在一系列針對西英語雙語者的研究中，年輕成年人在英語測試中的外向性、親和性和自律性得分高於西班牙語的測試。[130]在另一項研究中，波斯語和英語雙語者在波斯語測試中，外向性、親和性、開放性和神經質得分高於英語測試。同樣的，在香港的漢英雙語者，在英語測試中的外向性、開放性和果斷性得分高於漢語測試。正如水（$H_2O$）根據溫度可以形成固體、液體或氣體，一個人會因使用不同的語言而成為不同版本的自己。

129 Jean-Marc Dewaele and Aneta Pavlenko, "Web Questionnaire on Bilingualism and Emotions," University of London, 2001–2003

130 Nairan Ramirez-Esparza, Samuel D. Gosling, Veronica Benet- Martinez, Jeffrey P. Potter, and James W. Pennebaker, "Do Bilinguals Have Two Personalities? A Special Case of Cultural Frame Switching," *Journal of Research in Personality* 40, no. 2 (2006): 99–120, https://doi.org/10.1016/j.jrp.2004.09.001

在一項針對漢英雙語者的研究中，[131]參與者在用漢語回答時的自我描述比較偏向團體取向，而且自尊心偏低。使用外語可以降低對社會規範和迷信信仰的遵守程度，降低對不愉快刺激的負面感知，與潛在危險的感知風險。在不同語言測試中，這些人格差異通常被歸因於「文化框架切換」（cultural frame switching）。這種切換是指將自己的行為調整到不同文化規範下。[132]因為語言和文化密切相關，當多語者改變語言時，他們就會進入不同的文化框架與對世界的不同心理觀點。

多語者在自我認同、態度和歸因方面的跨語言差異，從童年時期就已經能觀察到一二。[133]即使在雙語家庭中，養育子女和親子互動也可能因語言不同而異。在一項進行中的泰英雙語者大規模研究項目中，我們發現從玩玩具、書籍分享到回憶最近事件等任務中，母親和孩子之間的互動會根據使用語言而不同。這些行為的變化反映了美國以兒童為中心、創造故事、共同創作故事的

131 Michael Ross, Elaine Xun, and Anne Wilson, "Language and the Bicultural Self," *Personality and Social Psychology Bulletin* 28 (2020): 1040–1050, https://doi.org/10.1177/01461672022811003

132 Chi-Ying Cheng, Fiona Lee, and Verónica Benet-Martínez, "Assimilation and Contrast Effects in Cultural Frame Switching: Bicultural Identity Integration and Valence of Cultural Cues," *Journal of Cross-Cultural Psychology* 37, no. 6 (2006): 742–760, https://doi.org/10.1177/0022022106292081

133 Maykel Verkuyten and Katerina Pouliasi, "Biculturalism Among Older Children: Cultural Frame Switching, Attributions, Self-Identification, and Attitudes," *Journal of Cross-Cultural Psychology* 33, no. 6 (2002): 596–609, https:// doi.org/10.1177/0022022102238271

方法，以及泰國以成人為中心、講故事和聽故事的方法，兩者之間的文化差異，並且符合美國和泰國文化相關的個人主義與集體主義規範。因此，切換語言會改變一個人在家庭的行為模式。

我在大學時學法語，教授來自法國布列塔尼，是一名非常富有魅力、迷人的和慷慨的女性，她讓我們用法語寫日記。最近翻閱這些日記時，我對日記中呈現的法國文化和生活方式的形象感到饒富興味（例如日記裡提到坐在戶外咖啡廳抽煙——謝啦，卡繆！），這和我用羅馬尼亞語寫的思鄉之情、或用英語寫的關於學校和工作內容，給人截然不同的感覺。

我第一項有關雙語者的主題正式研究計畫，是在阿拉斯加大學的大學榮譽論文。我比較雙語者使用不同語言的手勢變化。我要求俄英雙語者講述小紅帽的故事（因為這個童話故事在這兩種語言中非常相似），然後我轉錄（transcribe）這些敘述錄影帶，根據非語言溝通研究人員使用的系統，將手勢分類為不同類型，然後在不同語言之間進行比較。研究結果顯示，雙語者在兩種語言中使用相似的**圖解式**（**iconic**）手勢，但在英語和俄語中使用不同的**譬喻式**（**metaphoric**）手勢。圖解式手勢是指物理上與它們所代表的詞彙意義相似的手勢（比畫出實物的外觀），例如把拇指和食指緊密放在一起來表示某物很小，或者在談到射擊時，會舉起手指比出手槍的手勢（就像獵人射擊狼時那樣）。譬喻式手勢是指更抽象的概念和思想表達，例如可能伴隨著「隔天」敘

述的手勢，和描述幸福或驚恐的手勢。三十年後，我們在泰英雙語、英泰雙語的母子研究中，重現了這項跨語者的手勢會隨語言而不同的發現。似乎雙語者在切換語言時，不僅使用不同的口語代碼，而且還改變了他們非語言的溝通和身體語言。

語言對心理過程的影響可能由多種機制所推動。

也許最讓人意外的機制是語言結構差異的連結。包括儲蓄率和退休資產等經濟行為[134]，以及如少抽菸或進行更安全性行為的健康行為，會連結到國家語言的句法結構。針對多國的大型國家資料數據組，對經濟和健康相關行為範圍內的分析顯示，在文法上強制區分現在式和未來式的語言使用者，比起文法上不強制區未來式的語言使用者，更不傾向參與面向未來的行為（譬如更健康的飲食習慣）。在文法上區分現在式與未來式的語言，被稱為強制未來時間參照語言（strong-Future Time Reference language），包括法語、希臘語、義大利語、西班牙語和英語，而不在文法上區分現在式與未來式的語言則被稱為非強制未來時間參照語言（weak-Future Time Reference language），包括華語、愛沙尼亞語和芬蘭語。在文法中不區分未來與現在的語言使用者，更可能從事有利其未來的行為。

---

134 M. Keith Chen, "The Effect of Language on Economic Behavior: Evidence from Savings Rates, Health Behaviors, and Retirement Assets," *American Economic Review* 103, no. 2 (2013): 690–731, https://doi.org/10.1257/aer.103.2.690

這些文法的差異似乎會導致語言使用者在決策方面不太考慮到自己未來的狀況，無論是如使用保險套等個人行為，還是如國家儲蓄率等社會決策。視覺感知也有類似的效應。人們在看到自己臉部衰老的後更有可能存錢。現在有幾家金融公司在他們的網站上使用臉部年齡進展圖像，希望用戶會有更多投資。當未來看起來似乎不再那麼遙遠，我們的行為就會改變。

當然，語言結構可能不是語言使用者之間差異的原因，而只是差異的一種反映。換言之，語言結構和未來導向行為可能都是文化差異等族群之間差異的結果。即使同一個國家長大的雙語者展現出跨語之間的差異，也不能僅僅歸咎於語言，因為文化差異也時常存在同一國家內使用同語言的人們之間（看看加州和佛羅里達州的差異吧）（按：兩州的政黨差異巨大，加州為民主黨，佛州為共和黨）。

第三種對語言調節心理過程的有潛力解釋來自諾貝爾獎得主，心理學家丹尼爾‧卡納曼（Daniel Kahneman）所稱之的「框架效應」（The Framing Effect）。卡納曼認為，偏好是透過構建而成，而我們所構建者會受到進入思維的事物所影響。進入思維的事物則受語言的影響。語言的組成可以引導注意力，並強調隨後影響經驗的獨特特徵。除了引導注意力和強調某些特徵之外，切換語言也可以起到引導作用。一種語言會優先引導出與自身相關的資訊，而不是與其他語言相關者。用語言提示來引導

雙語者，可以引發與相關語言和文化一致的知識、文字和基模（按：schema，指人類將感官接收到的資訊賦予意義的方式），包括社交判斷和消費決策。

　　一位雙語作家在自傳中描述，使用兩種語言在思考婚姻和職業等重大人生決策的情況如下[135]：

> 你要嫁給他嗎？用英語提出這個問題。
>
> 　要。
>
> 你要嫁給他嗎？用波蘭語重複詢問這個問題。
>
> 　不要。
>
> ……
>
> 你要成為一位鋼琴家嗎？用英語提出這個問題。
>
> 　不，你不應該。你做不到。
>
> 你要成為一位鋼琴家嗎？用波蘭語重複詢問這個問題。
>
> 　是的，你必須如此。不惜一切代價。

　　儘管這個場景可能看起來相當極端，但是一個人在不同語言

---

135 Eva Hoffman, *Lost in Translation:A Life in a New Language* (New York: Penguin, 1990)

中產生的感覺確實會有所不同。[136]

　　情感反應可能會隨使用母語或第二語言而異。母語通常會引發更強烈的情感反應，可能是因為是在情感較豐沛的脈絡中習得。大多數雙語者用非母語表達時，流露出來的情感相對較少。在心理治療的環境中，雙語者在討論創傷或令人煩惱的話題時，更傾向切換成非母語表達。研究顯示，使用外語時會減少口頭誘導的恐懼條件反射，而文學作品在母語和第二語言中則會產生不同的共鳴。在一項針對雙語者腦部功能神經影像學研究中，使用母語閱讀《哈利波特》一書中較感動的段落，所引起的多個腦區的反應更強烈（包括與處理情感有關的杏仁核），而在第二語言中則沒有出現這種反應。有人會想知道巫師和女巫用第二種語言是否還能施法嗎？我在等待一封來自貓頭鷹郵局的信幫我解答疑惑。

　　使用非母語時情緒減少的模式也獲得生理學證據的證實，當處理外語刺激時，情緒反應會比較少。皮膚導電（skin conductance）反應已被用來測量不同語言之間情緒激發的差異。當神經系統被激發時，汗腺活動增加，皮膚導電率會上升。放置兩個電極在某人身上（如手指或手上），可以提供生理激發的皮膚導電測量。皮膚導電實驗顯示，當參與者聽到或讀到母語中充

136 Julie Sedivy, *Memory Speaks:On Losing and Reclaiming Language and Self* (Cambridge, MA: Belknap Press of Harvard University, 2021)

滿情感的詞彙時，他們的皮膚導電反應會大過第二語言。在對西英語雙語者進行的實驗中，當參與者被人用西班牙語（母語）的髒話來「問候」母親時，皮膚導電反應比用英語（第二語言）來得更強烈。所以下次當你在國外時，若想侮辱某人，但你使用的語言是你的母語而不是對方的時候，要記住結果是你可能會比對方更容易生氣喔。

即使完全理解訊息的內容，被人責備，討論令人痛苦的經歷或閱讀情感濃烈的文章，在母語中也更容易引起強烈的反應。當歌手卡蜜拉・卡貝優（Camila Cabello）在她的熱門歌曲《小姐》（*Señorita*）中告訴尚恩・曼德斯（Shawn Mendes）：「我愛你叫我Señorita。」，她表達了所有多種語言使用者都知道的一點，即詞彙在每種不同的語言中所引起的情感強度和價值方面都會有所差別。

在同一語言中，不同的詞彙或不同的說法也可以引起不同的情緒，這種情況當然也存在。我的一名學生要求我用她名字的縮寫來稱呼她，而不要用全名，因為她說只有當父母在責備她時才會叫她的全名。許多英語使用者會告訴你，當他們父母叫他們時，若在名字加上中間名時，他們就知道自己惹上麻煩了。

一項針對在美國的漢英雙語者年輕成年人的調查發現，雙語者在性交流方面習慣用英語，而漢語在表達負面情感時傳達更加強烈的情緒。在某些語言中，不同的詞彙表達不同種類型的

愛，例如，一個詞彙表達浪漫之愛，另一個詞彙則表達家庭或親子之愛，再加上一個詞彙表達愛寵物、食物或衣物等等。行為在不同的語言中也有不同的定義，甚至在同一語言中，不同的人或群體對性的定義也可能有所不同。任何經歷過90年代的人都記得美國總統比爾・柯林頓說：「我沒有和那個女人發生性關係。」（按：柯林頓於1998年被爆出與實習生陸文斯基外遇）引發關於什麼才能才算是性的公開討論。

　　日語中有一個表達「失戀」的詞彙叫做「秋風が立つ」，但其字面意思是指「秋風開始吹動」。而「賢者タイム」則是指男性在「性高潮後，由於大腦不再有性慾，因此能夠清晰思考」。日語中男性自慰（按：せんずり）的字面意思是「千次摩擦」，而女性自慰（按：まんずり）字面意思是「萬次摩擦」。如同人們在描述顏色或時間的時候會有跨語言的差異，人們在談論性與愛所使用的不同詞彙，可以反映與促進人們對最親密行為和關係的不同看法。

　　不出所料，表達情感的詞彙通常難以翻譯出其箇中真諦。其中我最喜歡的是冰島語「sólviskubit」，它是指因為選擇不去享受外面的好天氣而產生的罪惡感。當我坐在電腦前，眺望芝加哥難得一見的好天氣時，就想起了這個字。另一個能捕捉到另一種語言多元情感的詞彙，是漢文詞「報復性熬夜」，這詞彙的感覺是形容對白天生活沒有太多控制權的人拒絕早睡，因為

他們想在深夜重獲自由感。（有一個意義類似的新英語片語，可能是由不同語言者之間更多的線上互動所導致，叫做「報復性睡眠拖延症」〔revenge bedtime procrastination〕——我對此感到內疚！）還有其他哪些詞彙呢？例如冰島單字「flugviskubit」，形容因為飛行對環境產生負面影響，而導致搭飛機感到不安或內疚的感覺；日語單字「物の哀れ」，形容對事物同時感到悲傷和恬淡的感覺；丹麥單字「hygge」和荷蘭單字「gezellig」，則是形容感覺舒適、滿足、並體驗歡樂氛圍和幸福感；他加祿語（按：Tagalog，菲律賓原住民語言，現在被定為菲律賓官方語言之一）單字「gigil」，形容想要抱緊或捏一個極可愛的東西或人的衝動；德語單字「Sehnsucht」則是形容人在心中無以言明的、無法安慰的渴求。此外還有其他情感，日文字「甘え」[137]（被認為是縱容依賴，兼具甜蜜和天眞混合的感覺）[138]、依法盧克人（Ifaluk）詞彙「fago」[139]（融合愛、同情和悲傷等等情感）[140]，

---

137 Yu Niiya, Phoebe C. Ellsworth, and Susumu Yamaguchi, "Amae in Japan and the United States: An Exploration of a 'Culturally Unique' Emotion," *Emotion* 6, no. 2 (2006): 279–295, https://doi.org/10.1037/1528-3542.6.2.279

138 Takeo Doi, *The Anatomy of Dependence* (Tokyo: Kodansha International, 1971)

139 Naomi Quinn, "Adult Attachment Cross-Culturally: A Reanalysis of the Ifaluk Emotion *Fago*," in *Attachment Reconsidered*, eds. Naomi Quinn and Jeannette Marie Mageo (New York: Palgrave Macmillan, 2013), 215–239, https://doi.org/10.1057/9781137386724_9

140 Catherine Lutz, "Ethnopsychology Compared to What? Explaining Behavior and Consciousness Among the Ifaluk," in *Person, Self, and Experience: Exploring Pacific Ethnopsychologie*s, eds. Geoffrey M. White and John Kirkpatrick (Berkeley: University of California Press, 1985), 35–79

和孟加拉語詞彙「lajja」（羞愧和謙遜的一種表達方式）。[141]

　　有人認為，多語者因為更豐富的跨語言詞彙清單來標記情緒，因此能夠**體驗**更多元化的情感。然而，擁有能準確標籤和抓住感覺的詞彙，是否影響實際感受，這仍然是一個頗具有爭議性的話題（沙皮亞－沃爾福難題再次浮現），在兒童發展、人際關係和心理治療等各種領域都有相關探討。情感標籤影響的研究發現，將自己的感受進行標籤，會干擾杏仁核對情感刺激的反應。若參與者被要求在公開演講之前口述自己的感受，相比參照組，可以更有效減少生理活化。這表示標籤化情感確實能影響我們的感受。然而，情感可以超越語言的界限。幾年前，我參加了一場在香港舉行的婚禮，新郎是一位大多只會說英語的美國人，新娘則是一位大多只會說華語的中國人，他們主要通過Google翻譯進行溝通。你可以說他們的共同語言是愛。

　　除了影響我們對世界的感覺、認知和思考方式之外，語言還影響我們記憶的內容。我進入學術界，最後進入心理語言學領域，具體來說是透過閱讀《實驗心理學》（*Experimental*

141 Usha Menon and Richard A. Shweder, "Kali's Tongue: Cultural Psychology and the Power of Shame in Orissa, India," in *Emotion and Culture:Empirical Studies of Mutual Influence*, eds. Shinobu Kitayama and Hazel Rose Markus (Washington, DC: American Psychological Association, 1994), 241–282

*Psychology*）期刊中一篇關於兒童失憶症的文章。[142]兒童失憶症
（childhood amnesia）是指我們無法記住出生後的頭幾個月或幾
年的事件（確切的時間範圍有爭議。儘管因人而異，但通常認為
是從出生持續到約兩歲至四歲時）。

　　嬰兒語言的有限發展被認為是兒童失憶的原因之一。沒有語
言知識和框架來建構我們最初幾年的生活記憶，可能是我們無法
回憶起它們的原因。人類語言和生命記憶的發展是緊密相連的：
它們相互支持。

　　奈瑟（Ulric Neisser）的著作——關於認知心理學、記憶、
自我、智能、視覺感知——影響了我的思考、寫作和研究方
式。他的著作《記憶觀察：在自然環境中的記憶》（*Memory
Observed*）將記憶研究從實驗室帶到了現實世界的現象。這
本書強調要對日常生活相關的記憶進行具有生態效度（按：
ecologically valid，指實驗對現實的有效性）研究的重要性。就
像奧立佛・薩克斯（Oliver Sacks）的《錯把太太當帽子的人》
（*The Man Who Mistook His Wife for a Hat*）一樣，《記憶觀察》
使讀者愛上了心智研究。

　　然而，這些書和大多數流行的科普書籍一樣，純粹從單語的

---

142 Jody Usher and Ulric Neisser, "Childhood Amnesia and the Beginnings of Memory
for Four Early Life Events," *Journal of Experimental Psychology:General* 122
(1993): 155–165, https://doi.org /10.1037/0096-3445.122.2.155

角度來考慮思想和記憶。全球有一半以上的人口使用多種語言的人們，但他們的心智經驗被假設與單語者完全相同，彷彿懂得另一種語言不會改變我們的記憶和對自己的回憶。這是人類記憶研究中的盲點之一。

語言使用對記憶至少以三種方式影響：

1. 在編碼時，透過語言的共同活化。
2. 透過語言相關的記憶。
3. 透過記憶時使用的標籤。

第一種方式，也就是多語者記憶方式的不同之處，在於多語思維中超過一種語言的共同活化。當尋找蒼蠅時，英語者更容易記得看到手電筒，因為「蒼蠅」（fly）和「手電筒」（flashlight）在單字的開頭有重疊。另一方面，西語者不太可能記得手電筒，因為「蒼蠅」（mosca）和「手電筒」（linterna）在西班牙語中並沒有重疊。我們發現，英語內部的語言重疊不僅會影響英語者聽到單字時所關注的事物，也會影響他們之後的記憶。具有形式或意義上相似之處的物體，會比起無關的物品更容易被記住。因為單字重疊在不同語言之間有差異，因此不同語言的使用者將會以不同方式去記住視覺場景中的事物。同樣地，雙語者的記憶會受到所見事物的名稱是否在不同語言中有重疊所影響，如果物品在語言內和跨語言間具有相似形式，則更容易記憶。當尋找同一隻蒼蠅時，西英雙語者可能比英語單語使用者更

可能記得他還有看到箭頭，因為英語「箭頭」（arrow）的西班牙語單字是「flecha」。換句話說，雙語者不僅根據語言重疊以不同方式觀察周圍的世界，還因為跨語言共同活化而記得與單語者不同的所見事物。

第二種方式，也是多語者記憶方式的不同之處，是基於語言依賴性記憶原則。語言依賴性記憶是指檢索記憶時，若使用記憶編碼過程中所使用的語言，記憶會變得更容易取得。

在心理學中，情緒依賴性記憶（mood-dependent memory）和語言依賴性記憶理論表示，在任何給定的時間點，記憶取得的難易度會被當時的情緒或所使用的語言所影響。當你心情愉快時，更可能回憶歡樂的記憶，而當你感到悲傷時，也更可能回憶悲傷的記憶（這也是憂鬱症會惡性循環的原因之一）。同理可證，在則回憶某件事時，若使用的語言和原事件發生時相同，則更有可能成功。

當用英語提示「醫生」、「生日」、「貓」或「狗」等單字時，俄英雙語者更容易回憶起在使用英文情境中發生的自傳性事件（autobiographical events），也包括有其他英語者的相關事件；同樣的，當用同樣詞彙的俄語翻譯提示時，他們更容易回憶起在使用俄語情境中發生的自傳性事件，或包含其他俄語者的相關事件。雙語者在描述自傳性記憶時，若使用該記憶發生時的語言，會表達出更強烈的情感。會說多種語言的人在記憶自己的生

活和回憶世界資訊時，當使用不同語言時，由於記憶可及性不同，他們對事情的記憶也會不一樣。先回想到的內容也會隨語言而有所差別。當再次使用同樣的語言時，雙語者更容易回憶起使用此語言時所發生的事件。反過來說，所回憶的記憶也會影響我們對自己和生活的思考，以及我們與他人之間的互動方式。

即使回憶像生物學、化學、歷史和神話學等學科的知識時[143]，也可能會受到研讀語言和測驗語言之間的匹配程度影響。當西英雙語者大學生用西班牙語中學習資訊時，他們在用西班牙語進行測驗時，比用英文測驗時更容易記住資訊。同樣地，當他們用英語學習資料時，他們在英語測驗的記憶力更好。換句話說，當以學習資訊的相同語言進行測驗時，記憶效果更好。當然，學習的最終目的是能夠在去脈絡的情況下存取資訊（如果只有測驗用原來學習時使用的語言、地點或心境，我們才能記住資料，那對我們來說並沒有多大的用處），大部分情況而言，事實也的確如此。我們確實能跨越不同的語言、背景和情緒記住事物。然而，我們也可以觀察到，在回憶當中重現編碼時所經歷的情境時，記憶中的出現內容和方式會有細微變化。這就是為什麼當我們回到長時間沒再去過的地方時，那些我們原以為已經遺忘

---

143 Viorica Marian and Caitlin M. Fausey, "Language-Dependent Memory in Bilingual Learning," *Applied Cognitive Psychology* 20, no. 8 (2006): 1025–1047, https://doi.org/10.1002/acp.1242

的記憶會再次湧現。語言亦是如此——當我們再次使用長時間沒用過的語言時，舊時記憶會頓時湧上心頭。儘管在大多數日常生活情況下，這也許並非必要，但偶爾找到恰當的提示來喚起急需的記憶，結果會大相逕庭，而語言可能正是我們需要的線索。

在一項有關移民記憶的研究中，我們發現負面情緒詞彙比正面情緒詞彙更常見，尤其是對那些年紀稍長之後才移民的人而言。我們還發現，雙語者在第二語言中使用的情感詞彙比母語中還多。也許第二語言可以讓說話者對情感經驗的距離感更多，因此需要使用更多的情緒詞彙來達到與母語的情感平衡。

第三種方式，是記憶受語言的影響，源於不同語言對事物標籤的差異。例如，西班牙語使用兩個不同的單字來指角落，一個單字表示內角（rincón），另一個單字用於外角（esquina）。西班牙語者在涉及角落的展示中，對物品擺放位置的記憶能力更勝於英語者。因為他們可以用兩種不同的單字來指出物體相對於角落的空間關係。同樣地，韓語使用不同的詞彙來指緊密和鬆散接觸，緊密接觸詞「kitta」會用於如信封中的信件；鬆散接觸詞「netha」會用在如蘋果中的碗。這種不同標籤的可用性會改變我們對環境中被語言標籤所指示的精確記憶。

多語者通常會告訴你，其記憶的可及性受到語言中存在的標籤影響。英語中只有一個單字表達表（堂）兄弟姐妹，而漢語對於表（堂）兄弟姊妹則有八個不同的詞彙，取決於表（堂）兄弟

姐妹是母系還是父系，男性還是女性，是年長還是年輕。僅僅只透過使用適當的詞彙來表示親屬，就能立即獲得額外資訊，影響人們對親戚的回憶和記憶，他們存取和記憶相關訊息所需的時間遠少過不區分這些細微差異的語言使用者。在如孟加拉語等特定語言中，同一個詞彙被用來指稱吃、喝甚至抽菸。這可能會為青少年提供一個方便的藉口，解釋在派對上難以記得誰喝酒或抽菸的困難度。

多語者的語言使用和他們記憶所造成的有形影響，可以在罪責研究中找到。根據使用母語或第二語言，模擬陪審團會做出不同的判斷。例如，表達可能性的情態助動詞（modal verb），如「可能」（may）對上「也許」（might），不會影響英語母語人士的決策。然而，非英語母語人士對這些情態動詞的處理方式不同。當面對如「那個人也許（might）已經把袋子丟在灌木叢旁。」這樣的陳述時，以英語作為第二語言的人認為使用單字「may」描述事件的發生機率會高過使用單字「might」描述。[144]當使用may時，目擊證人的評估確定性明顯增加，而使用might時則降低。

單語者也容易受到標籤對記憶的影響。即使在同一語言中，觀看交通事故的影片後，被問及車速時，如果在問題中使

---

144 Luna Filipović, *Bilingualism in Action* (Cambridge: Cambridge University Press, 2019)

用「撞毀」（smashed）一詞，人們描述的車速會比使用衝撞
（bumped）一詞來得更快。標籤每天都在影響著我們的記憶，
廣告商深知箇中精髓，因此會精挑細選詞彙來宣傳產品。下次看
電視廣告時，請注意廣告中藥品的名稱。研究顯示，易於發音的
藥品會被認為安全性更高，並建議以更高的劑量使用。

　　語言如何影響法律場景中記憶的研究[145]，是由伊莉莎白・羅
芙托斯（Elizabeth Loftus）所創立的，她是生態效度、現實世界
記憶現象研究的先驅。她的成果（以及史蒂芬・塞西〔Stephen
Ceci〕等人的成果）讓我對記憶的看法產生了重大影響，亦即是
記憶是重構性的和不精確的，所使用的語言標籤會影響這些重
構。當使用特定方式的措辭時，誤導和引導問題甚至可能導致虛
假記憶。

　　在現今一項典型研究中，羅芙托斯博士和她的合作者對人們
進行了訪談，其中包括一個不曾發生，虛構的事件敘述（例如在
購物中心迷路）以及幾個真實事件的描述。他們發現，許多人不
僅將虛構事件視為真實記憶[146]，還增加了他們認為自己記得的細

---

145 Elizabeth F. Loftus, *Eyewitness Testimony* (Cambridge, MA: Harvard University
　　Press, 1996)

146. Elizabeth F. Loftus and Jacqueline E. Pickrell, "The Formation of False
　　Memories," *Psychiatric Annals* 25, no. 12 (1995): 720–725, https://doi.
　　org/10.3928/0048 5713 19951201 07

節。我用關於汽車撞狗的虛假事件複製了這項研究[147]。向大學生的家長發送了一份問卷調查，要求他們描述孩子童年時期的重要記憶，並特別詢問他們孩子是否知道有沒有狗狗或其他動物曾被汽車撞過的事件。然後，我利用父母提供的真實童年記憶，以及添加的捏造事件，採訪了學生關於他們童年的情況。與其他相關虛假記憶的研究一樣，某些人不僅將虛構的事件視為真實記憶，還聲稱自己記得之前從未提供過的細節（例如狗的大小或顏色，或者事故當天發生的時間）。

多語者的記憶會受到母語和非母語的影響。雖然人類記憶整體而言都很容易受到錯誤干擾和虛假記憶的影響，但是還不清楚雙語者更容易受到母語還是非母語的虛假記憶所影響。一些研究發現母語中虛假記憶的比例更高，而另一些研究則發現第二語言更高，還有一些研究發現這取決於語言熟練度、相對優勢、測試時的年齡以及學習語言的年齡。

然而，顯而易見的是，語言對記憶可及性的影響具有許多現實世界的意義，包括在法律案件中採訪雙語證人，為雙語客戶提供心理治療，以及為創造回憶重要資訊的最佳條件。我和羅芙托斯博士目前在一件涉及質詢雙語者的進行中法律案件擔任專家證

---

147 Viorica Marian, "Two Memory Paradigms: Genuine and False Memories in Word Lists and Autobiographical Recall," in *Trends in Experimental Psychology Research*, ed. Diane T. Rosen (New York: Nova Science Publishers, 2005), 129–142

人的角色——這只是語言和記憶相互作用可能深遠影響個人生命的許多現實世界情境之一。

現實世界中的決策常常涉及道德考量。這引出一個問題：這些道德考量在第二語言中是否更有影響力呢？

小說家娥蘇拉・勒瑰恩（Ursula K. Le Guin）在令人難忘的故事《離開奧美拉城的人》（*The Ones Who Walk Away from Omelas*）[148]中描述一座城市的居民過著快樂、繁華和幸福，不知艱苦為何的生活。時時刻刻都是慶祝活動和節日。直到有一天，他們每人了解背後支撐他們田園詩歌班生活的真相：有一個孩子獨自承受苦惱、窮困和痛苦的折磨。只要幫助孩子或對他釋出任何善意，無論多麼微小，都將結束整個城市的幸福生活。得知真相後，一些居民選擇離開奧美拉城，前往未知的地方。

這是一篇能引起長遠共鳴的短篇故事。你會怎麼做呢？你會視而不見，默許這種為了整座城市的利益而犧牲一個孩子的安排嗎？還是你會選擇幫助這個孩子結束他的痛苦，即使這表示奧美拉城的烏托邦將被終結？還是你會離開呢？你的決定是否會因為根據閱讀故事時所用的語言而做出改變嗎？（這是一個準備執行的實驗，但也是我們身為消費者每天所做的事情，只是規模較

---

148 Ursula K. Le Guin, "The Ones Who Walk Away from Omelas" (Mankato, MN: Creative Education, 1993)

小、不那麼引人注目而已。）

在倫理學中，**義務論**（**deontology**）是指道德行為的正確
與否應該基於行為本身，而非其後果。對比而言，**功利主義**
（**utilitarianism**）是指行動應該基於對最多人造成最大利益的原
則。事實證明，一個人所說的語言會影響一個人道德決策的義務
論或功利性。

外語效應表示，在面臨犧牲一人以拯救五人之類的道德困境
中，使用外語更容易做出功利主義的決策，可能是因為使用外語
會增加心理距離並減少情緒化。使用第二語言會減少義務論價值
觀，這種價值觀更著重於攸關情緒的、被犧牲的代價；並且增加
功利主義價值觀的可及性，著重於攸關反思與深思熟慮的、犧牲
獲得的益處。即使這些決定會帶給人們內在情感的困擾，人們在
使用非母語時更有可能做出對社會有更大利益的決策。

在道德判斷、財務分配、選擇健康醫療，甚至抑制迷信等
等方面，使用第二語言會比母語更能做出較有邏輯性且理性的決
策[149]。根據多語言使用者的研究顯示，使用外語可以系統性改變

---

149 Constantinos Hadjichristidis, Janet Geipel, and Luca Surian, "Breaking Magic:
Foreign Language Suppresses Superstition," *Quarterly Journal of Experimental
Psychology* 72, no. 1 (2019): 18–28, https://doi.org/10.1080/17470218.2017.1371
780

雙語者[150]在冒險、儲蓄、消費者決策、環境保護、社會身份、人格個性和自我建構[151]等領域的判斷和偏好。

在漢英雙語者做出賭博決策的實驗中，每個決策後都有正面或負面的回饋，以及金錢收益或虧損（例如「太棒了！獲得10美元」或「糟糕！損失3美元」），非母語的正面回饋引發的賭博行爲較少[152]，並降低了「熱手效應」（hot hand effect）。

使用外語還可以透過問題表述方式減少偏見，例如1979年「疾病問題」（Disease Problem）所示[153]。這個典型的疾病問題以這樣的前提詢問：如果你不採取任何行動，將有六百人死於某種疾病。然後問題有兩種不同的進行方式，一種以利益爲框架，另一種則是以損失爲框架。在利益爲框架的版本中，如果你選擇選項一，將有兩百人獲救；如果你選擇選項二，全員獲救的機會是三分之一，但是無人獲救的機會則爲三分之二。在損失爲框架

---

150 Donnel A. Briley, Michael W. Morris, and Itamar Simonsson, "Cultural Chameleons: Biculturals, Conformity Motives, and Decision Making," *Journal of Consumer Psychology* 15, no. 4 (2005): 351–362, https://doi/abs/10.1207/s15327663jcp1504_9

151 Viorica Marian and Margarita Kaushanskaya, "Self Construal and Emotion in Bicultural Bilinguals," *Journal of Memory and Language* 51, no. 2 (2004): 190–201, https://doi.org/10.1016/j.jml.2004.04.003

152 Shan Gao, Ondrej Zika, Robert D. Rogers, and Guillaume Thierry, "Second Language Feedback Abolishes the 'Hot Hand'Effect During Even Probability Gambling," *Journal of Neuroscience* 35, no. 15 (2015): 5983–5989, https://doi.org/10.1523/JNEUROSCI.3622 14.2015

153 Daniel Kahneman and Amos Tversky, "Prospect Theory: An Analysis of Decision Under Risk," *Econometrica* 47, no. 2 (1979): 263–291, https://doi.org/10.2307/1914185

的版本中，如果你選擇選項一，將有四百人死亡；如果選擇選項二，全員獲救的機會是三分之一，但是每個人都死亡的機會則有三分之二。儘管這兩個問題在形式上相同，但強調潛在利益（能救活兩百人）往往會讓人們更傾向風險迴避，從而導致更多人選擇選項一的保證性結果。使用外語時，這種情感驅使的偏見會減少[154]，無論問題如何呈現，會導致更一致的風險偏好。換句話說，相較於母語，人們的偏好受到外語問題框架的影響較小。

　　一般而言，使用外語接觸創新但可能令人反感的產品（例如飲用回收水或食用昆蟲類食品）時[155]，會認為比較不那麼噁心。當被要求評估核能、農藥、化肥和奈米科技的風險和利益時，雙語者使用第二語言進行判斷時會認為風險較小，利益較大。同樣地，當被用第二語言詢問是否飲用經過安全認證的回收水時[156]，雙語者回答飲用的機會比用母語回答來得高。

154 Boaz Keysar, Sayuri L. Hayakawa, and Sun Gyu An, "The Foreign Language Effect: Thinking in a Foreign Tongue Reduces Decision Biases," *Psychological Science* 23, no. 6 (2012): 661–668, https://doi.org/10.1177/0956797611432178

155 Constantinos Hadjichristidis, Janet Geipel, and Lucia Savadori, "The Effect of Foreign Language in Judgments of Risk and Benefit: The Role of Affect," *Journal of Experimental Psychology: Applied* 21, no. 2 (2015): 117–129, https://doi.org/10.1037/xap0000044

156 Janet Geipel, Constantinos Hadjichristidis, and Anne Kathrin Klesse, "Barriers to Sustainable Consumption Attenuated by Foreign Language Use," *Nature Sustainability* 1, no. 1 (2018): 31–33, https://doi.org/10.1038/s41893 017 0005 9

甚至包括醫療決策在內[157]，譬如接受預防醫學（如疫苗接種）[158]和醫療治療（如手術）[159]的可能性，也取決於問題和答案是以母語或第二語言提出和回答。從移民家庭到外籍醫生，全球數百萬的醫護人員和患者在健康議題上使用母語和非母語做出決策。在美國，近30％的醫生是來自移民，與數百萬名外籍護理師、技術人員和助理一起工作。再加上全球各地數百萬的多語者使用非母語生活，顯然如我們身心健康相關的重要決策，通常是以外語做決定。

　　當雙語者被要求用母語或非母語中評估一系列醫療方案時，使用外語時會降低疾病症狀和治療副作用的嚴重程度，並增加對個人風險概率資訊的敏感度。使用第二語言時，醫學症狀被認為更容易治癒，身體上的疼痛和情感上的痛苦則更少。使用第二語言也增加了對預防醫學成本和效益的敏感度，並增加了對實驗性療法的接受程度。

　　使用母語與外語會改變人們如何評估接受和拒絕預防醫學的

---

157 Sayuri Hayakawa, Yue Pan, and Viorica Marian, "Language Changes Medical Judgments and Beliefs," *International Journal of Bilingualism* 26, no. 1 (2021): 104–121, https:// doi.org/10.1177/13670069211022851

158 Janet Geipel, Leigh H. Grant, and Boaz Keysar, "Use of a Language Intervention to Reduce Vaccine Hesitancy," *Scientific Reports* 12, no. 1 (2022): 1–6, https://doi.org/10.1038/s41598 021 04249 w

159 Sayuri Hayakawa, Yue Pan, and Viorica Marian, "Using a Foreign Language Changes Medical Judgments of Preventative Care," *Brain Sciences* 11, no. 10 (2021): 1309, https://doi.org/10.3390/brainsci11101309

結果，此事實對於數百萬日常使用非母語做出醫療選擇的醫護人員和患者具有重要意義。語言經驗和接觸可以系統地改變我們對健康相關資訊的解讀方式，對個人和公共健康產生重大影響。

紐西蘭波利里尼西亞（Polynesia）原住民族毛利人有句諺語：「我的語言是我的覺醒。」我們所相信的、我們投票支持的、我們喜歡的以及我們是誰，都受到語言影響，且當我們使用不同語言時——我們變成了版本略微不同的自己。這是因為每種語言都連結到不同的經歷、記憶、情感和意義，不同語言之間的可及性也有所不同。因此，根據所使用的語言，會凸顯出個人不同的一面。

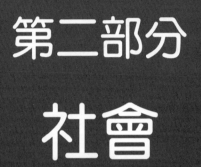

# 第二部分

# 社會

For last year's words belong to last year's language
And next year's words await another voice.

去年的話語屬於去年的語言，
明年的話語等待另一種聲音。

——T・S・艾略特《四重奏》

# 第7章

# 終極的影響
## The Ultimate Influencer

當我孩子大約兩歲大的時候，我經常與正在蹣跚學步的孩子對話，這些對話會震驚我的家人、朋友、其他家長，或者只是在公共場合無意中聽到我們對話的陌生人，我們對話內容如下：

「四減二？」我會這樣問。

「二。」他們這樣回答。

「八十一除以九？」我會這樣問。

「九。」

「七百四十五乘以零？」我會這樣問。

「零。」他們會如此回答。

「最後成為美國領土的是阿拉斯加還是夏威夷？」

「夏威夷。」

「美國第二任總統是傑弗遜還是亞當斯？」

「亞當斯。」

等等，從數學到政治、從物理到體育，似乎任何話題，我正

在學走路的小孩好像都知悉。這每次都能奏效。

　　難道我每個孩子都是小天才嗎？其實他們沒有比同齡的其他孩子更厲害。唯一的不同之處是他們的媽媽研讀並教授語言發展課程，這表示我能夠利用對語言的了解來獲得我想要的答案。你可能已經注意到，這些問題和答案的清單有啟發性的模式。

　　孩子給出的答案總是在清單提供選項中的最後一個單字。這種表現不需要教練。在語言發展的特定階段，當孩子在做選擇時，他們會重複聽到的最後一個詞彙。對他們而言，這種重複詞彙是學習過程的一部分。世界各地的許多父母即使沒參加語言發展課程來養育自己的孩子，也都會注意到這一點。對於忙碌的父母而言，知道他們孩子會選擇最後一個選項（即使只有在他們生命中一小段時間如此），可以改變早晨忙碌或夜晚筋疲力盡的情況，以便讓孩子穿上父母希望他們穿的衣服、吃父母想要他們吃的食物、或者參加父母希望他們參加的活動。找時間和幼兒一起嘗試一下，甚至可以將其製作成影片上傳TikTok。

　　語言影響我們的選擇並不足為奇，但是這種決定不僅關於我們的個人生活。儘管本書的第一部分是考慮語言對個人的影響，但第二部分從更廣泛的社會脈絡出發，呈現一個更廣闊的語言景象。不僅是我們的大腦、身體、心智和感受會受到使用的語言影響。其實，社會的結構和功能也受到語言、語言多樣性和多語能力的影響。從政治家到改寫歷史者，再到科學進步和發現等等，

語言的力量無處不在。

就像我透過我的語言發展知識來說服孩子們吃蔬菜，或者讓愛偷聽又愛管閒事的人瞠目結舌，政治家、政治評論員和兩黨的公眾人物也會使用語言來說服——或我該說是操縱嗎？——他們的聽眾。

還記得共和黨布希政府開始稱「遺產稅」為「死亡稅」（Death Tax），將放寬排放標準稱為「晴空行動倡議」（Clear Sky Initiative），將鑽探石油稱為「負責任的能源探勘」，將伐木稱為「健康森林計畫」（Healthy Forest Initiative）嗎？又或者民主黨拜登政府將對移民使用的術語從「非法」改為「沒有合法身份文件」，將「外國人」（alien）改為「非公民」（noncitizen）或「移民」？就像當你聽到「生命權」而不是「選擇權」時，會讓你產生不同的聯想，因此比起「遺產稅」，你更有可能投票反對「死亡稅」——因為「死亡稅」讓人想到對傷痛者的課稅，而「遺產稅」則是對富人的課稅。這現象並非美國獨有。在國際媒體上，「限制空中交通，封鎖天空」引起的聽眾反應和「擊落飛機」迥然不同。

在世界各國，無論是民主還是獨裁，詞彙的選擇和新標籤的創造，並不是因為它們完美地反映了標識的內容，而是為了改變人們對其所代表內容的看法。蘇聯最有名的兩份報紙分別是《Izvestia》（意為「新聞」）和《Pravda》（意為「真相」）。

關於蘇聯新聞宣傳的一個老笑話是「《Pravda》裡沒有眞相，《Izvestia》裡沒有新聞」。最近的一個例子是，俄羅斯將烏俄戰爭稱爲「特殊軍事行動」。

在喬治‧歐威爾（George Orwell）的反烏托邦小說《1984》中，一個極權主義政權創造了「新話」（Newspeak），用此機制控制大洋洲（Oceania）人民、抑制如自我表達和自由意志等顚覆思想——其理念是，如果沒有用於表達這些思想的單字存在，那麼這些思想本身將不復存在：

新語（Newspeak）的目的不僅僅是提供一種適合英國社會主義（Ingsoc）世界觀和心理習慣的表達方式，而是旨在使所有其他的思想模式變得不可能……一個從小就用新語長大的人將不會知道「平等」曾經有「政治上平等」的次要含義，也不會知道「自由」曾經有「思想上自由」的含義，就像一個從未聽說過西洋棋的人，對「皇后」和「城堡」所附帶的特殊意義一無所知。由於這些詞彙是陌生的，因此他們沒能力犯下許多罪行和錯誤，只因它們無以言明，所以無從想像[160]。

160 George Orwell, 1984 (London: Secker & Warburg, 1949).

藝術不僅是人生的模仿。人生似乎也在模仿歐威爾小說一般的藝術著作。

　　當北韓和南韓的運動員在2018年冬季奧運會期間組成聯合國家隊時，儘管看似講同一種語言，但是他們發現彼此之間溝通有困難。這是因為在南北韓分裂後，許多在韓國繼續使用的詞彙已被北韓政權消除（例如，基於英語或其他外語的詞彙），並用原創詞彙取代，以至於南北韓之間有時需要字典才能溝通。

　　在另一項全國性的「語言實驗」中，蘇聯當局將前蘇聯社會主義共和國摩爾多瓦的字母從拉丁字母改為西里爾字母。拉丁字母是摩爾多瓦西部的羅馬尼亞人使用的字母，而西里爾字母則是摩爾多瓦以東的俄羅斯人使用的字母。摩爾多瓦這個位於東南部的小國，人口主要由羅馬尼亞人組成，他們數十年來被迫使用一種不適合他們母語的字母。羅馬尼亞語是一種羅曼語族的語言，它是現存語言中最接近古拉丁語的一種，因此使用拉丁字母。蘇聯曾經試圖透過操縱民族身份，來加強摩爾多瓦人傾向俄羅斯和蘇聯的身份認同，並與傾向羅馬尼亞和西方的身份保持距離。

　　正如個人的語言會影響自我形象，國家身份也是由其使用的語言所塑造。語言引導著文化、傳統、信仰體系、價值觀、歷史和集體認同。這就是為什麼在歷史的不同時期，有些群體和整個國家不被鼓勵、甚至禁止說自己的母語，而被迫接受其他不同的語言。這種情況發生在北美、南美、歐洲、亞洲和大洋洲，甚至

在一些地緣政治地區仍繼續存在至今。經濟、政治和物質上的統治和控制引起了廣泛的關注，但語言的統治則直接影響了國家和其人民的核心，因為語言和思想緊密相連。不只禁止使用某些特定詞彙，而是禁止整個語言的做法，等於禁止了一種特定思維和存在於世界中的方式。

像朝鮮和前蘇聯這樣影響數百萬人的國家級語言實驗是罕見的。取而代之的是，語言以更細微的方式被修改，以達到政治目的。重新標籤化並不是唯一使用的策略。像兒童重複最後一個字，成年人也會因物品呈現給他們的順序而受到影響。例如，記憶中的首因效應和近因效應（primacy and recency effect）表明，在一個清單中，第一個和最後一個項目比中間的項目更容易被記住。

另一種技巧是押頭韻，即在相鄰或相連詞彙的開頭使用相同的字母或聲音，這樣能產生更突出且容易記憶的訊息。例如「Build Back Better Budget」（重建更好的預算）或「Save Social Security First！」（優先保障社會安全！）。轉喻（metonymy），是指用相關屬性或附屬物來代替某物名稱，如用白宮來代表美國政府的行政部門，或用華爾街來代表金融業，這是另一種用來操縱大眾輿論的技巧。代名詞的使用（「我們」與「他們」）和類比是語言被用來爭取支持、創造選擇的假象、分化人們或使人們團結的其他方式。在此再次引用喬治·歐威

爾，他在文章中說道：「政治語言⋯⋯旨在使謊言聽起來像真實的，使謀殺變得體面的，並使抽象的風看起來是結實的。」[161]這句話表示政治語言具有特定的功能和目的。

政治家經常使用代名詞來操縱人民群續。使用「我們、我們的」等代名詞與「他們、他們的」形成對比，側重於強調不同群體之間的差異而非相似之處。這種「分而治之」的方法並不新鮮。凱薩和拿破崙都曾經使用過；作為一種軍事策略，它早在羅馬帝國之前就存在。然而，雖然對於凱撒和拿破崙而言，勝利表示征服其他領土，但在同一個國家的政治格局中，勝利的定義則需要重新考慮審視。

多語能力會不可避免地引發了語言學中的「包含性」（clusivity）概念。不同語言的使用者在處理代名詞時存在差異，因為語言的包含性上存在差異。簡單來說，包含性是指「我們」和「我們的」（相對於「你們」和「你們的」）這些代名詞是否包含對話的對象。在某些語言中，當我和你交談時，你和我是「我們」的一部分，但其他人則不是。在其他語言中，我和其他人是「我們」的一部分，但你不是。這是一個有趣的區別，因為根據所使用的語言，聽眾可能會根據政治家使用「我們」時，將自己置入所期待的一方或另一方。雖然英語不具有包含性，但

---

161  George Orwell, "Politics and the English Language" (London: Horizon, 1946).

具有包含性的語言包括華語（按：如我們／咱們的差別）、越南語、馬來語、古吉拉特語、旁遮普語、塔加拉族語、馬拉雅拉姆語、坦米爾人、夏威夷語等等。政治家在面對包含使用這些語言的選民時，會希望確保他們的言論能夠達到預期效果，包含或排斥目標群體中的聽眾。

政治家會根據他們演講對象不同來調整他們的說話方式。歐巴馬（Barack Obama）總統在試圖吸引黑人或白人聽眾時（不同種族的聽眾），會使用不同的演說方式[162]。同樣地，在民主黨初選辯論中，副總統賀錦麗（Kamala Harris）也藉由微妙的語言變化，包括非裔美國人英語的音韻學、形態句法和韻律學，來反映她的立場。

許多政治人物能流利地使用多種語言或方言，並在政治舞台上使用這些語言。

在最著名的冷戰演講之一中，約翰・F・甘迺迪總統以德語說出著名的話：「Ich bin ein Berliner」，意思是「我是柏林人」，這表示對柏林人民的堅定聲援，並表示美國與西歐聯盟，以及反對建造柏林圍牆。這些話在當時之所以如此有力，是因為它們是在演講到一半時用德語說出，而其他部分則用英語。大多

---

162 Nicole Holliday, "'My Presiden(t) and Firs(t) Lady Were Black': Style, Context, and Coronal Stop Deletion in the Speech of Barack and Michelle Obama," *American Speech:A Quarterly of Linguistic Usage* 92, no. 4 (2017): 459–486, https://doi.org/10.1215/00031283 6903954

數德國公民，無論年紀大小，都熟悉這些話，其它許多歐洲國家很多學生在學校仍然記住這個歷史時刻。

甘迺迪總統直覺的理解是，那日他在西柏林演講時，使用他面對目標群眾所熟悉的語言，比起他的英語更具有分量，更容易引起聽眾的共鳴。和許多成功的公眾演講者一樣，甘迺迪認識到語言不僅影響我們的大腦，而且也會影響我們的情感，這一點在心理語言學研究變得愈來愈清晰。

數十年後，在烏克蘭戰爭期間，烏克蘭弗拉迪米爾·澤倫斯基（Volodymyr Zelensky）在演講中無縫切換烏克蘭語和俄語。當他向烏克蘭人民發表演講時，會用烏克蘭語，而在呼籲俄羅斯公民時則用俄語。他在部分演講以及與英語媒體和政策制定者的訪談中使用了英語，並在向其他國家的聽眾演講時加入了其他語言的詞彙。

麥德林·歐布萊特（Madeleine Albright）是美國首位擔任國務卿的女性，她會說英語、捷克語、法語和俄語。前國務卿康多莉扎·萊斯（Condoleezza Rice）懂英語和俄語。佛羅里達州前州長傑布·布希（Jeb Bush）能夠流利地使用英語和西班牙語。即使一些無法流利使用其他語言的人，在講演特定的部分內容時也會用其他語言，特別是在使用該語言選民比例較高的社區。但是，當利用特定語言來傳遞政治訊息時，如果被認為是不真誠或帶有奉承意味，這種策略也可能在目標族群中產生反效果。在美

國，當涉及到西班牙裔選民或消費者時，甚至有一個專門術語，即「西語拉攏」（hispandering）[163]。

在美國，針對西班牙裔的政治活動往往能增加西語者的支持[164]，但可能會減少英語白人的支持。一項針對共和黨選民對白人西英雙語候選人的態度的調查[165]，發現在拉丁裔選民中使用西班牙語被認為是有利的，但在盎格魯裔選民（德州除外）中被認為是不利的。當政治文章提供西班牙語版本時[166]，觀察到的效應是獲得更多拉丁裔選民的支持，但非拉丁裔白人中的支持則出現減少的效果。

雖然語言在政治中的作用尤其顯著，但政治家並不是唯一利用語言來操縱決策的人。廣告商被聘請來尋找合適的語言組合，以促使我們為我們買得起（或可能買不起）的商品支付最高的價格。

163 Benjamin Zimmer and Charles E. Carson, "Among the New Words," *American Speech* 87, no. 4 (Winter 2012): 491–510, https://doi.org/10.1215/00031283 2077633

164 Alejandro Flores and Alexander Coppock, "Do Bilinguals Respond More Favorably to Candidate Advertisements in English or in Spanish?" *Political Communication* 35, no. 4 (2018): 612–633, https://doi.org/10.1080/10584609.201 8.1426663

165 Jessica Lavariega Monforti, Melissa Michelson, and Annie Franco, "Por Quién Votará? Experimental Evidence About Language, Ethnicity, and Vote Choice (Among Republicans)," *Politics, Groups, & Identities* 1, no. 4 (2013): 475–487, https://doi.org/10.1080/21565503.2013.842491

166 Joshua Darr, Brittany Perry, Johanna Dunaway, and Mingxiao Sui, "Seeing Spanish: The Effects of Language Based Media Choices on Resentment and Belonging," *Political Communication* 37, no. 4 (2020): 488–511.

當針對多語者進行廣告時，用母語作爲行銷口號[167]往往被認爲比用第二語言更動人[168]。在一項研究中，使用外語爲待售商品定價時，引起的擁有感較弱[169]。西裔美國人對西語和英語產品廣告的好感度，取決於他們認爲其他美國人對西語者看法的好感度[170]。對於在其中感受到負面文化刻板印象的人而言，西班牙語廣告導致了更多負面的產品評價。廣告語言的有效性似乎還取決於廣告的產品而異。因爲在美國，西班牙語通常連結到家庭，而英語則連結到工作和政府，與家庭相關的廣告[171]在西班牙語中更受歡迎，而與工作相關的廣告在英語中所獲得的評價更高。同樣地，在印度，奢侈品（如巧克力）的廣告[172]用英語比用印地語更有效，而必需品（如洗滌劑）的廣告用印地語會比用英語來得更

167 Eric Yorkston and Geeta Menon, "A Sound Idea: Phonetic Effects of Brand Names on Consumer Judgments," *Journal of Consumer Research* 31, no. 1 (2004): 43–51, https://doi.org/10.1086/383422

168 Stefano Puntoni, Bart De Langhe, and Stijn Van Osselaer, "Bilingualism and the Emotional Intensity of Advertising Language," *Journal of Consumer Research* 35, no. 6 (2009): 1012–1025, https://doi.org/10.1086/595022

169 Mustafa Karataş, "Making Decisions in Foreign Languages: Weaker Senses of Ownership Attenuate the Endowment Effect," *Journal of Consumer Psychology* 30, no. 2 (2020): 296–303, https://doi.org/10.1002/jcpy.1138

170 Cecilia Alvarez, Paul Miniard, and James Jaccard, "How Hispanic Bilinguals' Cultural Stereotypes Shape Advertising Persuasiveness," *Journal of Business Research* 75 (2017): 29–36, https://doi.org/10.1016/j.jbusres.2017.02.003

171 Ryall Carroll and David Luna, "The Other Meaning of Fluency," *Journal of Advertising* 40, no. 3 (2011): 73–84, https://doi.org/10.2753/JOA0091 3367400306

172 Aradhna Krishna and Rohini Ahluwalia, "Language Choice in Advertising to Bilinguals: Asymmetric Effects for Multinationals Versus Local Firms," *Journal of Consumer Research* 35, no. 4 (2008): 692–705, https://doi.org/10.1086/592130

有效。廣告商是誰也會產生影響；廣告中的語言對於跨國公司廣告的重要性[173]，會高過本地公司或品牌的廣告。

同一種產品面向不同的消費者時，廣告的語言通常會有所不同。就洋芋片廣告而言[174]，針對高社經地位的消費者的廣告，會不同於針對低社經地位的消費者廣告。對於上層階級來說，廣告語言側重在於天然的、未經加工的、無人工成分的食物。對於勞動階級來說，廣告則以家庭食譜為基礎，並定位在美國場景當中。高價零食的廣告使用的語言比低價零食更複雜；前者語言的水準大約在十到十一年級，而後者則大約八年級水準左右。更普遍地說，對食品廣告語言的研究表明[175]，較高價食物的廣告側重於產品不包含的部分（少脂肪，不含人工成分，從未在動物身上進行測試），而較低價的食物，其語言側重於產品所含的成分（多30%，現在更大包）。產品描述中的排他性語言是為了引起消費者的排他情緒。

多語經驗也可能使人比較不易受到語言操縱的影響。挪威的

173 Camelia Micu and Robin A. Coulter, "Advertising in English in Nonnative English Speaking Markets: The Effect of Language and Self Referencing in Advertising in Romania on Ad Attitudes," *Journal of East West Business* 16 (2010): 67–84, https:// doi.org/10.1080/10669860903558433

174 Joshua Freedman and Dan Jurafsky, "Authenticity in America: Class Distinctions in Potato Chip Advertising," *Gastronomica* 11, no. 4 (2011): 46–54, https://doi.org/10.1525/gfc.2012.11.4.46

175 Dan Jurafsky, *The Language of Food:A Linguist Reads the Menu* (New York: W. W. Norton & Company, 2014).

一項研究發現，雙語者比單語者的人更善於發現操縱性語言[176]。當遇到故意設計成的誤導性句子，例如「去過倫敦的人比我多」（More people have been to London than I have）和「完成學業的人比他多」（More men have finished school than he has），雙語者在發現謬誤並拒絕這些陳述方面比單語者更準確。作者認為，雙語者在發現謬誤，並拒絕這些陳述方面比單語者更為準確。他們認為雙語者在運用自上而下的認知控制過程方面更佳，能抑制直覺回答，進行必要的推理，並辨識語言引導所需的邏輯推理。

語言在政治和廣告中的影響大到同一個人在使用不同語言時甚至會持有不同的政治信仰。當多語者改變語言時，他們往往在保守主義與自由主義的量表上得分不同。他們可以改變自己的政治觀點，影響他們的投票方式、他們的消費行為，和更廣泛的社會關係。

在一項針對英西雙語者與西英雙語者的研究中，政治言論（例如支持總統的人是否具有種族主義）在第二語言中引起的情緒少於第一語言[177]，情緒的減少中和了人們被冒犯的感覺。更普遍

---

176 Evelina Leivada, Natalia Mitrofanova, and Marit Westergaard, "Bilinguals Are Better Than Monolinguals in Detecting Manipulative Discourse," *PloS ONE* 16, no.9 (2021): e0256173, https://doi.org/10.1371/journal.pone.0256173

177 David Miller, Cecilia Solis Barroso, and Rodrigo Delgado, "The Foreign Language Effect in Bilingualism: Examining Prosocial Sentiment After Offense Taking," *Applied Psycholinguistics* 42, no. 2 (2021): 395–416, https://doi.org/10.1017/S0142716420000806

的情況是，當評判道德違規行為時，使用外語比較不會引起極端情緒。在另一項針對雙語者的研究中，閱讀一篇文章和相關線上評論後，使用母語的人更容易被有禮貌的評論所說服，而當人們使用第二語言時，評論的禮貌程度對他們的影響較小。同樣地，第二語言中的黨派訊息對人們的影響比母語小。當使用母語時，雙語者更有可能選擇妥協，支持中立和謹慎，並且推遲決策。

廣告文案、演講稿、電視和電影劇本、小說，甚至是非小說類書籍，基本上都是為了引起情感共鳴而寫的。早在社群媒體將我們的思想塑造成簡短的推文前，有則虛構的短篇故事，僅僅只用六個英文單字：「待售。童鞋。未穿。」（For sale. Baby shoes. Never worn.）用最少的字數來打動人心是許多行銷團隊會議策畫最佳化產品廣告的討論主題。推特並未創造簡化論。網路文化時代前有句朗朗上口的話：「如果我有更多時間，我會寫一封更短的信。」

我對語言的著迷在某種程度上是出生的偶然（出生在一個以羅馬尼亞人為主的家庭），有一部分是歷史的產物（出生地的官方語言是俄語），有一部分是教育的副產品（在一間強制教英語的學校），有一部分是地理上的巧合（與烏克蘭接壤，在黑海度過夏天），還有有一部分是閱讀的結果（我成長時最喜歡的作家是法國人）。我曾經很喜歡聽關於字詞如何隨時代

變化的廣播節目。

你知道嗎「瞬間」（jiffy）是一個實際的時間單位，相當於百分之一秒嗎？不同語言的字源學是令人著迷的。字源學（Etymology）是指研究詞語起源以及它們的意義如何隨時代改變的學科（請不要與昆蟲學〔entomology〕搞混了，昆蟲學是研究昆蟲的科學。正如一個自嘲的笑話所說，不能區分字源學和昆蟲學的人蠅擾語言學家的方式讓他們無法用字詞來形容。）[178]。

沒有一種語言是靜態的。每年都有新字彙被添加到詞典中，而其他過時的字彙則被刪除。以下是個例子，展示了英語在短短一千年的時間內的變化，以《詩篇》第23篇為例：

**現代擴展聖經Modern Expanded Bible**（2011年版）：

The Lord is my shepherd；I have everything I need.

He lets me rest in green pastures.

He leads me to calm water.

耶和華是我的牧者，我必不致缺乏。

他使我躺臥在青草地上。

領我到在可安歇的水邊。

---

178 按：笑話原文為：people who can't distinguish between etymology and entomology bug linguists in ways they cannot put into words. 這裡用到bug與word的雙關，本文在此盡量翻出雙關意涵。

**詹姆士王欽定聖經King James Bible**（**1611年版**）

The Lord is my shepherd. I shall not want.

He maketh me to lie down in green pastures.

He leadeth me beside the still waters.

耶和華是我的牧者。我必不致缺乏。

他使我躺臥在青草地上。

領我在安靜的水邊。


**中古英語**（**1100年至1500年**）：

Our Lord gouerneth me and nothyng shall defailen to me.

In the sted of pastur he sett me ther.

He norissed me upon water of fyllyng.

耶和華統管我，我無所缺乏。

他使我躺臥在牧草地上。

他以滿溢的水滋養著我。


**古英語**（**800年至1066年**）：

Drihten me raet ne byth me nanes godes wan.

And he me geset on swythe good feohland.

And fedde me be waetera stathum.

主是我的牧者，我必不缺乏任何良善。

他使我安置在富饒的土地上。

他使水靜流處提供食物和滋養。


　　儘管每一代人都認爲自己是第一個以特定方式改變語言的
人，或以新的方式在語言上標記某事，但有時候看似新穎的東
西，和之前已存在東西相比，只是不同處很膚淺的版本而已。
或正如法國人所說，「plus ça change, plus c'est la même chose」
（事情變化愈大，就愈保持不變）。請參考現今年輕人在網路
上廣泛使用的新詞「死dead」，在特定情況下以表情符號或模
因的形式出現，表達**異常地**、**非常地**、**絕對地**方式（如「她美
死了」〔she's dead beautiful.〕），或表示某種東西非常有趣
（以至於他們笑得要死〔they've died laughing〕）。大約在手機
世代開始用它來表達對某事感受的五百年前，他們的祖先在17
世紀60年代已經開始以類似方式使用「smite」這個單字。Smite
的意思之一是「有力地打擊」，或者殺死或嚴重傷害某人，後
來演變成被迷住的感覺，是指非常喜歡某人，或對某人有強烈
的吸引或迷戀之意。

　　即使在同一種語言中，人們在家裡和工作場所會使用不同的
詞彙和說話方式，與祖父母和同事交談時亦是如此，從而改變他
們的說話方式，包括詞彙和語氣上。語言學家將語言中的這些變
體稱爲「風格」（registers），大多數人都有多種風格可供他們

根據需要選擇。如果你和嬰兒說話，你會使用所謂的嬰兒導向語言風格，包括拉長母音，提高音調，並使單字之間的結構和斷句更加清楚，以幫助嬰兒更好地理解學習。

語言變異（language variability）本身承載著很多有富有意義的訊息。它可以傳達個人的社會地位、身份和關係。語言變異在語言社群中屬於常態。例如，社會方言是一種可以顯示社會群體和社會階級歸屬的語言變異。

你可能讀過蕭伯納的《賣花女》（*Pygmalion*）或看過這部劇的演出[179]。它被改編成了音樂電影《窈窕淑女》（*My Fair Lady*），由奧黛麗‧赫本飾演的那位年輕女孩成為兩位語言學家的賭注對象。語言學教亨利‧希金斯（Henry Higgins）聲稱，他可以透過改變一個人的語言模式來改變其被認知的社會階級和生活環境。這位年輕女子在接受了他的語言課程之後，從說話帶有濃重的倫敦東區口音（Cockney accent），轉變為聽起來像上流社會名媛的口音，這部戲的劇情融入了音樂和浪漫元素。

透過改變語言模式來改變人的認知不僅僅會發生在電影中。口音矯正是語言治療師提供最有利可圖的服務之一，儘管改變一個人說話方式以符合狹隘的社會刻板觀念有內在的道德問題。不同於為語言障礙兒童或中風的成年人提供的臨床服務，這些服務

---

179 George Bernard Shaw, *Pygmalion, in Four Plays by Bernard Shaw* (New York: Random House, 1953), 213–319.

在醫療保險和社會服務的承保範圍很小，因此口音矯正服務通常由商人、媒體、娛樂名人，或任何想學習某種說話和發音方式的人自掏腰包。你可能認為這是虛榮，但在做出太嚴苛的批判之前，請考慮一下說話方式會影響個人就業機會、社交關係和生活成果。人們的說話方式常被拿來評估，有時是刻意為之，有時是無意識的。口音特徵分析是真實存在的。聽起來像是以某種刻板方式說話的人會引發成見和偏見，這些成見和偏見可能會導致甚至推動歧視的發生。

在1960年代之前，語言變異在研究中很大程度上被忽略了，且被認為是隨意的和微不足道的。儘管一些變異得到研究（如地區變化），但由於當時大多數語言學家都是白人，所以很多變異都被忽視了，因為它發生在其他社會群體中。在1960年代，語言學家維廉·拉博夫（William Labov）開始使用新方法，顯示變異並非隨意，而是具有社會意義，作為一種表示隸屬於特定群體的方式。現今，整個社會語言學領域對語言變異及其社會根源進行廣泛的研究。

許多研究語言變異的社會語言學實驗非常巧妙[180]。在一項著名的真實世界研究中，紐約市幾家商店的銷售人員被問及一項四樓產品的位置，以比較「四」、「樓」（fourth floor）這兩

---

180 William Labov, *Sociolinguistic Patterns* (Philadelphia: University of Pennsylvania Press, 1972).

個單字的發音情況。根據百貨公司價格不同，銷售人員的發音會有差異。在面向勞動階級的最便宜商店（S. Klein）中，銷售人員發音時傾向於刪去兩個r（fou'th floo'）的發音。在爲上層階級服務的最昂貴商店（Saks Fifth Avenue）中，銷售人員一貫發出兩個r的音。在面向中產階級的商店（Macy's），銷售人員的發音不盡相同，其中許多銷售人員只發出一個r的音。有趣的是，在正式情境中，中低層階層過度補償（overcompensate），使用比中上階層更多r的發音。這展示了語言中基於社會階級的真實世界差異和相似性。其他社會語言學研究隨後揭示了基於地區、性取向、政治意識形態、年齡和其他類別的語言存在系統性差異。

除了反映社會階層外，發音還可以反映態度。被稱爲「瑪莎葡萄園」（Martha's Vineyard）的研究發現[181]，麻州鱈魚角（Cape Cod）附近的瑪莎葡萄園的居民使用的說話方式反映了他們對該島嶼歸屬感。若居民對此島嶼抱有積極歸屬感，並打算留下，在說話時會提高母音。（母音的「高度」是指發母音時的舌頭大致位置，說話者會顯示出母音變化，例如light中的/ai/和house中的/au/。）若居民對此島嶼抱有消極歸屬感，並希望離開，在說話時提高母音的比例最低。若居民對此島嶼歸屬感中

---

181 William Labov, "The Social Motivation of a Sound Change," *Word* 19, no. 3 (1963): 273–309, https://doi.org/10.1080/00437956.1963.11659799

立，沒有強烈意見，在說話時提高母音的比例介於中等範圍之間。一個人愈想與眾不同，母音提高的變化愈大。

有許多例子表示，母音特性的變動反映群體認同。北方城市母音轉移（The Northern Cities Vowel Shift）是指母音連鎖轉移，這是美國內陸北部方言區域的一個重要口音特徵。想一下明尼蘇達州。（按：明尼蘇達州是美國內陸北方州）北方城市母音轉移被認為始於20世紀30年代/ay/音的稍微升高。隨著時間推移，社會學習進一步推動了整體母音轉移，創造了區域性的語音模式。許多電影和電視節目利用這種母音轉移來賦予特定的聽覺質感，並活化聽眾的文化框架（參見電影《法戈》〔Fargo〕和/或同名電視劇）。

語言變化的模式告訴我們，儘管語言變異看似隨機，但實際上並非如此。聲音對比在群體中出現，以建立和標誌一種歸屬感。與此同時，語言的可變性常常引發矛盾，一方面是社群認同的需要，另一方面是不希望被分類和加深刻板印象。儘管存在明確的語言行為社群，但許多人處於不同類別「之間」，可以根據需要在這些類別之間轉換。由於語言可能成為偏見和歧視的來源，因此研究不同語言社群的語言模式，可以深入了解社會問題和社會結構。

語言在促發刻板印象方面非常有效。在一項研究中，使用阿拉伯語或希伯來語，對以阿雙語阿裔以色列人進行內隱聯結測試

（Implicit Association Test）。結果顯示，使用阿拉伯語時，雙語者對猶太人存在更多的內隱偏見（implicit bias），而使用希伯來語時則較少。另一項研究對阿法雙語者進行類似測試時，結果顯示，當使用阿拉伯語時，有著更親摩洛哥的態度，而使用法語進行時較少。同樣地，西英雙語者進行測試時，當使用西班牙語，他們展現的親西班牙態度高過使用英語。這項對刻板印象促發的研究表示，態度受到其表達語言的影響，其轉變方式反映該語言中所蘊含的文化價值。

相同的詞彙可以承載著不同的文化含義。當有人說：「你不需要帶任何東西。」時，這句話在不同的文化中表示不同的事情。如果是東歐或亞洲人邀請你時，通常的習俗是要帶禮物給主人，不論禮物多小。對於婚禮、週年紀念和重要生日聚會，隱含的期望是客人的貢獻至少相當於主人為客人花費的價值，這些可以是禮物、金錢貢獻或特別經歷、旅行或娛樂活動等形式。另一方面，如果有北美人希望你帶點禮物，他們要麼創建禮物註冊表，要麼就直接告訴你該帶些什麼來，或者甚至將活動當成為聚餐形式來舉辦（在某些文化中，將自己的食物帶到特別場合是前所未聞的）。有一些文化偏好直接要求，認為間接的期望令人感到困惑和不明所以，而其他文化則認為直接要求是不得體和無禮的，而間接要求是正常的。直接要求與間接要求會因為文化對社會凝聚力和和諧關係的重視程度，以及對禮貌的定義而異。

日本文化尤其以語言的間接要求和言語中的隱含文化規範而聞名。日語片語「空気を読む」的意思是「讀懂氛圍」，類似於英語的「閱讀房間」（read the room），但含義更更強烈。在日本文化中，「讀懂氛圍」非常重要，因為人們通常不能單憑所說的話來了解他們的真正意思。有些談判課程甚至教一種觀點，日本人說「也許」這樣的陳述時，意思很可能相當於英語的「絕對不」。

　　在如摩爾多瓦等一些國家，當你受邀參加婚禮，從美國飄洋過海而來時，你可能會發現婚禮邀請也表示主人會提供你食宿，當然還會包括你參加婚禮儀式、晚會和婚後派對。相比之下，在荷蘭，被邀請參加婚禮表示僅僅被邀請參加儀式本身，可能不包括受邀參加晚宴和/或派對，因為婚禮晚宴和婚後派對的邀請，與賓客是否被邀請參加婚禮儀式無關。

　　現在我參加過許多國家、語言和文化的婚禮，我了解到，婚禮邀請雖然乍看之下可能措辭相似，甚至可能使用相同語言，但是它們可能代表迥然不同的意義。中國的婚禮邀請通常包括參加婚禮所有活動，包括儀式、晚宴、派對，而不僅僅是其中一個活動。在美國，婚禮邀請函通常會分別明確指明儀式典禮和慶祝活動的時間，但是只邀請客人參加儀式而不參加慶祝活動是不尋常的。即使邀請函是用英文寫的，它的意義也時常不同。

　　這些只是一些舉例，說明陳述的意義如何受到文化規範的影

響。儘管乍看似乎很抽象，但是這些差異直接影響到人際關係。在我的實驗室中，根據不同年份的小組成員文化背景，使用直接和間接要求的氛圍有很大差異。二十年前是以歐洲人為主的團隊（烏克蘭、德國、俄羅斯），十年前是以美國人為主的團隊（東海岸和中西部），現在是以亞洲人為主的團隊（日本、泰國、模里西斯、中國），每個團隊都需要使用不同的人際技巧來指導和建議學生，以及管理和監督項目。

考慮到語言多樣性和彌合不同語言和文化之間分歧的需要，與我們的人際關係、工作和社會體系息息相關。隨著科技使用愈來愈多，使用不同語言的人之間互動變得更加容易和普遍。只要意識到有人或群體對事物有不同的看法的原因部分是來自他們的母語，我們就應該加強對跨語言和跨文化溝通方面的努力和思考。


英語被認為是天際的官方語言。航空界的國際語言是英語，無論其出身或母語為何，所有飛行員在飛行時都必須用英語表明自己身分，並且必須具備國際民航組織（the International Civil Aviation Organization）規定的口語和理解能力。

西奧多・羅斯福（Theodore Roosevelt）總統宣稱：「我們這裡只能容納一種語言，那就是英語。」以及「而且我們也必須有一種語言。這一種語言一定是用在《獨立宣言》（Declaration of

Independence）、華盛頓的告別演說、林肯的蓋茲堡演說和第二次就職演講的。」

然而，美國的開國元勳們並不贊成設立一個官方語言。湯瑪斯·傑弗遜（Thomas Jefferson）極力反對這種想法。美國作為移民國家，除了北美原住民所說的各種語言，美洲殖民地不僅通行英語，還有荷蘭語、法語和德語。事實上，大多數美國總統都會說雙語或多語。約翰·昆西·亞當斯（John Quincy Adams）、湯瑪斯·傑弗遜（Thomas Jefferson）、詹姆斯·加菲爾德（James Garfield）和切斯特·阿瑟（Chester Arthur）總統都懂得多種現代和古典語言。對於總統馬丁·范布倫（Martin Van Buren）和第一夫人梅蘭妮亞·川普（First Lady Melania Trump）而言，英語甚至都不是他們的母語——馬丁·范布倫的母語是荷蘭語，而梅蘭妮亞·川普的母語是斯洛維尼亞語。另外，第一夫人葛雷斯·柯立芝精通美國手語，還曾經擔任聾人學生的教師。

美國也是許多方言的發源地。語言變化是一個連續的過程，通常是由不同語言者之間接觸造成。方言和語言之間的界限是有些主觀。語言學家馬克思·韋因萊奇（Max Weinreich）曾半開玩笑說：「語言是海陸軍擁有者的方言。」（A language is a dialect with an army and a navy）這種說法並非完全錯誤。語言和方言之間的區別在很大程度上是政治問題。國家和政府經常根據一個地區的社會政治動態，以及這種區分對國家認同、政策和教育等方

面的影響，來決定一種語言是獨立存在還是另一種語言的方言。這有時會導致方言之間的差異比語言之間的差異更大。

例如，華語和粵語有時被錯誤地稱為中國方言，即使它們在彼此之間的差異遠遠超過能互相理解的丹麥語、挪威語和瑞典語，或者被普遍認為是不同的語言的現代羅曼語系（法語、西班牙語、葡萄牙語、義大利語和羅馬尼亞語）。

在前蘇聯，蘇聯當局宣佈摩爾多瓦語是一種獨立的語言，與羅馬尼亞語不同，即便語言學家會告訴你摩爾多瓦語是羅馬尼亞語的一種方言（準確地說是達科羅馬尼亞語〔Daco-Romanian〕）。與外凡尼西亞語、瓦拉幾亞語或羅馬尼亞其他方言相比，摩爾多瓦語也沒更獨立自主。它作為獨立語言的真實程度就跟說這種語言的吸血鬼差不多。與此同時，俄羅斯政治宣稱烏克蘭語和民族並沒有與俄羅斯的明顯區分，儘管烏克蘭語和俄羅斯語的區別大過摩爾多瓦語和羅馬尼亞語之間。換言之，摩爾多瓦語和烏克蘭語的地位以及民族特性沒有遵循相同的標準，也並未基於語言學、民族學或歷史根源。相反地，它們是由政治意識形態決定的。語言和方言在全球一直都被嚴重政治化，並被用來煽動和鎮壓民族運動和民族認同。

在美國，引起最熱烈情感的方言，不論是在使用者還是非使用者中皆如此，且引起激烈辯論，具有以下多種稱呼：「非裔美國人英語」（African American English）、「非裔美國人方

言」（African American Vernacular）、「非裔美國人方言英語」
（African American Vernacular English）、「非裔美國人語言」
（African American Language）、「黑人英語」（Black English）
和「美國黑人英語」（Ebonics），儘管許多人認為最後一個術
語具冒犯性，其他術語也因各種原因而有爭議。

在當今美國，許多自認為非裔美國人口（約13%），以及許
多自認為多種族的美國人使用非裔美國人英語（AAE）。雖然在
地理區域、年齡、收入、職業和教育方面存在一些差異，但在大
多數情況下，非裔美國人英語在整個國家中有驚人的一致性。一
切是有規則可循的，無論在紐約、芝加哥還是洛杉磯，基本上都
遵循的一樣的模式。

鑑於語言、身份和觀念之間的緊密相連，看到非裔美國人使
用的共通語言在美國持續受負面偏見困擾，實在令人沮喪。語言
研究者明白，非裔美國人的英語不是「拙劣的」或「次要的」英
語。非裔美國人英語中許多不同於標準美式英語的文法和音韻結
構，是現存於西非語言中的模式。

為了要理解為什麼非裔美國人的英語遵循如此模式，了解其
歷史有所助益。來自不同非洲地區和國家的奴隸有時會發現都處
於同一間農場，卻沒有共同語言。人類有強烈的溝通需求，並導
致了語言系統的演化，它不僅受到農場主母語的影響，而且還受
到奴隸者熟悉的不同母語中單字、文法和聲音的影響，他們融合

上述因素，彼此溝通。隨著時間的推移，這些語言演化成了洋涇濱語、克里奧語和方言，包括牙買加方言（Jamaican Patois）、海地克里奧語（Haitian Creole）、古拉索帕皮阿門托語（Curaçao Papiamento）、模里西斯克里奧語（Mauritian Creole）和南非語（South African Afrikaans）等等。這些語言演化的例子說明，人類需要語言來生存。被剝奪語言時，我們會自己創造出語言。在尼加拉瓜最近記錄的案例中，聾啞兒童在沒有任何其他溝通代碼的情況下，創造出尼加拉瓜手語（Nicaraguan Sign Language）來互相溝通。

方言的演變是說不同非洲語言的人之間跨語言接觸的結果，這點在世界上許多其他販賣奴隸的地方都能看到。例如，蘇利南（Suriname）是一個很好的研究例子，說明西海岸的非洲語如何與荷蘭語（殖民者使用的語言）相互作用，產生克里奧語。

在牙買加，方言中有許多詞彙源自於非洲，而那裡的英語則是透過一個獨特的語音系統進行過濾，減少母音使用，子音聲音也不同。它是英語和西非語的詞彙、語音和文法的混合體，在巴布馬利與痛哭者（按：Bob Marley and the Wailers，是一支牙買加樂團）的歌曲《金斯敦搖滾》（*Trenchtown Rock*）中可以聽到這種混和語言：「Nuh wah yuh fi galang so / Wah come cold I up」，意思是「我不希望你這樣做/你試圖讓我失望」。

作為一種語言系統，非裔美國人英語的模式不是任意的，而

是遵循明確的語音、句法和語義規範。像「她高」（She tall）這樣的短語省略「be動詞」，第三人稱標記或所有格「's」，雖然在標準美式英語中是不被接受的，但在許多西非和其他世界語言中是常見的。這種省略甚至可以被看作是有效減少了冗餘而不失意義。

語言學家們觀察到一個更顯著的技能，是說非裔美國人英語的人如何從很小的時候就無縫切換方言。代碼轉換掩蓋了令人印象深刻的認知能力。目前還不清楚雙方言是否會對認知和神經功能產生類似於雙語的後果。由於非裔美國人英語在上世紀90年代中期引發極具爭議的討論，因此對這種雙方言結果的語言學、認知與神經科學研究和資金相對很少。

在文學、流行音樂和媒體中，非裔美國人英語愈來愈常被用來傳達個人故事，以及傳達細微和/或緊急的社會資訊。例如，嘻哈和饒舌是兩種類型的音樂，它們在使用AAE來擴大關於種族、不平等、政治、歷史和社會正義的暗示方面特別成功。

非裔美國人英語的強大口述傳統（oral tradition）將重要資訊代代相傳。在有關湯馬斯·傑弗遜總統與莎莉·海明斯（Sally Hemings，其已故妻子的同父異母奴隸妹妹）生育子女一事還無法透過基因測試得到證實的時代，其後代們在沒有書面文件支持這項說法的情況下，代代相傳這個真相。（莎莉·海明斯和傑弗遜的第一任妻子瑪莎共有一個白人奴隸主父親，但她們兩人的母

親不是同一個人——瑪莎的母親是他的妻子，而莎莉的母親是一名奴隸。）

我的同事瑞秋·韋伯斯特（Rachel Webster）正在撰寫一本關於她祖先班傑明·班納克（Benjamin Banneker）的書[182]，他的故事也是透過口述傳統代代相傳。公眾大多認為班傑明·班納克是非裔美國人的年鑑作者、測量師、數學家和博物學家；馬里蘭州卡頓斯維爾的班傑明·班納克歷史公園和博物館，以及馬里蘭州安那波理斯（Annapolis）的班納克—道格拉斯博物館（Banneker-Douglass Museum），都以他的名字命名。班納克的雕像位於華盛頓特區的史密森美國非洲裔國家歷史和文化博物館（Smithsonian Institution's National Museum of African American History and Culture），他與湯馬斯·傑弗遜和當時其他知名人物的通信都被保存在國會圖書館中。

官方文件所遺漏的是一個不同於傑弗遜與海明斯後裔、或數百萬混血美國人後代的故事。該家族的口述傳統維護這樣的說法，認為班傑明·班納克的母親是由一個被賣為契約奴隸的白人女子莫莉·威爾士（Molly Welsh），和一位名為巴納卡（Bana'ka）的被奴役非洲男子所生。根據家族的口述傳統，莫莉在年幼時被賣為契約奴隸，多年後，她買了兩名被奴役的非洲

---

182 Rachel Webster, *Benjamin Banneker and Us:Eleven* Generations of an American Family (New York: Henry Holt, 2023).

男子幫她耕種後來所擁有的土地。在釋放他們之後，她嫁給了巴納卡，生了幾個孩子。其中一個孩子就是瑪麗，也就是班傑明·班納克的母親，她自己後來也嫁給了一個被釋放的非洲奴隸。非裔美國人語言和文化的強大口述傳統幫助這些故事被保存了幾個世紀，然後才能透過血統報告（ancestry report）證實。

有些人認為非裔美國人英語是「糟糕的」英語，它限制此類語言使用者的機會，最終限制了向上的社會流動性。但一種語言或方言本身怎麼可能是「好」或「壞」呢？這些偏見根源在於獨立於語言的現象。就非裔美國人英語而言，這種現象就是種族主義。如果我們將種族主義排除在外，非裔美國人英語就只是美國使用的眾多英語方言之一。

美國總共使用超過350種語言和方言。除了英語和北美印地安人使用的語言外，最常用的語言是西班牙文和漢語（華語、粵語、福建話〔按：Hokkien，即閩南語〕）。其他在美國廣泛使用的語言包括法語和法國克里奧語、菲語、越南語、韓語、德語、阿拉伯語和俄語[183]。這全部都是研究語言如何塑造我們的身份，塑造我們的能力，同時拓展我們的社會視野的機會。

---

183 "The Most Spoken Languages in America," WorldAtlas, https://www.worldatlas.com/articles/the most spoken languages in america.html

# 改變的文字
# Words of Change

　　在英語中，如「他he」和「她she」等人稱代名詞（animate pronoun）專門用於人類，偶爾用於某些動物（並非所有動物，取決於我們對動物生物性別的表達方式）；而其他一切東西都稱為「它it」。在許多其他語言中，人類的人格性和非人類自然界概念的界限被消除。在大多數美洲原住民語言中，指稱動物和植物的代名詞同等或類似於用於人類的有生（animate）代名詞，其界限不是放在人類與其他事物之間，而是在自然界與其他事物之間。在《談自然》（*Speaking of Nature*）一文中，一位帕塔瓦米語族（Potawatomi）演說者和環境生物學教授講述了她的母語：

　　你會聽到，藍鵲和飛機搭配的動詞是不同的，其區分是擁有生命品質的事物和僅僅是物體的事物。鳥類、蟲子和莓果以和人類相同敬語來談論，就好像我們是同一個

家族的成員一樣。因為我們確實如此。對於大自然，並
沒有所謂的「它」……我祖先稱之為親戚的那些生物，
被重新命名為「自然資源」[184]。

　　我們會替我們的船、汽車和槍支命名（「她是不是很
美？」），這個事實是否會讓我們將它們看得比維持生命本身的
水、植物和土壤更重？我們的想法影響了我們使用的語言，而我
們使用的語言又影響了我們的想法以及行為模式。

　　在英語中，無生命的物體一般以「它」來表示。但在許多
其他語言中，無生命的物體被用像「他」或「她」等代名詞來指
稱。文法性別從兩個方面影響我們思考世界的方式。第一種方式
是圍繞著「有生」（animate）和「無生」（inanimate）的概念，
以及世界上有生命和無生命實體的語言區分。正如我們剛剛所
見，語言中對有生和無生的區別，從生態正義觀點與如何看待人
類在自然界位置的角度來看尤其有趣。第二種方式則是涉及陽性
和陰性的文法性別系統的概念。

　　雖然大多數語言只有兩種文法性別，即陽性或陰性，但其他
語言有兩種以上的性別。俄語和德語有陽性、陰性和中性之分。
班圖語支（Bantu language）有十到二十種文法性別。語言以有

---

184 Robin Kimmerer, "Speaking of Nature," *Orion*, June 12, 2017, https://
orionmagazine.org/article/speaking of nature/

趣的方式將事物分爲不同類別[185]。身爲一個最多只會說三種文法性別的歐洲語言使用者，我必須承認自己並不清楚這二十種文法類別中，哪一種是適用於何種無生命體，就像那些完全沒有文法性別的語言的使用者一樣，他們很難理解哪個無生命物體是陽性的，哪個是陰性的。我以前輔導學俄語的英語學生時，他們對文法性別的分配一直感到困惑，因爲對他們而言這似乎完全是隨機的。「爲什麼筆是陰性的，而鉛筆是陽性？」他們會問諸如此類的問題，「爲什麼雷電是陽性的，而閃電是陰性？」

研究表示，文法性別會影響人們如何思考和談論物體。在一項研究中，德語人士和西班牙語人士被要求用西班牙語和德語描述文法性別相反的物體。德英雙語者將鑰匙（德語中具有陽性的文法性別）描述爲**堅硬的、重的、鋸齒狀的、金屬的、富有鋸齒狀的、有用的**。[186]西英雙語使用者將鑰匙（西班牙語中具陰性的文法性別）描述爲**金色的、精細的、小巧的、可愛的、閃亮的、極小的**。我們再一次看到，語言改變了對物體的心理表徵。

在另一項關於文法性別的實驗中，[187]發現德語人士在

185 George Lakoff, *Women, Fire, and Dangerous Things* (Chicago: University of Chicago Press, 1987).

186 Lera Boroditsky, Lauren A. Schmidt, and Webb Phillips, "Sex, Syntax, and Semantics," in *Language in Mind:Advances in the Study of Language and Thought*, eds. Dedre Gentner and Susan Goldin-Meadow (Cambridge, MA: MIT Press, 2003), 61–79

187 Boroditsky, Schmidt, and Phillips, "Sex, Syntax, and Semantics," 61–79

給「蘋果」取名爲派翠克（Patrick）時，比取名爲派翠西亞（Patricia）時更容易記住名字，因爲德語的蘋果「Apfel」這個單字是陽性。另一方面，西班牙語使用者在蘋果取名爲派翠西亞（Patricia）時，比取名爲派翠克（Patrick）時更容易記住，因爲西班牙語的蘋果「manzana」這個詞是陰性。語言中看似微小的特徵，如文法性別，會影響如記憶等更高階的認知過程。

當英語母語人士上了一門區分陽性和陰性性別的虛構語言時，性別效應很快就出現了。[188]參與者被展示了無生命物體的圖片，這些物體被歸類爲「男性」或「女性」的文法性別之一。每項圖片被分成陽性或陰性，一半的參與者分配到陽性，另一半參與者則相反。參與者被要求用形容詞來描述這些圖片中的物體，之後這些形容詞由第三方獨立評定是否有陽性或陰性特質。新學到的文法性別明顯影響了參與者在描述中使用的形容詞選擇，正如對德語和西班牙語使用者的研究所預期的如出一轍。

文法性別也會以令人困惑的方式出現。在俄語中，一週中的日子有不同的文法性別，星期一、星期二和星期四有陽性文法性別，星期三、星期五和星期六有陰性文法性別。俄羅斯的童話、故事、圖片和個人將星期一、星期二和星期四人格化爲男性，星

---

188 Webb Phillips and Lera Boroditsky, "Can Quirks of Grammar Affect the Way You Think? Grammatical Gender and Object Concepts," *Proceedings of the Annual Meeting of the Cognitive Science Society* 25, no. 25 (2003): 928–933

期三、星期五和星期六爲女性。我們只能推測爲什麼七天中的一天，即是星期天，既不是男性，也不是女性，反而是中性。這是因爲週日是俄羅斯正教會（Russian Orthodox Church）的聖日，高於性別（不能被性別化）；也許是爲了保持陽性和陰性天數的平衡，也許是語言瓶中的性別觀念，即性別非二元（性別）的，或者也許只是語言演變隨著時間的推移而產生的偶然現象。

　　文法性別刻板印象甚至滲透到網路機器翻譯之中。人類學家艾歷克斯‧宣姆斯（Alex Shams）當他試圖使用Google將土耳其語翻譯成英語時，在推特上指出了這個發現。土耳其語是一種性別中立的語言。但是看看Google將這些句子從土耳其語翻譯成英語時的結果：O bir doctor翻譯成「他是醫生。」（He is a doctor.），而O bir hemsire翻譯成「她是護理師。」（She is a nurse.）。而O evli譯爲「她已婚。」（She is married.），然而O bekar則翻成「他單身。」（He is single.）。再者，O çalişkan翻成「他很認眞努力。」（He is hardworking.），而O tembel則翻譯爲「她很懶惰。」（She is lazy.）。在社群媒體上引發眾人震驚後不久，翻譯演算法被更正，以便將o bir從土耳其語翻譯爲英語時，提供兩種性別選項，證明了語言和社群媒體的強大影響。

　　性別刻板印象不但影響我們對無生命物品的看法，還影響了我們對包括自己在內的人的看法，並影響我們的生活。如果一直

將「婦女保健」替換爲「生殖保健」，而「婦女權益」改成「人權」，那麼對生殖權益的感知是否會有所不同？

爲了抵制透過語言延續的性別刻板印象，一些拉丁美洲國家（如阿根廷）的社會運動甚至試圖停止使用有文法性別的語言，而用中性的用語來取代它。但是，對社會來說，採用新的詞彙或取代舊詞比消除無生命物品的文法性別要容易得多。事實上，儘管完全消除文法性別的努力尚未成功，然而，在世界各國，使用性別中立代名詞來補充或取代性別二元代名詞的努力正日益成功。

瑞典最近增加非性別代名詞hen到傳統的陽性代名詞han和陰性代名詞hon當中。在法國，新的性別中性代名詞iel融合了男性的il和女性的elle。其他語言也採用了類似的變化。在英語中，性別中立的代名詞they正逐漸取代he和she，成爲第三人稱單數（就像第二人稱代名詞you既可表示單數又能代表複數）。使用西班牙語將「niñe」這個單字作爲「niño」和「niña」的中性替代詞。使用性別中性代名詞的論點之一，是它們能夠最小化基於性別的偏見和歧視。將性別化代名詞對人們看法和評價產生的影響降至最低的努力，同時得到了不同群體的反對或支持，且有待觀察的是，這是短暫的趨勢，還是會永遠改變我們在心理上表達性別的方式。

性別刻板印象也會透過個人名字在語言上表現出來。實驗

顯示，若有人名字被認爲聽起來比較柔和（如「安妮Anne」或「歐文Owen」）的人，會被評價更合群；而若他們名字聽起來比較堅硬（如「柯克Kirk」或「凱特Kate」），則被認爲更外向。一個人獲得工作機會的可能性與薪水多寡，都會受到姓名和它所承載的種族、性別和年齡資訊所影響。從進入幼兒園的可能性，到獲得面試的機會，再到別人如何看待和評價我們，我們的名字可以影響人們心中活化的聯想。當履歷、演講或產品被認爲來自男性而非女性，或來自特定種族或民族團體時，其智力、能力、品質和受歡迎的程度往往被認爲更高，即使當其他一切條件保持不變，甚至研究人員在研究中製造完全虛構的評估對象亦是如此。

移民者經常改變他們的名字，以更好地適應融入接納他們的社會。我在決定這本書的作者署名時掙扎不已。我的羅馬尼亞語名字叫薇歐莉卡（Viorica），這個名字對一個以英語爲母語的人而言聽起來有「異國風情」，而我在美國生活三十多年的生活中，這種說法經常引發某些（讓我們稱之爲「有趣的」）假設？例如，因爲我的名字、我的口音、我的黑髮，每當我帶著我膚色較淺，藍眼睛的孩子去遊樂場時，人們經常會誤以爲我是保姆，這導致我從其他保母的口中聽到鄰居的私密細節。這些保姆在我面前感到很自在，願意八卦這些私事。我曾考慮過這本書只用我名字的首字母來署名，並且用我的姓氏作爲我的名字。我想

起讀一篇關於娥蘇拉‧勒瑰恩（Ursula K. Le Guin）被要求在出版她的故事〈死了九次的人〉（Nine Lives）時不用她的全名，只用首字母U. K.勒瑰恩（U. K. Le Guin）代替，以免讀者知道這本書是女人所撰寫的。我回想起小時候讀過喬治‧桑（George Sand）撰寫的小說，後來才發現喬治‧桑（George Sand）是杜邦（Amantine Lucile Aurore Dupin）的筆名。不過說到底，最近的社會也在變化，包括出版書籍時，非主流文化名字的作者愈來愈多，而且這些作者明顯來自非主流文化，因此我決定使用我出生時所取的名字（雖然它本身反映了羅馬尼牙的性別刻板印象：我父母以花的名字幫我取名，而我兄弟則是用樹木。我父母和其他許多人一樣，相信一個人的名字可以影響人們對他們的看法、個性，從而影響到他們的人生道路－－這些信念既反映，也助長了社會偏見。）

在專業、臨床和教育環境中，對非母語人士的歧視很普遍。我在西北大學的學術領域是通訊科學和障礙學系的原因之一，是因為使用其他語言的人所展現的不同溝通模式往往被誤認為是障礙。二十多年來，我主要的工作之一是教育學生、臨床醫生和大眾，讓他們明白差異並不等同於障礙。來自不同語言背景（無論是使用另一種語言或是方言）的兒童往往被過度診斷、被診斷為標準之下或誤診為患有障礙。診斷標準和大多

數評估介入資源都是以單一語言和單一方言爲基礎。[189]來自不同文化背景的其他語言或方言使用者可能會以與主流文化規範不一致的方式進行溝通。

　　要將兒童或成人診斷爲溝通障礙，僅僅是因爲其溝通模式有別於主流文化觀點，而引起注意、妨礙溝通或給談話者加重情緒負擔，這是不夠的。這點從人們自身的文化角度來看亦應該如此，因爲這是由他們本土群體定義了自己的文化。當一個幼兒說話有差異時，有必要先確定這種差異是否反映了孩子的母語或方言的規範，然後才能斷定它是否屬於社交障礙。美國聽語學會（American Speech-Language-Hearing Association）的立場角度是，當英語和該兒童最常說的語言中持續存在困難時，才會認爲英語能力有限的兒童有溝通障礙，且不應該將英語方言視爲語言障礙。

　　隨著美國和其他國家的人口結構趨勢，病患群體日益多樣化，隨之增加的是語言多樣性，這表示許多醫療體系執業的存續會直接和患者多樣性息息相關。語言、溝通風格、文化價值觀若無法匹配期望，可能導致語言和文化多樣化的個人和家庭未充分利用服務、不合作或提前終止服務。早期干預和家庭參與是獲得成功結果的關鍵，因此必須考慮到提供服務的差異。

---

189 2 Languages 2 Worlds, "2 Languages 2 Worlds," accessed February 18, 2022, http://2languages2worlds.wordpress.com

對醫學從業人員來說，語言和文化上具備能力不僅在道義和倫理上富有有意義，而且在經濟上也有一定道理。口碑和評論傳播得很快，尤其在網路上傳播範圍更快更廣，潛在的法律後果可能造成巨大的損失。

為了克服語言和文化偏見，第一步，也是最重要的一步，是意識到它的存在。只要意識到你與對方互動的語言或文化可能與你不同，就能改變社交動態。

其次，臨床醫師和教育工作者應該認可並尊重他人觀點，而不是輕視它，這可以保持溝通管道順暢，並增加接受度。聆聽家庭的觀點，而不輕易否定，即使這種觀點與臨床醫生所接受的文化規範相悖，也有助於確保家庭繼續帶孩子來接受治療。對臨床醫生而言，當家庭文化所支持的具體治療方法無效時，這可能難以接受。但是，除非這種治療對患者造成傷害和危險，否則也許更好的做法是在主流文化中常見的治療之外，加上支持家人希望他們想追求的治療，這樣至少好過家人完全拒絕有效的治療。在否定一個信念之前，最好先反思一下它是否無害（安慰劑效應是真實存在的！）。關鍵是表現出敏感和理解的同時，將患者利益謹記在心。在許多文化中，家庭和社區在人的決策和選擇上可能扮演更強大和更有影響力的作用。

對在多元化社區工作的人，首先要建議要從了解該社區的語言和文化開始。與語言多樣化的人群一起工作時，應避免使用艱

澀的詞彙和成語，傾向於使用更正式的語言（美國的一般情況比較不正式）。其他建議包括避免詢問是非題，因為在整個對話中你可能一直說話，而對方一直回答「是」或「不是」，直到後來才發現和你對話的人聽不懂你在說什麼。講話時要更具體，而不是含糊其詞——例如像「讓嬰兒保暖」或「保持均衡飲食」這樣的說法，在不同的文化背景會有所差異。如果你不確定對方語言的能力，說話要放慢一點，而不是加大音量。使用的資料要具有文化多樣性，這樣患者（尤其是兒童）可以在小冊子和檢測工具中看到其他與他們一樣的人。要考慮某些練習的適切性，特別是那些需要觸摸的練習（例如在與發音可能有問題的兒童合作時，觸摸講話者的嘴），這些行為在某些文化中可能不適宜。

文化在許多方面有所不同，包括非語言溝通、眼神接觸、對停頓和沉默的解讀，更不用說幽默感和諷刺意味了。狹義的「應該做」和「不應該做」清單很難有普遍價值；口譯服務通常遠超越此類清單。

當然，使用口譯服務也有一系列的挑戰。無論是由專業口譯人員還是由家庭成員提供口譯服務，有第三方在場可能會使事情變得複雜。有一次，我被要求為醫生和一位有十幾歲兒子的母親翻譯。她兒子因為與生殖器有關的問題去看醫生而感到尷尬；母親和女性翻譯在場，使得情況對他來說更加痛苦。他絕對不想進一步描述細節或分享他可以避免分享的資訊。像這樣的情況並不

少見。

使用訓練有素的專業人員，優點在於他們精通兩種語言，熟悉相關內容，以及不存在人物衝突或負面的家庭關係。缺點是費用較高，對大多數移民家庭來說是成本過高。雖然現在有些醫院已經有其他語言的翻譯人員在現場提供服務，但通常只限群體中最頻繁使用的語言（才有翻譯服務），而使用罕見語言的人，在臨床環境中無法獲得口譯服務。較大的醫療機構現在透過影片、電話或線上方式提供翻譯服務，助益良多，但由於它們會增加超出大多數醫療人員和患者能夠負擔的服務成本，因此仍然少見。

在移民家庭中，孩子們經常充當父母、祖父母和其他親戚的語言中介。這些孩子缺乏翻譯培訓，他們對涉及翻譯的知識和內容理解有限，也可能無法精通兩種語言。想像一下，一個孩子正在為可能被診斷出患有末期疾病的父母進行口譯。由於孩子可能不想讓父母擔心，或者可能不理解具體情況，又或者可能不想傳達父母想要表達的內容，或者其他一系列情況，這些因素可能會導致跨語言的溝通出現問題。

當孩子成為家庭成員的語言中介者——在醫生約診、求職面試、學校入學考試、車輛管理局、簽證和公民申請會議，或任何行政會議時——孩子可能會缺席沒去上學而學業落後，以及睡眠不足、壓力和焦慮，並承擔相關風險。世代角色的交換可能會導

致雙方相互怨懟的情緒。家庭內複雜的關係動態會對每個人產生負面影響。了解到口譯動態的複雜性，承認這些問題並公開討論它們，有助於緩解所有各方所面臨的壓力。

　　我十六歲時參加了托福英語考試，我知道我只有一次機會，因為參加這次考試的費用比我兩位在蘇聯任職公共衛生醫師的父母月薪總和還要高。參加考試需要坐一趟長達二十九個小時的火車去莫斯科。此外，為了備考，考試前我在莫斯科的圖書館裡參加了模擬測驗，因為那個圖書館是離我最近的一家有托福考試考古題的地方，所以需要多次前往。我會在圖書館開門時到達，到了閉館時才離開。幸運的是，我以稍高於美國大學入學所需門檻的分數通過，只有超過了幾分而已。我敢肯定，如果我沒有做過模擬測驗試並熟悉考試格式和題型，我是無法通過考試的。倘若分數低幾分的話，我的人生可能就迥然不同了。如果前一晚我沒有在火車共享車廂度過，凝望著窗外村莊燈光和樹影掠過，我可能會得到更高的分數。儘管我後來經西伯利亞、阿拉斯加到美國的十天旅程無比艱辛，但和那些克服戰爭、飢餓、虐待、失去親人或以上種種困境的人相比，我的旅程還是輕鬆多了。我不必冒著生命危險游過危險水域，逃離羅馬尼亞的希奧塞古政權或古巴的卡斯楚政權（按：兩位分別是羅馬尼亞與古巴的極權統治者）。當我讀到移民者在旅途中淹死或凍死的消息時，我心想：

「感謝上帝的恩典，否則我也可能有此遭遇。」我很幸運能夠受益於冷戰的結束，以及戈巴契夫和雷根政府之間的外交關係，這使我有機會在美國學習。

世界上有些孩子，不僅必須獨自面對生活，應付一種他們不懂的語言，還要居住在他們不熟悉的國度，他們的故事揭示出第二語言學習者所面臨的挑戰。即使孩子們和他們的家人一起來到新國家，這種經歷也會讓人感到惴惴不安。如果你曾經在幼兒園開學第一天送孩子上學，並且還記得那天的壓力和情緒，那麼請想像一下，對於一個不會說學校語言、不能理解老師和同學的孩子而言，開始上學的經歷會是多麼的困難和痛苦。

有些人認為雙語教育成本昂貴。然而，如果不支持雙語教育，長久下來，最後我們可能會付出更高的費用。如果孩子聽不懂老師的話，無法學習，無法獲得識字能力，最後感到挫折並輟學，這種情況長期下來可能會花費會更多。輟學與很多負面結果有關：與就業困難和失業、藥物濫用、健康狀況不佳、低收入、家庭結構改變和高入獄率有相關性。我們寧願支付教師和校長的薪水來支持雙語教育，還是支付監獄警衛和典獄長的薪水作為不進行前者的後果？投資學校可以提高教育程度和收入，並減少成年後的貧困和入獄的可能性。

在美國，大約有26%學齡兒童在家中講英語以外的語言。[190]在如德州、新墨西哥州、亞利桑那州和佛羅里達州等許多州，這個數字甚至更高。在移民定居地，原住民居住的地方，或支持多種官方語言之處，多語者的比例更高。在加州，近一半的學齡兒童具備雙語能力。

其中有些兒童在家中以一種語言長大，並在上學時開始學習英語；這些兒童被稱為「依序雙語者」（sequential bilingual）。還有一些兒童在成長過程中同時使用兩種語言，與一些家庭成員（如祖父母）講一種語言，與其他家庭成員（如兄弟姐妹）講另一種語言；這些兒童被稱為「同時雙語者」（simultaneous bilingual）。無論多語言學習是依次學習還是同時進行，兩種語言都有可能達到流利和熟練，包括同等的流暢度和熟練度。

然而，雙語教育仍然是一個具有政治爭議的焦點。[191]如果你猜測這場爭論是在政黨、種族之間，或者取決於移民身份，那你就錯了。或許最簡單的假設是，移民本身試圖將雙語教育推向主流，然而許多移民最希望的不過是同化、融合，並被視為美國人，而不是他們原來的國家身份。有些人甚至主張反對雙語教

---

190 United States Census Bureau, "Language Use," accessed February 18, 2022, https://www.census.gov/topics/population/language-use.html/

191 National Association for Bilingual Education, "Welcome to the National Association for Bilingual Education," accessed February 18, 2022, https://nabe.org

育。[192]在這個問題上，黨派偏見與人們熟悉的分類背道而馳。

教育系統中的大問題之一，是不教美國孩子另一種語言。美國中學目前在閱讀、科學和數學方面落後其他工業國家。歐洲大多數學生在九歲之前必須學習第一門外語，然後在幾年後學習第二門外語。

學習另一種語言的可能性，不只受你住的位置影響，還會受到你的社經階級影響。許多來自上層和中產階級家庭的孩子被鼓勵在學校學習外語課程，有些家長會支付私人語言教師費、支持沉浸式語言課程、送學生出國留學、或帶他們去使用其他語言的目的地旅行，其背後假設是他們認為學習另一種語言是有益的。

同時，處於社經階層較低的家庭——通常是移民家庭，且經常是少數族裔——被教育者，臨床醫生、教育者和政策制定者要求放棄他們的母語或方言，並使用居住國家的語言。父母們經常被告知，使用他們的母語和方言會阻礙孩子們的語言和認知發展，並會導致學習困難，儘管根本沒有研究支持這些說法。這種社會中對不同多語能力的看法差異，源自於和多語能力效果無關的偏見。

---

192 Richard Rodriguez, *Hunger of Memory:The Education of Richard Rodriguez* (New York: Bantam, 2004)

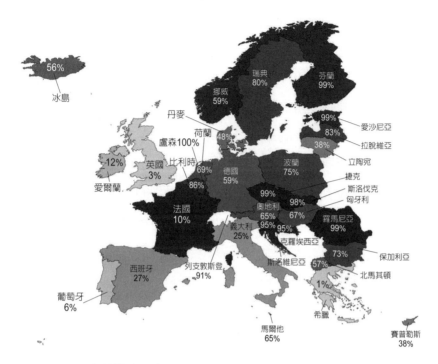

**歐洲學生研讀三種以上（含三種）語言的比例。**

　　使用被認為低聲望語言的人很清楚學習另一種語言的好處，理想情況最好是學習一種能讓他們進入全球化世界和經濟權力關係的主導性語言。反之情況比較少見，使用經濟實力較強國家相關語言的人，則不一定認為學習另一種語言是有價值的。

　　根據研究表示，使用少數語言的兒童和使用多數語言的兒童都能從雙語教育中受益。然而，當涉及到雙語教育時，研究和實踐之間仍然存在脫節。這個問題常常被曲解，「雙語教育」一詞

在美國經常被錯誤地用來指非英語教育——而不是指英語教育的**補充**。

雙語教育之所以如此有效，是因為它允許孩子們在學習第二語言時，同時使用他們的母語來繼續學習新的學術材料，並在課程內容中獲得更高的知識和資訊。這樣的學習學環境使得他們在課業上不斷進步。要理解雙語教育，最貼切的比喻之一是冰山模式（Iceberg Model）[193]：你在表面上看到的事物——詞彙、文法、發音、聽力理解——只是一角。而深層部分——包括意義、分析能力、綜合、評價——層次更深、更重要，且更有價值。

就像冰山的一角掩蓋了水面下的巨大底座，語言的表面特徵並不一定能反映出雙語者更深層的基礎和先進的批判性思維能力。有一項教育計劃的目標，是讓英語學習者在學習英語的同時，也繼續培養他們在母語中更深層次的認知技能。透過學習英語，他們可以建立起強大的概念和學術基礎，這種基礎可以在兩種語言之間互相轉化。

硬幣的另一面是教導英語母語人士學習第二語言，讓他們也能受益於認識另一種語言所帶來的認知、神經、經濟和文化優勢。積極鼓勵和支持所有孩子學習超過一種語言以上，可以使美國在多語世界經濟的競爭當中進一步受益。

---

193 Jim Cummins, *Bilingualism and Special Education:Issues in Assessment and Pedagogy* (Clevedon, UK: Multilingual Matters, 1984)

不同語言背景兒童的學習成績差異，[194]也有一部分可以用兒童在開始正式接受學校教育時，經歷了語言與文化的斷裂來解釋。課程中有一些不屬於事先安排的資訊相當微妙，或不那麼微妙，但它們確實存在，並對學生的表現產生影響。

奈及利亞裔美國人類學家約翰・奧格布（John Ogbu）觀察到，在同一所學校就讀的美洲原住民兒童和印度移民兒童在學習成績就上存在差異。這兩個群體在開始接受主流美國教育時，與中產階級白人同儕相比，都經歷了文化斷裂。然而，他們的平均學業表現有所不同，移民群體的表現優於非移民群體。奧格布認為，少數族裔在學業成績方面之所以存在差異，部分原因在於他們對待學校教育的觀念不同。他認為移民少數族裔更有可能將學校教育視為一種替代模式，允許在學校和家庭環境中展現出不同的行為，並不一定將其等同於文化適應（acculturation）。另一方面，非移民的非自願少數族裔則更傾向將學校教育視為單向同化和融入主導群體中的方式，並在有意識或無意識中抗拒此過程。

移民少數族裔可以使用不同於主流文化的參照框架，來評估自己的情況是否優於移民前或在母國社群。他們可能不一定總

---

194 John U. Ogbu, "Variability in Minority Responses to Schooling: Nonimmigrants vs. Immigrants," in *Interpretive Ethnography of Education:At Home and Abroad*, ed. Louise Spindler (Hillsdale, NJ: L. Erlbaum, 1987), 255–278

是將自己置於主流社會的階級體系中，而是視自己為主流體系之外的陌生人。他們也可能保留返回自己母國的選擇。他們通常相信，一個人可以同時參與兩種文化，並在兩種文化之間切換，而不會對群體身份構成威脅。雖然移民的少數族裔也會面臨向上發展的阻礙，如種族隔離、教育不足以及與不符教育和經驗的工作等，但是他們可能會拒絕或甚至不理解主流的地位體系，且尚未內化歧視。

另一方面，非移民少數族裔類似於種姓制度，他們是在被奴隸、被征服或被殖民的情況下被迫融入社會。相較於移民少數族裔，非移民少數族裔更傾向使用與主流族群相同的參考框架和階層制度。世世代代以來內化的歧視和剝削，使他們體會到，他們身分被貶低的經歷、機會的缺乏和普遍讓人不滿意的生活現狀是由於主流群體的剝削，而非他們本身存在什麼問題。對於非移民少數族裔來說，回到祖國並不是真正的選擇（儘管在美國內戰後有美籍賴比瑞亞人回到非洲大陸的歷史，但結果並不盡相同）。

因此，在非移民少數族裔中，學校教育有時等同於主流文化的象徵，以及一種必須在「白人方式」的成功、與加入自己群體的歸屬感之間做出選擇。非移民少數族裔經歷了職業發展的天花板，並形成了一種信念，即他們無法透過遵循與主流族群相同的規則來獲得「成功」。可以肯定的是，非移民少數族裔仍然重視教育，認為對於向上流動而言，教育仍是值得追求且重要的，並

相信它會改善地位並帶來更好的工作機會。同時,當他們看到父母和祖父母的言論和公開鼓勵,與父母在現實世界中的經歷不符時,他們會接收到矛盾的資訊。這種對比會凸顯體制內的不平等和不公平,並導致對未來有種宿命論、不信任感和幻想破滅。

在我的課堂上,大多數主流文化學生在閱讀奧格布的作品時,通常會懷疑主流族群和少數族裔學生經驗之間的巨大差異。不過無論是移民還是非移民的少數族裔學生,通常同意這些描述符合他們自己和家人的經歷。最近,社群媒體和社會運動將少數族裔學生的經歷帶入了主流話題當中。

因此,我們意識到學校普遍存在偏見和歧視並不足為奇,因為學校並不是獨立存在。隨著時間推移,當社會價值觀發生改變時,學校會繼續反映主流文化認為合適的內容。

# 翻譯中的發現
## Found in Translation

　　我初次踏足美國時，還是一名十幾歲的青少年，對美國朋友所使用的單字是什麼意思並不總是了然於心。有時候我會根據周遭的情境或句子中的其他單字，來推斷或猜測單字的意思；有時候我會直接詢問該單字的含意。其中一位密友（現在是美國海軍的軍事牧師）常問我：「這個單字對你而言聽起來像什麼意思呢？」我會根據單字的發音大膽猜測。有時候，這樣的舉動會引起哄堂大笑。但是根據上下文，我的推測往往是正確的。

　　這種猜測的研究歷史悠久。

　　一項1933年的研究發現，[195]當英語使用者試著將日語的一對反義單字組配對到對應的英語反義單字組時，準確率高達69%。舉個例子，當給出日語單字組「和平」（へいわ）和「戰い」（たたかい），以及英語單字組「戰爭」（war）及「和平」

---

195 Shigeto Tsuru and Horace Fries, "A Problem in Meaning," *Journal of General Psychology* 8 (1933): 281–284, https://doi.org/10.1080/00221309.1933.9713186

（peace）時，他們正確猜出へいわ的意思是「和平」，たたかい的意思是「戰爭」的次數通常會高過隨機猜測的預期值。如果你願意的話，你可以嘗試用原始研究中的幾對單字組，自己進行猜測。とおい（tooi）和ちかい（chikai）這兩個，你會猜哪一個表示「遠」，哪一個表示「近」呢？（如果你猜とおい表示「遠」，ちかい表示「近」，你猜對了。）みかた（mikata）和てき（teki）這兩個字中，你會猜哪一個表示「敵人」，哪一個表示「朋友」呢？（如果你猜みかた意思是「朋友」，てき表示「敵人」，你猜對了。）另外，とり（tori）和むし（mushi）這兩個字中，你猜哪個是「鳥」，哪個是「蟲」？（如果你猜とり是表示「鳥」，むし表示「蟲」，那麼你猜對了。）如果你猜對得不多，或者都沒猜對，那坦白說，在我自己嘗試這份涵蓋25對單字的列表之前，我自己也預料到會是這種結果。我本來預計猜測的正確率大約在50%（隨機猜測）水準左右（按：若上述日文單字皆附上漢字，相信讀者一看便知道正解，故本文除了第一對單字外皆僅寫平假名）。

因此，我決定於2022年在我的實驗室中重複進行這項研究。我們邀請了以英語為母語的單語者，來為九種不同的語言（法語、日語、華語、波蘭語、羅馬尼亞語、俄語、西班牙語、泰語和烏克蘭語）中的四十五對反義詞的意思，與其英文

翻譯相匹配。[196]令我們驚訝的是，這些只懂英文的參與者在純猜測的情況下，他們正確匹配這些語言中的反義詞與英文翻譯的機率（65%）高於隨機猜測機率（50%）。準確率最低的是華語（55%）、日語（55%）和俄語（56%），其次是泰語（57%）、波蘭語（58%）和烏克蘭語（58%），而羅馬尼亞語（74%）、法語（79%）和西班牙語（81%）的準確率最高。

在另一項研究中涉及義大利語和波蘭語的參與者。這些參與者會聽到芬蘭語、日語、史瓦西里語（按：Swahili，非洲最多人使用的語言之一）和泰米爾語（按：Tamil，一種印度語言）的單字，並在三個選項中猜測其含意。對於芬蘭語和日語參與者，僅根據單字發音選擇正確含義的機率高於預期。這種差異在名詞和動詞方面尤為顯著，但在形容詞方面則不然，這本身就很有趣。從長遠來看，聲音象徵（sound symbolism）研究可能會呈現出不同的結果，這取決於特定語言和參與者的經驗而異（他們懂多少種語言，語言之間的相似程度如何，他們在某種語言的詞彙量和識字能力水準如何）。

關於形式與意義之間關係研究的書面證據，可以追溯到公元前時期的柏拉圖的對話錄，描述古希臘哲學家蘇格拉底的智

---

196 Sayuri Hayakawa and Viorica Marian, "Sound Symbolism in Language and the Mind," submitted for peer review, 2022

慧見解。[197]在那些對話錄中，當克拉底魯斯和赫莫傑尼斯（按：Cratylus及Hermogenes，為古希臘著名哲學家與建築師）問到，命名究竟是「自然」還是「慣例」時，蘇格拉底回答，聲音的組合傳達了詞彙所指的本質，有些聲音最適合描述水的流動，有些聲音則更適合描述動作等。赫莫傑尼斯對此提出反駁，稱物體的名稱是習慣和慣例的結果，可以隨時改變。克拉底魯斯則堅信名稱具有神聖的起源，是由神賜予的，使得名稱在本質上是正確的。這些兩千年多年前的古代哲學家提出三種不同立場，探討了人類對詞彙及其含義的長期著迷。這些問題引發一系列學科探討，從哲學到宗教、神秘學（咒語）、魔法（召喚）、民間傳說和文學。

在世界上許多宗教中，都能發現「真名」與「真實本質」相符的概念。古代猶太教認為上帝的真名具有非凡的力量，為了防止濫用其力量，他們將使用上帝的真名視為禁忌。《聖經》中〈出埃及記〉20：7也表示不可輕易妄稱上帝的名字。名字的力量也也在非西方學派中存在，包括道教、佛教和蘇菲主義（按：Sufism，一種伊斯蘭教流派）。瑜伽修行者認為唱誦「唵」（Ommm）能夠與宇宙的振動共鳴。

形式和意義之間的大部分關係是任意的（arbitrary），但並

---

197 Plato, *The Dialogues of Plato* (New York: Bantam Classics, 1986)

非完全隨機（random）。一個單字的形式可以影響其意義的表達，而其意義也可以影響其形式。

　　大多數人在聽到聲音和意義之間的關係時，會想到擬聲詞（onomatopoeia），它是指那些詞彙本身聽起來像它們所描述的事物，比如鐘錶的滴答聲（ticktock）或汽車的喇叭聲（honk）。動物的叫聲是擬聲詞中最常見的例子。有趣的是，這些詞彙會隨語言不同而異。在英語中，豬發出oink-oink的聲音，狗發出woof-woof的聲音；而在俄語中，豬發出hriu-hriu的聲音，狗發出ghav-ghav的聲音；在羅馬尼亞語中，豬發出koveets-koveets的聲音，狗發出hum-hum的聲音。在日語中，同一個詞彙可以用來描述多種動物發出的聲音，例如動詞「鳴く」通常用於指稱動物的聲音，如狗、貓、羊、青蛙、鳥和昆蟲。在我開起內行人玩笑，說日本動物跨物種進行溝通能力更好，或者離題扯到雙方言的山羊之前──沒錯，這樣的事情的確存在──請讓我回到正題，討論形式和意義這個話題。

　　關於形式和意義之間的關係，可以在非口語語言中找到直接證據，證明兩者之間的關係。手語經常透過視覺和詞句相關方式來表達單字的意義，透過手勢的位置、動作，以及手型或手掌方向等元素來傳達意義。例如，手語中表示「書」的手勢類似於翻開書頁的動作，而表示單字「茶」的手勢則模仿在杯子裡攪拌茶包或茶匙的動作。在語言發展過程中，手勢和符號被視為最早的

溝通形式之一。

除了手語，在類似漢字的象形文字語言中，形式和意義之間具有特定的關聯性。例如漢字的書寫形式由符號組成，這些符號本身通常也能單純構成其他字。America的中文「美國」由兩個符號組成，分別表示「美」（beauty）和「國」（nation）。這兩個符號字面組合可以翻譯為「美麗之國」或「美麗的國家」。漢字詞「嫉妒」和「奴隸」都在組成中包含「女」字的特徵。個別的意義是否影響了中文使用者實際翻譯的心理表徵？標籤的形式──聽覺或視覺──是否影響人們在心理呈現與思考概念的方式？

對於依賴無意義（meaning-free）的字母，而非漢字般帶有含意的象形文字的字母語言時，相關證據並不一致。

我的學術師祖（我指導教授的指導教授），心理學家沃夫岡・科勒（Wolfgang Köhler），在1929年首次證實聲音象徵，也就是後來被廣為人知的「波巴奇奇效應」（bouba-kiki effect）。

波巴奇奇效應是指在實驗中向人們展示兩個形狀，如下圖所示，然後詢問哪一個是波巴（bouba），哪一個是奇奇（kiki）。你可以試試看。

人們普遍更容易將圓潤圖形視為「波巴」（bouba），而將鋸齒形視為「奇奇」（kiki）。這一發現不僅適用於大學生、老年人和非常年幼的兒童身上，也適用於其他語言的使用者，並不只限於英語。科勒（Wolfgang Köhler）最初是在特內里費島（Tenerife）使用西班牙語的baluba和takete這兩個字進行這項實驗，但此後這項研究已經被廣泛重現。研究發現，即使年齡只有四個月大的嬰兒中也表現出對這些偏好的趨向。

一項對泰米爾語使用者和美國大學生進行的研究發現，這種偏好率高達95%至98%；綜合所有研究中，這些偏好率平均約為88%，儘管相對較低，但仍然明顯高於隨機。（雖然其原因尚不清楚，但在患有自閉症的個體中，這種比例較低，約為56%。）

有一項使用功能神經影像學的神經科學實驗發現，當名稱與物體之間存在感知上的不匹配（例如，將bouba與尖銳的形狀配對），相較於名稱和物體之間感知上匹配時（例如，當bouba與圓形搭配時），大腦的前額層活化較強烈。顯示人們需要投入更多的認知資源來處理這種不匹配情況。有趣的是，大腦皮層活化不僅在負責高階認知的前額皮層中有所不同，在聽覺和視覺的大腦網路中也有差異，這暗示聲音象徵也可能位於感官處理的早期階段。

目前還不清楚造成這些效應的原因為何，也不清楚它們是否存在於其他符號中，例如數學（哪個形狀代表更大的數字，1還

是2？無限大還是零？）。現今提出的假設有幾種。例如，這種聯想與發音時的口型有關，有人認為說bouba這個單字時，嘴唇呈現的形狀較圓，說kiki時則嘴唇的形狀較緊繃。另一種假設是認為這種聯想與單字中母音和子音的比例，以及單字中聲音的音位特性有關。似乎每個人判斷聲音符號時，可能是根據聲學線索來判斷，[198]但具體判斷的方式仍不確定。

數個世紀以來，世界各地都關注意義、母音、子音的語音特徵之間的關係。米歇爾·羅曼諾索夫（Mikhail Lomonosov）是俄羅斯科學家、哲學家、作家和博學家，他於1755年創立了莫斯科國立大學，該大學現在以他的名字命名（前蘇聯的其他約十幾所機構也以他的名字命名）。他於18世紀寫過關於母音和子音的聲音象徵著作。他提議，例如，當表示溫柔時，應該使用如/e/、/i/和/yu/等前母音（front vowel），當表示恐懼時，應該使用而如/o/、/u/和/y/等後母音（back vowel）（按：前母音front vowel指舌頭盡可能在前方發出的母音，後母音指舌頭盡可能在後方發出的母音）。

在詩歌中可以找到與聲音象徵最緊密的關聯。透過諧音（euphony，被視為愉悅的、和諧的、令人舒適的聲音）；頭韻（alliteration，重複出現相同的起始音）；韻腳（rhyme，重複出

---

198 Klemens Knoeferle, Jixing Li, Emanuela Maggioni, and Charles Spence, "What Drives Sound Symbolism? Different Acoustic Cues Underlie Sound-Size and Sound-Shape Mappings," *Scientific Reports* 7, no. 1 (2017): 1–11, https://doi.org/10.1038/s41598-017-05965-y

現相似的結尾音），和其他語言工具，詩歌利用了特定聲音能喚起特定情感和思維的概念。

詩人對世界的認知在多大程度上塑造了他們的語言，以及詩人的語言在多大程度上塑造了他們的認知？這兩者可能有一部分之間存在相互作用的回饋循環。詩人的抒情風格是他們認知的一種反映，但同時他們的抒情風格也會改變他們的認知。引用愛倫坡（Edgar Allan Poe）所說：「白天做夢的人注意到的許多事物，是從只在晚上做夢的人逃走的。」[199]

詩歌語言的獨特之處在於每個語言單位中所包含的豐富意義。與散文不同，散文家有很多空間能發揮運用，詩人的語言鍛造（wordsmithery）不僅在精確選擇合適的詞彙，還有正確的母音和子音。這些母音和子音將創造出聲音效果，萃取出詩歌的身體經驗。就像畫家在調色板上混合顏色一樣，詩人或詞曲創作者必須混合聲音，以喚起正確的心理狀態。

詩歌是最古老的溝通形式之一。它的出現早於書面語言，有關狩獵的詩歌被認為在史前時代就已經存在。因此，詩歌可以被看作是語言聽覺體驗和書面形式之間的橋樑。早期的詩歌記錄了戰爭和勝利，讓資訊渡過了時間的洪流，並被整個群體以國家民間傳說的一部分記憶。

---

199 Edgar Allan Poe, *The Fall of the House of Usher:And Other Tales* (New York: Signet Classics, 2006)

詩歌可以短小至亞拉姆・薩羅揚（Aram Saroyan）描述字母「m」四腿版本[200]為「一個誕生字母的特寫」，[201]或者喬治・麥當勞（George MacDonald）《最短而最甜蜜的歌》（The Shortest and Sweetest of Songs）[202]僅由兩個字寫成：「回家」。它們也可以篇幅長如《伊里亞特》（Iliad）和《奧德賽》（Odyssey），或者有180萬字之長的印度史詩《摩訶婆羅多》（Mahabharata）。

在翻譯詩歌時，挑戰不僅在於傳達意義，還要反映出聲音、文法、結構、韻律、押韻、格律、質地、聯想、情感、典故和意義層面——這些全都隨語言而異。在保持其真實藝術性的同時對其重新創作，表示翻譯是對原詩的近似或模仿，可以說它變成另一首獨立的作品。例如，如何將路易斯・卡羅爾（Lewis Carroll）的《伽卜沃奇》（Jabberwocky）翻譯成其他語言，其中詩句包括：「All mimsy were the borogoves，/ And the mome raths outgrabe」[203]？（按：Jabberwocky、mimsy、borogove、mome、

200 "Fireflies—One Letter and One Word Poems," *Brief Poems*, accessed June 1, 2022, https://briefpoems.wordpress.com/2015/10/31/fireflies-one-letter-and-one-word-poems/

201 Bob Grumman, *"MNMLST POETRY,"* Light and Dust Mobile Anthology of Poetry, 1997, https://www.thing.net/~grist/l&d/grumman/egrumn.htm

202 Joseph Johnson, *George MacDonald:A Biographical and Critical Appreciation* (London: Sir Isaac Pitman & Sons, Ltd., 1906)

203 Lewis Carroll, *Through the Looking-Glass* (London: Macmillan, 1872)

outgrabe皆為詩歌作者自創詞，本詩原為趣味為主的著名無稽詩〔nonsense poem〕，在此盡力試譯為：所有悲傷都是波洛戈夫/而懶散的魚鳥咆哮著。）

詩歌的翻譯者必須精通雙方語言，能力至少需要相當於詩人對寫作語言的掌握能力，因為翻譯詩歌本質上是將詩歌進行轉化，創造出另一種語言領域中的全新作品。翻譯本身就是一門獨立的研究領域，而詩歌翻譯則是其中的一個子領域。

在《觀看王維的十九種方式》（Nineteen Ways of Looking at Wang Wei）中，一首四行的漢詩被翻譯成了十九種不同的英文版本。[204]甚至僅僅是這首詩本身的標題《鹿柴》，就被翻譯成了「鹿的形態」、「鹿欄」、「深山之中」和「鹿園隱居」，而同樣的開篇詩句則被翻譯成了「空山似乎無人影」、「透過密林，斜照的陽光」、「荒山上一個人的倒影」以及其他十六種翻譯方式。沒有兩個版本完全相同。當翻譯成其他語言時，這樣的詩歌變化只會更加多元化。（按：原詩為「空山不見人，但聞人語響。返景入深林，復照青苔上。」）

有人問我，是否有一種語言比其他語言更適合寫詩。我認為沒有一種語言比其他語言更適合寫詩，因為沒有一種語言的使用者比另一種語言的使用者更富有情感，如果你持相反觀點，那

---

204 Eliot Weinberger, *Nineteen Ways of Looking at Wang Wei* (New York: New Directions, 2016)

可能只是因為你尚未完全掌握那種語言。我之所以這麼說，是因為我曾經常聽到某種語言的使用者，抱怨他們的第二（或第三第四）語言缺乏抒情性。許多語言的使用者——如希臘語、華語、西班牙語、愛爾蘭語——會熱情地說他們的語言比其他語言更抒情和深情，確實上述語言富有詩意、抒情和深情，但也不會多過印度語、日語、烏爾都語（按：Urdu，巴基斯坦官方語言）、史瓦西里語或世界上其他語言。儘管實驗室測量多語者的語言精通程度時，是以事先確定具有可靠性、有效性的客觀標準來測量語言能力，但在實驗室外，多語者對於欣賞不同複雜詩歌的能力，可以很好地反映他們該語言的熟練程度。

詩人的語言之所以與眾不同，並不是源自他們的國籍，而是他們將寫作形式自語言慣例和規範解放的方式，並隨著寫作過程而改變它，賦予其獨特的聲音和看待世界的方式。由於不同的語言具有不同的規則，每種語言的詩人都必須決定違背哪些規則，翻譯詩歌的困難處之一在於需要在不同語言之間打破不同規則。從某種意義上，詩歌是一種獨立的語言，或者更確切地說，它創造了一種語言，並以該語言創造出屬於自己的宇宙。如同學習另一種語言，詩歌的語言塑造了人的思想、大腦、感官、情感和記憶。

用尼采（Nietzsche）的《查拉圖斯特拉如是說》的一段話來說：「然而，所有的詩人都相信：當一個人躺在草地上或孤獨的

山坡上時，無論是誰用心聆聽，都會發現一些關於天地之間某種事物的真相。」[205]不過不需在意提尼采（Nietzsche）晚年的沉思：「詩人……讓文字變得模糊，使其顯得深奧。」根據我的經驗，相較於科學文章作者、學生論文撰寫者和政治演講者，詩人在這方面並不顯得那麼有罪過。

詩人並不是唯一對語言細微差別過於敏感的人。作家、電影製片人、音樂家、藝術家以及任何透過語言與人們溝通、影響或打動他人者，都聞名於尋找恰到好處的詞彙時的反覆琢磨（就像那些寫情書的戀人，或發送訊息後，在螢幕上閃爍省略號彼端的打字者）。

多年來，我為了維持生計，在學期間從事各種工作。其中一些工作包括為羅馬尼亞、烏克蘭、俄羅斯或其他前蘇聯共和國的孤兒在國際收養時翻譯所需文件，或者翻譯那些來自這些國家的郵購新娘（mail-order bride）的情書和其他種類的通信。還有一些工作是擔任口譯員，例如在1996年的亞特蘭大奧運會，或者在阿拉斯加與俄羅斯遠東地區西伯利亞之間的政經活動擔任口譯，例如1993年的「四地區會議」（1993 Conference of the Four Regions），該會議匯集了美國參議員、政治領袖，以及俄羅斯

---

205 Friedrich Wilhelm Nietzsche, *Thus Spoke Zarathustra:A Book for All and None*, trans. Walter Arnold Kaufmann (New York: Penguin Books, 1978)

政治家和石油業企業主管。

　　口譯員和譯者之間的區別並沒有嚴格定義，但通常口譯員從事口語語言的翻譯，而譯者專注於書面語言的翻譯。那些將查克‧羅瑞（Chuck Lorre）的「虛榮卡片」（vanity cards，每集結束時，在螢幕上快速閃現一兩秒的一小段文字）翻譯成其他語言的是譯者。他們負責將《好萊塢教父》（The Kominsky Method）、《生活大爆炸》（The Big Bang Theory），和其他節目的「虛榮卡片」翻譯成各種語言，以便在其他國家播出。他們專注於書面文字，並且有相對靈活的時間來翻譯這些資訊。很難確定當將這些訊息翻譯成其他語言時，會失去多少訊息和作者獨特思維的方式。

　　一個優秀的譯者是文字和語言的魔法師。在翻譯成另一種語言時，一個好的口譯員或譯者不會使用逐字翻譯或直接翻譯，而是努力尋找在文化上、語言上和經驗上合適的替代字。這不僅適用於成語或特定語句，還包括例子、故事和文化參考。在用英語寫這本書時，我必須從一系列適合英語讀者的片語、軼事和參考資料中進行選擇。如果我為羅馬尼亞語或俄羅斯的讀者寫作，我將需要借鑒不同的文化參考、軼事和片語。用一種以上語言寫作的作家，例如納伯科夫（Vladimir Nabokov）或村上春樹，在他們所寫的每種語言中，風格略有差異。

　　我擔任口譯員和譯者的工作經驗使我了解到口譯員的工作

是多麼富有挑戰性，尤其是同步口譯員，他們必須即時將表達的言語翻譯成另一種語言。你會在聯合國會議時看到這種口譯方式。大多數間，身為觀眾時，除非你注意到聽眾耳朵裡有小巧到幾乎看不見的耳機，否則你甚至不知道同步口譯正在進行，甚至在演說者仍在說話時，同步口譯員便透過耳機傳遞已翻譯的資訊。有時演說者會暫停，讓口譯員翻譯剛才的內容，這被稱為所謂的逐步口譯（cansecutive interpreting）。其他時候不會有這種暫停，口譯員必須在對話繼續進行的同時，同步聆聽演講者所說的內容，並將其翻譯成另一種語言，這被稱為同步口譯（simultaneous interpreting 或同步synchronous interpreting）。我每每都會在見證其能力時驚嘆，他們同步解碼輸入的語言，將內容重新構思成另一種語言的詞彙、語義和文法有效形式，同時融入語言和特定文化術語和內涵，並將重新組織的資訊表達為目標語言，且新的語音不斷同時湧入。這對工作記憶、注意力、語言理解和語言表達的認知負荷是非常難以置信的！

　　二十五年後，我身為一名口譯員和譯者的經歷又循環回到原點。我曾擔任日內瓦大學一位博士生的論文口考委員會成員，她的研究對象是在聯合國工作的同步口譯員，以及正在準備成為同步口譯員的實習生。她是瑞士規模更大的研究團隊成員之一，該團隊研究同步口譯員的眼動、神經功能和認知能力。

　　對同步口譯員的研究表示，強烈的語言控制（language

control）可能與大腦不同區域之間的更廣泛連結相關。相較於其他多語者，同步口譯員反覆使用注意控制和工作記憶，從而提升執行功能，並有效利用神經結構。同步口譯員在雙重任務和任務切換實驗中，表現優於多語控制組。他們在左額葉具有較大的灰質體積，在額葉與左側額下回和額中回之間的功能連接更多。再者，同步口譯員在前額葉皮質的 $\alpha$ 頻率振盪方面有更強大的連結性，這與注意力、抑制控制和工作記憶過程有關。

對於同步口譯員大腦的研究表示，同步口譯所需的極端語言控制不僅改變了涉及語言處理相關的大腦區域，還涉及到改變學習、運動控制和一般執行功能相關的區域。比較同步口譯員進行密集的培訓計劃前後，其大腦的改變，顯示經過培訓後，同步口譯員的大腦在多個腦區減少活化，表明在同步口譯過程中所涉及的處理變得更加自動化，僅需更少的認知資源。密集的同步口譯培訓還會導致大腦與語言理解、語言產出以及注意力控制相關的區域皮質厚度增加。同步口譯員大腦皮質厚度的增加，表示高度的語言控制可能作爲有助於形成認知儲備的保護因素之一。

對經歷過同步口譯培訓前後的大腦比較揭露了大腦的可塑性，且不同於其他僅僅比較口譯員和非口譯員的大腦研究。此研究類似於顯示學習第二語言會改變大腦的神經影像學研究，不過是以一種更極端的方式獲得多語經驗。

然而，專業的同步口譯員和譯者的人數仍遠少於忙於口譯和

筆譯的雙語或多語者人數。無論是出於選擇還是因爲必要，每個多語人士總會在日常生活中的某些時刻參與某種形式的口譯或筆譯工作。

正確的口譯可以準確評估患者並以適當方式治癒；相比之下，錯誤的口譯可能會導致對身體錯誤部位進行手術，給予錯誤的治療或根本不予以治療，甚至可能導致死亡。錯誤的翻譯可能會帶來嚴重的醫療和法律後果，還可能影響經濟和政治結果，所有這些後果都比偶爾迷路的遊客嚴重得多。

翻譯失敗有時也會很有趣。網上有張圖片，是一家名爲「Translate Server Error」（翻譯伺服器錯誤）的中餐廳的招牌。似乎是餐廳老闆試圖將餐廳的漢語名字翻譯成英文，但機器翻譯出了差錯，且錯誤訊息被印在招牌上。只要快速搜尋「翻譯失敗」，就會呈現成千上萬張類似的圖片和故事。也許在你需要快速改善心情的日子裡，這些會成爲貓咪影片很棒的替代品。

幽默特別難以跨越不同語言之間翻譯。不僅要注意每個方面，人們還需要把握好時機，並熟悉目標語言使用者在日常生活中的許多經歷。我還記得我聽到第一個依賴文字遊戲的英文笑話：「機會很好，但結果很怪。」（按：The odds are good, but the goods are odd.，表示結果不如預期）——這是在評論單身女性在阿拉斯加找到伴侶的可能性。當我能用英語開玩笑時，我知道我的英語能力終於還算不錯，「我曾經教過上午八點的英語

課。那個學期有那麼多祖父母離開人間。然後，當我把英文課時間改到下午三點後，就再也沒有聽過更多的死亡消息。就這樣，朋友們，這就是我如何拯救生命的方法。」儘管如此，直到今天，我仍然會在不同語言之間混合使用諺語和比喻，或者以一種語言的諺語開始，以另一種語言諺語結束。對於幽默感還不夠完善的非母語人士，我最好的建議——是一笑置之。

人腦可以掌握的語言數量似乎沒有限制。有一項對世界上最傑出的語言學習者的調查，[206]揭露許多會說多種語言的歷史和現代世人物。十九世紀的義大利神父兼大學教授朱塞佩‧梅佐凡蒂（Giuseppe Mezzofanti）是一位波隆那木匠的兒子，據說他會說七十二種語言，並且能夠在兩週內學會一門新語言到流利的程度。現在僅憑歷史和文學文獻，無法確定他對這些語言的熟練程度，然而在歷史上都可以找到有人會說看似非凡數量的語言。據說，前港督寶寧爵士（Sir John Bowring）懂得兩百種語言，並且能夠說一百種語言。法國語言學家喬治‧杜梅奇爾（Georges Dumézil）於1986年去世，據說他能夠以不同的程度的熟練度口說或閱讀超過兩百種語言。著名的維多利亞時代探險家、地理學家、外交官、間諜和製圖書理察‧弗朗西斯‧伯頓爵士（Sir

206 Michael Erard, *Babel No More:The Search for the World's Most Extraordinary Language Learners* (New York: Simon & Schuster, 2012)

Richard Francis Burton）據說掌握二十九種語言和許多方言，且在他的探險生涯中使用過。

哲學家奎恩（W. V. Quine）所提出一個著名思想實驗恰如其分地說明了學習另一種語言（甚至是母語）可能是多麼困難。在「Gavagai」思想實驗中，[207]一位語言學家正在探訪一個他不懂語言的國家。當一隻兔子經過時，其中一位本地人大叫：「Gavagai！」語言學家最初的假設是gavagai的意思是「兔子」，但這個假設可能不正確。Gavagai有可能表示「看」、「動物」、「長耳朵」、「剛才有東西經過」、「天色漸漸暗了」、「讓我們抓牠當晚餐」等等，它可能是一個單字、兩個單字或完整的片語。在學習所有新語言中都存在一定程度的不確定性。這也是為什麼很多探險家或殖民者聽到當地人口的單字後命名的地點，其名稱要麼完全表示不同的事物，要麼是重覆的，例如山山或湖湖。美國南部的哈奇河（Hatchie River）實際上就是河河，hatchie在馬斯科吉語族（Muskogean）原住民語系中表示「河流」。瓦拉瓦拉河（Walla Walla River）就是河河河，得名自撒哈拉（Sahaptian）原住民語支系中的一個詞，如walla（意思是「河流」），這個單字被重複兩次以表達表示小型形式。在挪威，菲勒（Filefjell）地區的名字從古北歐語中，字面上的意思

---

207 Willard van Orman Quine, "Two Dogmas of Empiricism," in *Challenges to Empiricism*, ed. Harold Morick (Indianapolis: Hackett Publishing, 1980), 46–69

是指山山，而Bergeberget則表示丘丘（Hill Hill）。

　　成功的語言學習取決於所學內容和學習者的一系列變數。我們學習新單字的效果取決於多層次的心理表徵，包括單字的發音、拼寫、心理表示和使用方式。如果新單字是指具體的概念（如狗）而不是抽象概念（如自由），則學習更加容易。一個單字所指的心理表徵在很多方面都是不同的，包括我們對其進行可視化的能力。

　　根據我們的研究顯示，語音和字形的鄰近度（neighborhood size），以及語音和字形的機率會影響單字的學習。語音鄰近度是指在一種語言中，有多少個單字在發音上只有一個音的差別，而字形鄰近度是指在一種語言中，在字母形式上僅僅只有一個字母差別的數量。語音機率是指根據學習者的母語模式，聲音組合在一起出現的機率爲何，而字形機率是指在一種語言中，字母組合中出現的機率有多大。在不同語言之間和單一語言內，有些發音的出現頻率比其它發音更高。了解字母和發音共同出現的可能性，對於玩Wordle和其他依賴字母和發音頻率的益智遊戲時，會有不同的效果，而計算這些機率也是這些遊戲的樂趣之一。

　　如果你想知道爲什麼我們區分發音和字母，答案是因爲字母和發音之間的對應關係通常不完全一致。在被認爲拼寫規則較爲複雜的語言（比如英語）中，同音可以用不同的字母來拼寫，而同一個字母也可以對應不同的發音。舉個例子，在英語

中，/e/ 是最常用的音之一，有七種不同的拼寫方式可以表示，你可以在以下英文語句中自行計算：He believed Caesar could see people seizing the seas.（他相信凱撒大帝能看見人們掌握海洋。）

影響學習的另一項因素是頻率。單字在語言中的使用頻率各不相同。在一種語言中，高頻字通常更容易學習。目前尚不清楚是因為簡單的單字隨著時間的推移變得更頻繁使用，還是隨著時間推移，更頻繁使用的單字變得更簡單了。也有可能有共同原因同時推動了使用頻率和易學性，使得那些更可能被使用的單字也變得較容易學習。在英語中，最常用的前一千個單字可以覆蓋所有英語文本的90%。

與單字頻率相關的是單字長度。在大多數的世界語言中，單字長度和使用頻率之間存在一定關係，較短的單字使用頻率會高於較長的單字。最短的英語詞是「我」（I）。最長的英語單字「火山矽肺病」（pneumonoultramicroscopicsilicovolcanoconiosis）由45個字母構成。它是指透過吸入火山噴發的二氧化矽顆粒而引發的肺病。

了解是什麼因素使單字學習更容易，可以為我們提供關於思維如何組織知識的理論洞見，並且教師和學生中提供實用的建議，告訴他們在課堂和學習環境中可能最有效的方法為何。情感過程和認知因素（如動機）也會影響對另一種語言的學習。正面

情緒和使用各種策略（例如將新語言中的單字連結到母語中聽起來相似的單字）有利於學習新語言。對於情緒低落的學習者來說，使用策略特別有助益。換句話說，情感和策略相互作用能塑造成功的語言學習。[208]

有個一直出現在研究中的發現，是雙語者在學習新語言和符號系統方面比單語者更厲害。[209]已經掌握兩種或更多種語言的人，比只會一種語言的人能更快、更有效地學習新語言。[210]其中一個解釋是，這可能部分是因為雙語者在抑制控制方面有相關實踐，[211]這方面對學習至關重要。在學習新單字時，你必須能夠抑制對已知項目名稱的活化，以防止它干擾新名稱的學習。透過滑鼠追蹤，[212]我們發現由於雙語者有管理跨語言競爭

208 Sayuri Hayakawa, James Bartolotti, and Viorica Marian, "Native Language Similarity During Foreign Language Learning: Effects of Cognitive Strategies and Affective States," *Applied Linguistics* 42, no. 3 (2021): 514–540, https://doi.org/10.1093/applin/amaa042

209 James Bartolotti, Viorica Marian, Scott R. Schroeder, and Anthony Shook, "Bilingualism and Inhibitory Control Influence Statistical Learning of Novel Word Forms," *Frontiers in Psychology* 2 (2011), https://doi.org/10.3389/fpsyg.2011.00324

210 Margarita Kaushanskaya and Viorica Marian, "The Bilingual Advantage in Novel Word Learning," *Psychonomic Bulletin & Review* 16, no. 4 (2009): 705–710, https://doi.org/10.3758/PBR.16.4.705

211 Margarita Kaushanskaya and Viorica Marian, "Bilingualism Reduces Native-Language Interference During Novel-Word Learning," *Journal of Experimental Psychology:Learning, Memory, and Cognition* 35, no. 3 (2009): 829–835, https://doi.org/10.1037/a0015275

212 James Bartolotti and Viorica Marian, "Language Learning and Control in Monolinguals and Bilinguals," *Cognitive Science* 36, no. 6 (2012): 1129–1147, https://doi.org/10.1111/j.1551-6709.2012.01243.x

的經驗，他們更擅長抑制來自已知語言的競爭，進而使學習新語言變得更加容易。

謎題的另一個部分是，隨著你掌握的語言愈多，學習新語言就變得更容易，因為每增加一種語言，你需要獲得的新資訊就愈少。我們可以從維恩圖（Venn diagram）的角度來思考這個問題。當你學習第一種語言時，你所學的所有內容都是圖中嶄新、完整的一個圓。然而，當你學習第二種語言時，兩個圓圈的一部分會產生重疊，因為即使你學到很多新的資訊，其中一些資訊（文法規則，發音，甚至可能是字母表）會和你的母語有所重疊。對於第三種語言，你仍然學習到一些新的資訊，但現在第三個圓圈也有一部分與另外兩個圈產生重疊。每增加一種語言，這些圓圈所佔據的總表面積增加了，但構成全新資訊的圓圈部分變小，使得每一種新語言變得更容易學習。

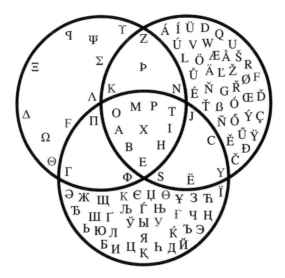

維恩圖顯示希臘字母、拉丁字母和斯拉夫字母共有的大寫字母。[213]

　　掌握了一門語言會使你更容易學習新的語言更容易。而學習了這門新語言之後，再去學習另外一種語言，也變得更加容易。那麼更多的語言表示更多的學習，而更多的學習則表示更多的語言，語言和學習在相互強化的模式下互相促進，不斷進步，無限延伸。

　　有趣的是，在這種重疊性使學習其他語言更容易的同時，

---

213 Wikipedia, s.v. "Venn Diagram," last modified January 5, 2022, https://en.wikipedia.org/wiki/Venn_diagram/

它也挑戰和最佳化你的大腦，以此方式加強對跨語言競爭認知管理的考驗。[214]此外，正如我們在多語者大腦的章節（第二章）中所見，語言學習導致大腦某一區域的變化，會在其他區域產生連鎖效應。例如，更好的認知控制可以增強聽覺處理能力，進而創造良性循環，讓學習其他語言變得更簡單。因此，這種循環不斷改變腦部活動，持續提高認知功能，以此類推。考慮到感官和執行功能對語言學習的重要性，雙語能力的影響之一是使學習新語言的能力更強，從而延續由接觸多語言口說所引起的神經重構循環。心智學語言的潛力或許沒有界線，至少對某些人而言如此。

這就是為什麼語言是進步和人類進化的強大工具。即使在非語言溝通成為可能之後（對於記錄和傳輸神經活動的嶄新研究，使其可能不再是科幻），符號系統對我們學習、編碼、解碼和分享資訊的能力仍然極其重要。

---

214 Narges Radman, Lea Jost, Setareh Dorood, Christian Mancini, and Jean-Marie Annoni, "Language Distance Modulates Cognitive Control in Bilinguals," *Scientific Reports* 11, no. 24131 (2021), https://doi.org/10.1038/s41598-021-02973-x

# 我們的思維代碼
## The Codes of Our Minds

　　羅塞塔石碑是史上最著名的多語文物之一，它於1799年在埃及拉希德鎮（羅塞塔）被發現。在發現羅塞塔石碑（Rosetta Stone）之前，沒有人知道如何解讀古埃及象形文字。羅塞塔石碑上刻有一段文本，使用三種不同的文字代碼書寫：古希臘文、埃及世俗體和埃及象形文字。古希臘文部分反映了亞歷山大大帝征服埃及後，埃及統治者採用古希臘馬其頓文字體系。埃及世俗體則是埃及人民在日常生活中使用的書寫系統。埃及象形文字則由祭司和宗教階層使用。在製作羅塞塔石碑時，這三種文字並存於埃及使用，這表示至少在該歷史時期（超過2200年前），至少一些埃及人能夠理解並使用多種文字。

　　埃及學家們利用羅塞塔石碑和其他兩種文字代碼的幫助，費時多年才解讀出埃及象形文字。同樣地，解讀希臘邁錫尼的線性文字B也花了十年的時間。自那時開始，機器學習和人工智慧已經加快解密代碼的速度。例如，澳洲的麥考瑞大學研究人員和

Google的數據科學家合作，將古埃及象形文字翻譯成英文和阿拉伯文，所花的時間只有以前的一小部分。解密和加密代碼是有價值的技術，關乎國家和國際安全的重要問題。

在第二次世界大戰期間，解密敵對勢力發送的消息有助於確保勝利和指導戰爭進程。其中，德國恩尼格瑪（Enigma）使用的密碼尤其重要。恩尼格瑪使用了一種將字母順序打亂的密碼機，使得德國人能夠以加密的方式安全地傳遞消息，而不會被盟軍理解。來自英國、法國、波蘭和其他地方的密碼學家花了多年時間解密恩尼格瑪，而德國人則不斷修改、增進和加強編碼方式。最後，著名的英國數學家艾倫·圖靈（Alan Turing）成功破解了這個密碼。2014的歷史劇《模仿遊戲》（The Imitation Game）講述了恩尼格瑪是如何被破解，並對對第二次世界大戰結果產生影響。

圖靈本人本人眾所周知的成就有引入「圖靈完備性」（Turing completeness）這個術語來描述電腦科學中程式語言的能力，以及有名的「圖靈測試」（Turing test），圖靈測試是指一個人透過與電腦對話，來試圖判斷對方是否是人還是電腦的測試。最初，由於對話的性質相對簡單，辨識對方是否為機器很容易。隨著時間推移，符號概念的發展日新月異，符號系統在遵循複雜規則方面不斷發展演進。現代電腦進行的對話愈來愈接近人

類之間的對話，[215]這引發人們思索AI是否終究能通過圖靈測試，並展開與人類無法區別的對話。

現今使用的密碼（code）是一種複雜的語言，依賴符號和規則來保護和揭開國家秘密，也用於控制對大規模基礎設備的訪問權限，以支持金融集團的運營和管理。近年來，密碼破解者成為21世紀最大規模的數據洩露的罪魁禍首，涉及到阿里巴巴、微軟的Exchange和約炮網（Adult Friend Finder）等公司，以及包括2020年美國聯邦政府數據洩露在內的政府機構。2021年，對殖民管道（Colonial Pipeline）的網路攻擊中斷了美國東海岸的天然氣供應，引發了混亂和恐慌，對關鍵基礎設備系統造成影響，並威脅到了安全。在另一次攻擊中，一名密碼破解者成功入侵了佛羅里達州的供水系統，並將氫氧化鈉的濃度從100ppm增加到11100 ppm，企圖汙染水源。對於喜歡語言挑戰的人來說，密碼破解能像玩遊戲一樣令人滿足。1999年，一個15歲的少年駭客入侵了美國國防部的電腦，並攔截了數千封來自政府機構的內部消息。當然，也有一種駭客攻擊是誘使人們洩露受限資訊的訪問權限。

這就表示，儘管有些語言被創造旨在促進溝通，但另一些語

215 Nico Grant and Cade Metz, "Google Sidelines Engineer Who Claims Its A.I. Is Sentient," *New York Times*, June 12, 2022, https://www.nytimes.com/2022/06/12/technology/google-chatbot-ai-blake-lemoine.html

言則旨在限制和限制資訊訪問。

　　人類創建語言已有數千年的歷史。這些語言被稱為「自然語言」（natural language），它們隨著時間的推移逐漸演變，並用於交流。根據自然語言的界定，如今世界上人們使用的自然語言超過七千多種。它們涵蓋140多個語系，其中約有八十種語言是世界上約190個國家的官方語言（國家數量和官方語言的準確數量會根據地緣政治變化而有所波動）。這僅僅是人類歷史上所使用過的語言中的一小部分，每年都有更多的語言瀕臨滅絕。

　　由於沒有口述文字記錄，我們無法確定人類或人類祖先所發出的第一個單字為何，而且這也取決於我們對單字的定義和史前祖先的界定。最好的情況是，我們可以透過研究原始人的口腔構造，以及對不同世界語言中單字的頻率和重疊進行統計分析，進而猜測。

　　即使是在書面語言方面，要弄清楚第一種書面語言也取決於一個人對書面語言的定義，以及洞穴壁畫、象形圖像和象形文字是否被視為書寫形式。目前發現最早的書寫文字被認為是公元前3500年左右，美索不達米亞蘇美語的楔形文字。[216]現代書寫

---

216 Saad D. Abulhab, "Cuneiform and the Rise of Early Alphabets in the Greater Arabian Peninsula: A Visual Investigation" (New York: CUNY Academic Works, 2018), https://academicworks.cuny.edu/cgi/viewcontent.cgi?article=1257&context=jj_pubs/

的根源，即聲音與特定符號對應的形式，通常可以追溯到公元前1800年至1500年間發展的原始西奈文字（proto-Sinaitic script）。迄今已知與現代字母表最相似的第一組線性字母是腓尼基字母（Phoenician alphabet），其發展大概可追溯到公元前1050年至150年左右。它由二十二個字母組成，全部都是子音，沒有明確表示母音。

理論上，人體可以創造出幾乎無限量的聲音在語言中使用。潛在的語言聲音數量取決於我們在說話時如何控制從肺部流出的氣流，以及如何塑造我們口腔和調整舌頭的位置。母音的形成受到舌頭在口腔中的高度、「前方」或「後方」位置、唇形（圓唇或平唇），以及聲音的張力或鬆弛度的組合影響。子音的形成取決於發音位置（聲道中的緊縮位置），發音方式（緊縮程度、氣流流動方式和舌頭位置），以及發聲（聲帶是否振動以及振動的方式）的組合影響。從解剖學角度而言，透過在每個組合中，僅僅稍微變化這些變數中之一，甚至只是稍微變化，就能產生無數不同的聲音選擇。但是，儘管我們在解剖學上有潛力創造出無限的聲音，但實際上每種語言中只存在少數的組合。

子音和母音的確切數量會隨不同語言而有所差異。在極端的情況，夏威夷語有5個母音和8個子音，而皮拉罕語被認為有3個母音和7或8個子音。另一個完全不同的極端是立陶宛語，擁有有12個母音和47個子音，而丹麥語則有32個母音和20個子音。束

埔寨高棉語的字母表有74個字母，而位於巴布亞紐幾內亞的布干維爾島（Bougainville）上，羅託卡特語（rotokas）僅有12個字母。語言在允許的聲音組合方面也存在巨大差異。例如，在西班牙語中，單字不能以/st/或/sp/開頭，除非在它們前面加上一個/e/的音。在英語中，單字不能以/kj/或/gb/開頭。在苗語中，唯一允許的結尾子音是/h/。喬治亞語（Georgian）中可以連續出現多達8個子音，波蘭語中則可以有多達6個連續開頭子音。為了能夠記錄和重現所有人類語言的所有聲音，我們創建了一個稱為國際音標（International Phonetic Alphabet）的字母表，簡稱IPA。國際音標被語言學家、語言病理學家、語言教師以及其他科學家、臨床醫生和教育工作者用於記錄所有語言的聲音。

有些差異微小到其他語言的使用者無法察覺得到。說話者常常無法聽出在他們母語中不存在，但是在其他語言中存在的聲音之間的差異。許多日語使用者很難區分/r/和/l/這兩個音（因為這兩個音在日語中對應到相同的音），而許多說西班牙語的人很難區分/v/和/b/的聲音（這兩個音在西班牙語中的發音相似）。然而，這些困難並不是一成不變的，而且訓練說話者對新聲音的感知和發音是有可能的。功能性腦成像研究顯示，學習新的聲音差異後，會導致神經活動的變化。

人類大腦創造語言並不是一個罕見的現象。我們每年都在「Google」、「眾籌」（crowdfund）並創造新單字。年輕的孩

子們一直在自發地發明單字。列夫・托爾斯泰在1936年寫道：「[兒童]更能理解單字形成的規律……因爲沒有人像孩子那樣經常想出新的單字。」[217]在有關兒童語言的俄羅斯經典著作《從兩歲到五歲》（From Two to Five）中，兒童讀物作家科爾尼・丘柯夫斯基（Kornei Chukovsky）描述了兒童自發性發明單字的例子[218]，這些詞彙事後發現原來存在於世界其他地方，或在歷史上某個時期就已經存在使用（按：原文書寫方式爲英文〔俄文〕，本文在此以「中文 英文」〔俄文〕方式表示）：

有時候，孩子會創造出已經存在於語言中的單字，但對他們或周圍的成人卻是未知的單字。例如，我曾聽到在克里米亞聽到一個三歲的孩子自發地使用「彈子 bulleting」（puliat）這個單字，他整天用他的小步槍「彈子」，甚至沒有意識到這個單字在遙遠的頓河地區已經一直以如此方式使用了幾個世紀。在L. Pantileev的故事中，一個雅羅斯拉夫爾女子多次說道：「所以他們彈子且他們又彈子！」（And so they bullet and they bullet!）另一個孩子，我不知道他確切的年齡，

---

217 Leo N. Tolstoy, *Polnoe Sobranie Sochinenii* (Complete Collected Works), vol. 8 (Moscow: Jubilee, 1936), 70

218 Kornei Chukovsky, *From Two to Five* (Berkeley: University of California Press, 1963)

創造了「鞋類產品shoeware」（obutki）和「服裝clothesware」（odetki）等單字；這名小孩住在奧德薩市附近的大草原上，距離黑海不遠。他也完全不知道這兩個字彙在遙遠的北方在奧列涅茨（Olenets）地區早已經存在了幾個世紀。

有些孩子不僅僅創造出個別的單字，而是發明了整個小型語言系統，以便與最好的朋友或一群特別的朋友交流，或者用來在日記裡寫下秘密，以便讓其他人無法理解——從兒童黑話（Pig Latin）到全新的獨特語言都有。也許你自己本人就是那個孩子，或你撫養這樣的孩子，或你認識這樣的孩子。

我的大女兒正是那種孩子，她在幼兒園時發明一門新語言，然後在小學時發展出寫作密碼，以便與她最好的朋友傳遞秘密筆記。到了國中，她在聖誕節時向我要了本關於駭客技術的書當禮物。大女兒最後就讀伊利諾州數學與科學高中（Illinois Mathematics and Science Academy，IMSA）。這是一所被《連線》雜誌（Wired）稱為「駭客的霍格華茲」，[219]由州政府資助，為期三年的住宿高中。身為父母，我記得IMSA與其他高中不同之處，

219 Klint Finley, "Hogwarts for Hackers: Inside the Science and Tech School of Tomorrow," *WIRED*, May 31, 2013, https://www.wired.com/2013/05/hogwarts-for-hackers/

其他高中懲戒學生的程度是依照違規嚴重程度而定（從服裝違規、喝酒到嗑藥），而IMSA則是依照學生參與的駭客事件嚴重程度採取不同的懲罰（從修改成績單到入侵政府機構）。

　　過去在IMSA的青少年們，如今成了YouTube聯合創辦人陳士駿（Steve Chen）、PayPal創辦人潘宇（Yu Pan）、Yelp創辦人羅素・西蒙斯（Russel Simmons）、SparkNotes和OkCupid聯合創辦人山姆雅根（Sam Yagan）、Hearsay Social創辦人史宗瑋（Clara Shih）與許多其他科技部門的改革者。傳統上，五角大樓和國防部門通常在推動科技發展方面處於領先地位，以符合國家安全利益。其中一些科技最終成為社會廣泛使用的科技，尤其是網路和GPS，現在已經成為每個人日常生活的一部分。然而，更普遍而言，矽谷私人部門正成功地爭奪頂尖人才，並在探索和創新方面引領潮流。私人公司（按：private company，指股票不上市的民營企業）正在倡導美國政府和國防機構採用商業科技，例如如Google與五角大樓合作改善識別影片中物體的科技，而微軟獲得一項219億美元的合約，為軍方打造訂製的擴增實境耳機。雖然有些人指出，將軍事能力外包給營利性私人公司有風險，不過其他人則反駁，稱這是保持與中國和俄羅斯等國家競爭能力的必要之舉。不管是政府還是私人部門，成功將取決於能否招聘和培訓多重符號系統的最佳學習者、使用者和創造者。

　　我在史丹佛大學休假期間，遇到了幾個來自其他國家的多語

人士，他們現在在科技領域開發電腦語言。其中一位在十六歲時從麻省理工學院獲得學士學位，十九歲在史丹佛大學獲得博士學位，他在社群中並不像你想像的那般特殊。來自世界各地、精通許多自然語言及程式語言的人才湧入，代表了對矽谷、學術和政府機構的無價知識資本，他們能競爭並推動創新與探索。

這是一個創造性的循環：多語言產生更多的創造性思維，而更多的創造性思維促進更先進的語言。


正如顯微鏡揭示了病菌在疾病中的作用，正如望遠鏡展示了其他行星和星系的存在一樣，人工語言也幫助我們理解我們思維的代碼。

人類的自然語言和人工語言之間存在著一種共生關係，表示它們彼此相互受益。為了理解語言學習成功的原因，我們需要深入瞭解語言學習背後的機制，而在這領域裡，許多重要發現都來自於對人工語言的細緻實驗。人工語言和人工智慧是建立在人類語言和思維所產生的知識基礎上，並且反過來產生新的訊息，使我們有可能探索人類思維和學習到更遠的地方。

人工語言有很長的歷史，始於未知語言（Lingua Ignota），這門語言是由德國女修道院院長聖賀德佳・馮賓根（Hildegard von Bingen）在1100年代創建而成。世界上最廣為人知的人工語言是由一名波蘭醫生於1887年創造的世界語（Esperanto），旨在

成為一種用於國際交流的通用語言。世界語具有高度規律的形態和文法規則，至少對於印歐語系的使用者而言，是可以在幾個小時內學會的。

與人類自然語言不同，人工語言以嚴謹的邏輯構建，主要用於科學、科技或娛樂目的。根據對人工語言的不同定義，人工語言的總數可以從約五十種商業支持的通用語言到9000多種不等（取決於定義是否包括語法和文法，或僅包含詞彙）。然而，當涉及到統計人工語言的數量時，數字基本上沒有意義，因為任何程式設計師都可以隨時「創造」出一種新的電腦語言，或修改現有語言以生成新的語言，而任何有抱負的作家都可以為其角色賦予一種虛構語言，因此理論上語言數量是無限多的。

人工語言大致上分為三類。第一類是電腦語言，如Python、Java、JavaScript、C、C++和C#。第二類是為娛樂而創造的語言，用於電影、書籍和遊戲，例如納美語（阿凡達）、高等瓦雷利亞語（冰與火之歌：權力遊戲）、克林貢語（星際爭霸戰）和辛達林語（魔戒）。第三類是用於研究的語言，如布羅坎托語（Brocanto）、拉丹語（Láadan）和科爾伯汀語（Colbertian）。世界語和國際語（Interlingua）等人工語言介於第二類和第三類之間。如克林貢語等數種人工語言，已經可以在多鄰國（Duolingo）等線上語言學習平台學習。

在此，我只簡要談論一下電腦語言，不僅是為了揭示它們

與自然語言的相似之處，更是強調語言在推動學習和進步方面的力量。就像人們使用的自然語言一樣，電腦也使用由符號組成的語言。這些符號系統會組織知識和資訊。人工智慧和人類大腦都致力於編碼、解碼和獲取新資訊，換句話說，專注在溝通和學習方面。電腦語言與自然語言的另一相似之處，是能夠以高效方式將龐大的資訊編碼成較小的單元。電腦語言也能從一種語言「翻譯」成另一種語言。如COBOL這種古老的電腦語言經常被轉譯（translate）為現代電腦語言。這種轉換使得公司和系統能夠在開發更新更複雜的電腦語言時仍然能繼續訪問幾十年前的資訊。隨著人工語言的快速發展，將愈來愈龐大的資訊塊編碼為較小的符號單位，使得科學發現以指數級速度加速發展。綜觀歷史，在程式設計、數學和人工智慧等領域的進步，與符號表示法的進步展緊密相連。

除了科技上的進步（例如電腦語言），以及建立虛構世界（例如克林貢語、辛達林語或多斯拉其語）之外，人工語言還可以用來深入了解我們如何學習自然語言、思維和宇宙的代碼。就連克林貢語都已被應用於評估語言學習能力，顯示將克林貢語的聲音映射到符號的能力，可以用來預測英語的熟練度。[220]

---

220 Csilla Kiss and Marianne Nikolov, "Developing, Piloting, and Validating an Instrument to Measure Young Learners'Aptitude," *Language Learning* 55, no. 1 (2005): 99–150, https://doi.org/10.1111/j.0023-8333.2005.00291.x

正如之前所見，自然語言在聲音、書寫系統、所依賴的語言形式、文法系統和規則等一系列變數方面存在豐富的差異。每種語言內部也呈現多樣性（單字在具體性、頻率、可發音性和其他變數方面不同）。同時，語言使用者之間也有差異，包括熟練程度、認知能力、接觸程度、居住地以及和不同人的互動等等。因此，在研究自然語言時，要僅評估單一變數的影響常常相當困難，甚至不可能。

因此，這就是為什麼創造人工語言並根據需要來操縱其特性，成為研究語言的好方法。人工語言是研究語言學習的有用工具，因為它們可以控制自然語言內存在的巨大變異性。透過人工語言，我們能夠以精心控制的方式研究多語能力、思維以及更廣泛的溝通代碼，這在自然語言中無法實現的。研究人員不僅可以控制學習者對該語言的先前經驗，還能夠控制語言本身的特性以消除相關效應的干擾，以及模擬自然語言的產生和學習過程。透過開發精心設計的人工語言，我們能夠以各種方式操縱該語言與已知語言的相似性或差異性，如出現機率的頻率、書寫系統、語言經驗，甚至是嬰兒和兒童的語言發展，來研究各變數的相對貢獻。

舉例來說，許多語言學習的研究採用了兒童語言發展的「Wug測試」（Wug Test）。[221]該測試使用無意義的假詞

---

221 Jean Berko, "The Child's Learning of English Morphology," *Word* 14, no. 2–3 (1958): 150–177, https://doi.org/10.1080/00437956.1958.11659661

（pseudoword）來研究兒童如何學習詞法（按：morphology，詞彙的型態變化），例如用「s」表示複數形。兒童會看到可愛的藍色小生物Wug的圖片，然後被要求完成關於Wug的填空句子。兒童能夠將所學規則普遍應用於新的、之前未聽過的刺激物，表示人類學習語言並非僅僅透過記憶所聽的事物並重複，而是能夠從周圍的輸入中提取模式，透過大腦推斷規則，並將推斷的規則應用於新的刺激物。

在我的實驗室裡，透過教授人們摩斯密碼等人工語言，[222] 我們更深入了解語言和心智的運作方式。在一系列研究中，我們開發了一種名為柯貝爾語（Colbertian）的迷你人工語言。[223]我們將它命名為柯貝爾語，是因為著名的喜劇演員和作家史蒂芬・柯貝爾（Stephen Colbert）也是西北大學校友，他發明了一些新詞，如「真實性」（truthiness）和「林肯式」（lincolnish）。我們使用柯貝爾語來改變單字中字母和聲音共同出現的頻率，以及與已知語言單字的相似程度等因素，以更好地了解各種單字屬性如何影響第二或第三語言中的學習效果。其他實驗室使用布羅坎

222 James Bartolotti, Viorica Marian, Scott R. Schroeder, and Anthony Shook, "Statistical Learning of a Morse Code Language Is Improved by Bilingualism and Inhibitory Ability," *Proceedings of the Annual Meeting of the Cognitive Science Society* 33 (2011): 885–890

223 James Bartolotti and Viorica Marian, "Language Learning and Control in Monolinguals and Bilinguals," *Cognitive Science* 36, no. 6 (2012): 1129–1147, https://doi.org/10.1111/j.1551-6709.2012.01243.x

托語（Brocanto）這樣的人工語言來研究文法學習。

有人可能會質疑，學習被剝離風格的人工語言是否真能讓我們了解學習自然語言的過程。當然，即使是構造良好的人工語言，也無法比擬自然語言那豐富生動的感官輸入、語言結構、運動執行、思維、信仰和記憶。然而，正如物理學家可以透過撞擊粒子來研究宇宙起源，心理語言學家可以使用人工語言來研究語言和思維。在處理自然語言和人工語言時，神經活化的顯著重疊，證明了在多語研究中使用人工語言的實用性。

迄今為止，實驗室中的人工語言主要被用於研究我們如何學習聲音、書面形式、單字和文法，但是還沒有被用來研究高階過程，如類比推理或學習事件結構。這些是人工智慧仍然難以應對的學習類型。未來的研究可以探討未解的問題：人工語言是否可以幫助我們更好地理解高階認知功能的發展。人工語言有能力將複雜的過程提煉成關鍵組成部分，可能成為理解人類獨特能力的關鍵，這些能力甚至讓最先進的人工智慧也感到困惑。

我們的心理建構，也就是我們目前認為的「思維」，是否有可能以計算方式重寫，就像類似於定義人工神經網路的層（layer）的數學描述？將神經科學與機器學習相結合的研究，正在訓練神經網路以達成此目標。

我們正處於一個獨特的語言研究時代，這是由大規模語言語料庫和先進的計算能力結合所創造的。結果是科學家們在語言內

部或跨越多語言進行研究時，**擁**有前所未有的研究能力。利用大型語料庫進行精確且良好控制的研究能力，比以往更快為科學和科技進步貢獻成果。同時，它使科學和探索民主化，因為我們所有人都得利於線上可用工具，並開發出擴展人類知識的新方法。

部分由於電腦科學和人工語言使用通用的數學符號，所以它們有可能超越人類語言的限制。不過，目前尚未如此。目前，電腦語言使用自然語言中的符號（關鍵字）以及數學符號來表示。它們使用可用數學術語描述的形式語義（formal semantics）。迄今為止，數學和電腦科學密不可分。只需考慮柯瑞—霍華德同構性（Curry-Howard isomorphism），就可以看到電腦程序和數學證明之間的直接對應關係（同構是指將兩個集合進行映射時，保持集合元素之間的一對一對應關係）。

目前的情況，即數學和人工智慧是一體兩面，是否會持續下去，或是它們未來是否有可能分道揚鑣，這個問題目前沒有人能夠回答。有些人認為數學和人工智慧之間的關係類似於語言和人類智慧之間的類似關係，對兩種映射的相似性和差異性引發了激烈的爭論。

————

數學是否像伽利略（Galileo Galilei）提出一般，是上帝用來書寫宇宙的語言？

符號系統是人類擁有最驚人的工具之一。你可以用符號做各種驚人的事情。你可以使用符號「蘋果」來提食物給某人，描述物品的組成（例如醬汁或派），講故事（如亞當和夏娃的故事），傳遞智慧（如何讓醫生遠離你），或者你可以使用象徵性的方式（例如說某人是你眼中的蘋果，來表達你對他的喜愛）。你可以使用符號來向他人傳達你的願望、想法、計劃和過去，你也可以用符號與一人或多人進行口頭交流，或者你可以把它們寫下來，跨越時空進行溝通，就像我在這裡所做的事情。

根據維根斯坦的「語言遊戲」概念，語言本身就是一種我們同意語言遊戲的例子。從這個意義上說，語言由什麼構成是一個定義問題，並且並未普遍達成一致看法。例如，西洋棋是否算是一種語言嗎？西洋棋有規則和特定的符號表示法，西洋棋玩家可能會爭論它本身就是一種語言。

人類思維中發展最強大的符號系統之一是數學。據說希臘數學家阿基米德在解決數學問題時被羅馬士兵殺害。數學符號具有意義，並遵循一套規則，這些規則組織的結構可以被他人理解。我們所知的物理世界有多種特徵可以用數學模型描述和預測。數學方程可以設置冰和水邊界運動的模型，以證明融化的冰仍保持平滑。甚至葉子的形狀也是由碎形規則所決定，並遵循數學規律。數學的預測能力使我們的科技和科學進步成為可能。數學使愛因斯坦（Albert Einstein）能夠用理論預測許多現象，這些現象

直到當今才得以用觀察驗證。愛因斯坦著名的信念是「上帝不會和宇宙擲骰子」，且自然和宇宙最終可以用數學模型來描述。

數學就像詩歌一樣，本身是一種獨立的語言，也是一種以強大方式塑造我們思維和大腦的代碼。與詩歌不同的是，數學是我們現今最接近通用語言的事物。數學視為科學之后，因為它能夠描述、解釋和預測我們的宇宙中的許多現象。它的歷史緊密連結著語言史和人類。從使用零來表示數量開始，一直到量子物理學，數學是我們與科學進步最緊密相關的語言。

數學符號的起源最早可以追溯到兩千多年前，由希臘思想家埃拉托色尼（Eratosthenes）所創，用來估算地球周長。雖然人類從史前時期就能夠表示數量、長度和時間，但大部分現今所知的數學符號一直到十六世紀才被普及使用。在此之前，人們使用文字來書寫數學問題。微積分（calculus）一詞源於希臘詞彙，意思是「小石頭」（pebble），這是因為古希臘人用小石頭來表示數字。即使是著名的希臘哲學家畢達哥拉斯（Pythagoras），學生們至今仍在學校中學習其定理，也是使用小石頭來解決數學方程式。缺乏符號表示法是數學早期進展緩慢的主因之一。只有隨著符號的發展，數學領域才得以起飛。

如果數學是宇宙的語言，那麼其他物種也具備數學能力就不足為奇了。研究動物認知的科學研究人員發現，即使是昆蟲也具備計數和數量感知的能力。儘管它們的大腦體積較小，蜜蜂能夠

計算地標的數量，螞蟻能記錄自己所走的步數。而眾所周知的是烏鴉和鴉科鳥類能展現相當複雜的數學能力，其中包括對零的概念的理解——不只是代表空無，而是作為一種數量、一種特定事物的心理表徵。人類兒童在大約六歲左右才能發展出這種能力。當記錄烏鴉在執行數字任務時的大腦活動，會發現烏鴉大腦中的腦部神經元將零視為一個與其他數字類似的數量，這也是人類與其他靈長類動物的額葉皮質的處理方式。我們仍然不確定其他物種的數學知識有多深入或有多複雜。在一項2018年的研究中，經過訓練的個別蜜蜂以包含1到6個特徵的刺激物來學習「大於」或「小於」的數字概念後，[224]蜜蜂可以對數字進行排序，包括零的抽象概念。蜜蜂的卓越能力[225]甚至使其研究者獲得了諾貝爾生理學或醫學獎。[226]

　　數學，甚至計數，都可以成為一種溝通形式，包括在其他物種中。一些青蛙和蟾蜍的物種在求偶儀式中依賴數字。在泡蟾

224 Scarlett R. Howard, Aurore Avarguès-Weber, Jair E. Garcia, Andrew D. Greentree, and Adrian G. Dyer, "Numerical Ordering of Zero in Honey Bees," *Science* 360, no. 6393 (2018): 1124–1126, https://doi.org/10.1126/science.aar4975

225 Karl Von Frisch, Bees:*Their Vision, Chemical Senses, and Language* (Ithaca, NY: Cornell University Press, 2014)

226 Peter Marler and Donald Griffin, "The 1973 Nobel Prize for Physiology or Medicine," *Science* 182, no. 4111 (1973): 464–466, https://doi.org/10.1126/science.182.4111.464

（túngara frog）的求偶競爭中，[227]一隻雄性青蛙透叫聲結束時發出短暫的脈衝音（一種短促的聲音，類似咯咯），競爭對手的青蛙在呼叫結束時回應兩個脈衝音，然後第一隻青蛙用三聲咯咯聲回應，第二隻用四聲的咯咯聲回應，以此類推，直到牠們喘不過氣。這種輪流增加叫聲次數的做法，不只是證明牠們能夠記住叫聲次數，從而進行計數和執行簡單的算術，而且也是其他物種中使用數學進行溝通方式的一個例子。

更令人驚奇的是，泡蟾聽覺中腦（auditory midbrain）的神經元只有當脈衝音以正確的時機發出到一定數量的門檻後才會選擇性反應，而這些間隔計數神經元代表了蛙類部分計數能力的神經相關性。這些蛙類的神經元反應似乎反映了一項計數過程。

至於人類，一個人能夠記住多少位數和進行數學運算的速度，[228]受到其所使用語言中數字長度的影響。在其他條件不變的情況下，使用數字詞彙較長語言的人在處理心算問題時，會比使用較短字彙者更久。[229]

227 Gary J. Rose, "The Numerical Abilities of Anurans and Their Neural Correlates: Insights from Neuroethological Studies of Acoustic Communication," *Philosophical Transactions of the Royal Society B:Biological Sciences* 373, no. 1740 (2018): 20160512, https://doi.org/10.1098/rstb.2016.0512

228 Stanislas Dehaene, *The Number Sense:How the Mind Creates Mathematics* (New York: Oxford University Press, 2011)

229 Nick Ellis, "Linguistic Relativity Revisited: The Bilingual Word-Length Effect in Working Memory During Counting, Remembering Numbers, and Mental Calculation," in *Cognitive Processing in Bilinguals*, ed. R. J. Harris (Amsterdam: North-Holland, 1992), 137–155

毫不意外地，不同的語言之間的數字系統有著截然不同的變化。例如，英語使用十進制的基數系統，也稱爲十進位系統。不過並非所有語言都是如此。法語在計數到70時使用十進制，但之後切換到十進制與二十進制的混合，70的口語表達方式爲「六十加十」；80的表達方式爲「四乘以二十」；90是「四乘以二十，再加十」表達。丹麥語到50之前與英語相似，之後轉換爲分數系統，例如，50不是以數字表示，其口語表示爲「二又二分之一乘以二十」，70爲「三又二分之一乘以二十」，90爲「四又二分之一乘以二十」。有人認爲最理想的數學基數是12進制（也稱爲十二進位制、打數制或unicial）。使用十二爲基數系統的自然語言很少，但確實存在。在一種使用12作爲基本數字的十二進制語言中，舉例而言，數字29會以公式描述爲「（12×2）+5」來發音，而95則以「（12×7）+11」。你可以理解爲什麼這些數字系統不常見，儘管它們現今仍存在於奈及利亞和尼泊爾的一些仍在使用的語言當中。

其他語言則更有趣。例如，新幾內亞的奧克薩普明語（Oksapmin）依賴一種以27爲基本單位的數字系統，其中用於計數的詞彙是身體部位的名稱，從一隻手的拇指開始，沿著身體的一側到鼻子，然後再從身體的另一側下到另一隻手的小指頭。索奇爾語（Tzotzil）是一種瑪雅語，主要在墨西哥使用。它使用基於20的計數系統，該系統依賴手指和腳趾的名稱。古巴比倫人使

用的是一種以60為基數的數字系統，被稱為六十進制。六十進制系統今日被用於測量時間（一分鐘60秒，一小時60分鐘），地理座標和角度。

即使數字系統並未截然不同，學習另一種語言通常也需要學習另一種數字系統。對於多語者而言，數學則成為特例。[230]大多數多語者，即使是非常流利的人，甚至他們多年來將第二語言作為主要語言，在進行數學計算時通常會回歸到他們的母語。人麼第一次學習數學時所用的語言，很可能成為其一生中數學運算的預設語言，包括如基本算術等簡單的數學任務也是如此，即使他在其他語言的熟練度完全達到並超過母語也一樣。[231]

盧森堡大學的一項腦部影像研究顯示，雙語者在使用第二語言解決數學問題時，更傾向調動通常參與空間和視覺思維的腦部區域。這可能是因為多語者的腦區更加相互連接，或者也可能是因為雙語者更傾向將問題視覺化，因為這些過程在每種語言中不夠自動化。

對於不同語言的規則和詞彙的經驗，也可能會訓練大腦識

230 Stanislas Dehaene, Elizabeth Spelke, Philippe Pinel, Ruxanda Stanescu, and Sanna Tsivkin, "Sources of Mathematical Thinking: Behavioral and Brain-Imaging Evidence," *Science* 284, no. 5416 (1999): 970–974, https://doi.org/10.1126/science.284.5416.970

231 Elena Salillas and Nicole Y. Y. Wicha, "Early Learning Shapes the Memory Network for Arithmetic: Evidence from Brain Potentials in Bilinguals," *Psychological Science* 23, no. 7 (2012): 745–755, https://doi.org/10.1177/0956797612446347

別和處理新的算數資訊。研究發現，雙語者的腦部基底核對新數學問題的反應大過舊數學問題[232]，而且雙語者在解決新數學問題時，比單語者快了約半秒，但對熟悉的問題組表現則相似。當你躺在沙發上看電視時，半秒對你而言可能微不足道，但在對於神經和計算的角度來看，這時間差相當有意義（想像一下你的電子設備刷新和下載資訊速度有多迅速）。

對數學專家大腦網路的研究表示，[233]高級數學思維最初會利用與空間和數字有關的神經迴路，而不是傳統的語言區域。當對數學專家進行腦部掃描，讓他們參與各種數學任務時，我們發現：數學相關的大腦網路，與理解語句及一般語義知識的活化區域之間沒有任何重疊。這一發現顯示，在其他研究中觀察到雙語者和單語者之間的數學表現差異，很可能不是因為雙語者知識詞彙更豐富，或有「更多的」語言，而是由於作為多語者而具有認知系統的質變——超出了語言本身的腦部重組。此研究還有個有趣的推論，即數學專家在右側顳顳迴（right fusiform gyrus）對臉部的活化較低。這項發現很奇特，因為對閱讀專家的研究也表

232 Andrea Stocco and Chantel S. Prat, "Bilingualism Trains Specific Brain Circuits Involved in Flexible Rule Selection and Application," *Brain and Language* 137 (2014): 50–61, https://doi.org/10.1016/j.bandl.2014.07.005

233 Marie Amalric and Stanislas Dehaene, "Origins of the Brain Networks for Advanced Mathematics in Expert Mathematicians," *Proceedings of the National Academy of Sciences* 113, no. 18 (2016): 4909–4917, https://doi.org/10.1073/pnas.1603205113

明，他們將該區域的反應從臉部轉向字母，就像數學家對數字的反應一樣。這一系列數學方面的發現再次彰顯了大腦的可塑性，以及它如何透過經驗重新連結——無論是那些經驗是多語、數學還是閱讀。

　　「學習促進更多學習」的指數成長原理不僅適用於自然語言，還適用於人工語言、數學和邏輯。去年的聖誕節，我的女兒得到了一組可堆疊的戒指。我拿了三枚戒指戴在我的無名指上，然後說：「看，媽媽有三枚戒指。每枚戒指都可以將尖端朝上或朝下，我還可以改變這三枚戒指的順序。看看媽媽可以用這三枚

戒指創造多少不同的設計呢？」

　　如果你像我女兒一樣回答是四十八種，那麼你是對的（如果你還包括只有兩枚或一枚戒指的設計，加上原來三枚的，則總共有七十八種）。如今，我的孩子們能夠比我更快地解決這類排列問題[234]（即使我從小到大接觸過最經典的其中一種排列益智遊戲──魔術方塊）。他們在滑雪和科技運用方面超越了我，我認為這不但歸功於他們年輕大腦的神經靈活性，還有他們童年時一起玩益智拼圖遊戲的經驗。在我成長的過程中，我的祖父母常常編出一些腦筋急轉彎的問題。就在上週末的家庭晚餐上，我父親向年幼的孫子們提出一個問題：「如果你沒有手錶，只有火柴和兩根繩子，每根繩子燃燒到另一端需要一個小時的時間，你怎麼知道時間已經過了四十五分鐘呢？」當然，大多數人對狼、山羊和高麗菜渡河的變形題都很熟稔：如果你一次只能帶一樣過河，但是不能把狼和山羊，或山羊和高麗菜單獨留在一起，因為狼會吃掉山羊或山羊會吃掉高麗菜，那麼你如何將這三樣物品安全地帶過河呢？這些問題可能有些無聊，然而透過解答每個問題，大腦學會了如何解決問題。隨著解決每個問題，解決問題的新方法也會更容易出現了。

---

234 Wikipedia, s.v. "Permutation," last modified March 20, 2022, https://en.wikipedia.org/wiki/Permutation/

# 科學與科技的未來
## The Future of Science and Technology

　　我們仍在努力理解語言的終點在何處，不受語言拘束
（language-free）的思維從何開始，以及兩者之間是否存在界
線。在語言心理學中的「雞生蛋還是蛋生雞問題」是：思維和語
言，哪一項先出現？雖然有些人認為思維先於語言存在，但是當
後來問及如何得知這個結果時，他們的答案通常依賴通常基於對
思想進行某種方式的語言度量。換句話說，我們通常根據語言來
了解別人的思想。因為我們使用語言來評估思維，而且這兩者相
互緊密關聯，所以將極難將它們分開。

　　隨著數學符號表示、電腦科學和人工智慧的進步，我們能夠
藉由使用數學將邏輯和知識從口語分離。然而，正如前面所討論
過，數學本身就是一種語言，一種符號系統。就像你和我用來彼
此交流思想的文字一樣，數學符號本身被用於傳達思想、指令和
計劃。換句話說，數學並不是無語言思維的展示，而是另一種編
碼、溝通交流和發現的符號系統。

因為我們通常使用語言來研究思維，所以在沒有語言的干擾影響下，幾乎不可能測量思維。不過有一條有潛力的康莊大道可以用來分離語言和思維，是研究語言發展前的嬰兒。科學家利用簡單的行為測量，例如吸吮速度、眼球運動的方向和持續時間、頭部轉動等研究嬰兒的認知，以此試著探尋思維和語言的起源。結果表明，年紀非常小的嬰兒在會說話之前，就已經具有複雜的認知能力了。

　　然而，即使這項研究領域也可能遭受質疑，因為證據顯示，嬰兒在開始說話之前，他們已經理解部分對他們所說的語言，甚至在他們能夠理解之前就已經接觸到了，包括還在胎內時，這表示語言在他們出生之前就已經開始塑造他們的思維。因為嬰兒在子宮內時就已經接觸語言輸入並對其敏感，所以將思維和語言分開並不如你想像的那麼容易。

　　曾經在某個階段，我們曾經認為使用像fMRI、EEG或眼動追蹤這種的新方法，可以使我們接觸不受言語拘束的思維，因為我們不再使用語言，而是透過測量神經活動或快速眼動來編列思維。然而，這種觀點也被證明是錯誤的，因為我們仍然使用以語言為基礎的標準來比較觀察到的腦活動或眼動模式。

　　研究語言與思維之間的關係，會不可避免地引起一個問題：語言從哪裡來。同樣的還有另一個問題：思維從哪裡來。如果語言和思維是不可分割的（正如我們討論語言決定論時所見，這個

觀點存在爭議），那麼語言必須源自於人類領域之外的源頭，因為沒有語言就沒有思維，而在語言出現之前，思維並不存在。

即使你鑑別出一種可以完全排除語言的行為，但是你所剩下的東西也可以在其他動物物種中找到，這時我們將會面臨一個問題：什麼是思維？如果我們所謂的非語言思維存在於其他非人類物種中，那麼這是否表示這些非人類物種也具備思維、邏輯、意識和感知能力？如果動物也能思考和溝通，那麼思維是什麼，語言又是什麼，作為人類的意義又是什麼？這這個地球上，符號語言是否只屬於我們人類物種的特權呢？

其他物種中也時常見到許多語言（根據定義的不同）和溝通的例子，認知現象的例子也不勝枚舉。《科學》雜誌在2021年的一項研究報導指出，鞘尾蝠科（*Saccopteryx bilineata*）幼崽的咿咿呀呀聲與人類嬰兒的咿咿呀呀聲[235]具有相同的特徵，包括重複和節奏性。再者，螞蟻會與牠們的訪客溝通，[236]且交流的語言可以分析。[237]

---

235 Ahana A. Fernandez, Lara S. Burchardt, Martina Nagy, and Mirjam Knörnschild, "Babbling in a Vocal Learning Bat Resembles Human Infant Babbling," *Science* 373, no. 6557 (2021): 923–926, https://www.science.org/doi/10.1126/science.abf9279

236 Bert Hölldobler, "Communication Between Ants and Their Guests," *Scientific American* 224 (1971): 86–95, https://doi.org/10.1038/scientificamerican0371-86

237 Zhanna Reznikova and Boris Ryabko, "Analysis of the Language of Ants by Information-Theoretical Methods," *Problemy Peredachi Informatsii* 22, no. 3 (1986): 103–108

如果我們將語言定義為用於與其他實體進行溝通的電訊號，那麼按照這個定義，甚至像眞菌等意想不到的生物也能互相交流。蘑菇可以使用多達五十種不同的電訊號來分享資訊。[238]這些訊號甚至可以在地下進行傳輸，用於和食物或損害相關的溝通，使得這些眞菌成為「菇的」[239]溝通者。[240]電腦科學家甚至提出這些電訊號與人類詞彙類似。不過，眞菌學家（mycologist，研究如蘑菇、黴菌和酵母等眞菌的生物學家）對於將眞菌語言添加到Google翻譯中則提出保留意見，並提出這些神經脈衝可能是營養脈衝，在其他植物中也曾被觀察過。

　　我們甚至有理由相信，使用和切換多種溝通代碼的能力不只是人類所獨有的，在其他物種也能展現出這種能力，從山羊到鳥類，甚至是裸鼴鼠皆然。裸鼴鼠是一種生活在地下、功能性失明，幾乎全聾的齧齒動物，牠們使用獨特的唧聲（chirp）方言，而這些方言在不同的群體會有所差異。裸鼴鼠能夠從唧聲中識別社交訊息，並根據這些資訊調整行為。當幼崽被轉移到其他群體時，被收養者會學習其所屬家族的方言。這種方言會受到群體女

---

238 Andrew Adamatzky, "Language of Fungi Derived from Their Electrical Spiking Activity," *Royal Society Open Science*, April 6, 2022, https://doi.org/10.1098/rsos.211926

239 按：原文為champignon，為法文「香菇」之意，作者應該是想用champignon與champion的字型類似來開個小玩笑，此處翻成「菇的」以取「Good」諧音，來試圖把作者的雙關翻出來。

240 Linda Geddes, "Mushrooms Communicate with Each Other Using up to 50 'Words,'Scientist Claims," *The Guardian*, April 6, 2022

王的影響，當女王進行更替，方言也會發生變化。一項研究指出，一個群體經歷了連續兩位女王被殺害，被新的雌性取代的一系列政變後，方言很快變得不穩定且多變。[241]這些研究顯示，能夠使用多種溝通代碼在生存中具有更大的價值，不僅僅是在個體層面上，還包括群體和物種層面。如果我們與裸鼴鼠有任何共同之處（事實上兩者確實存在共同點），那就是我們能夠靈活地使用不同的語言——學習它們，並以它們溝通——這至少可能在某種程度上決定人類是繁榮興盛還是滅亡。

身為愛狗人士，我可以開玩笑地說，我的狗狗能理解我說的某些話——雖然不如我學生懂得多，但有時理解程度多過我的孩子。但作為一個科學家，我必須說程度多寡取決於你如何定義語言，以及你是否認為死背學習和聯想創造屬於語言，對比自發性的創造全新的語言組合，這是迥然不同的事情。關於其他物種的溝通和認知能力的研究相當引人入勝，你可以花很多時間在YouTube看看很可愛或沒這麼可愛的動物展演各種語言和認知的技藝。

科學和科技的進步對於人類和我們的溝通能力可能會產生深遠顯著的影響，然而正面影響通常也會伴隨著一些負面後果。想

---

241 Alison J. Barker, Grigorii Veviurko, Nigel C. Bennett, Daniel W. Hart, Lina Mograby, and Gary R. Lewin, "Cultural Transmission of Vocal Dialect in the Naked Mole-Rat," *Science* 371, no. 6528 (2021): 503–507, https://doi.org/10.1126/science.abc6588

想看，我們現在已經能夠結合神經科學和電腦科學，創造出可以植入大腦並將神經活動轉譯為語言的科技，這已經是事實。它已不再只屬於是科幻小說的領域。神經科學家現在可以利用機器學習將大腦的電訊號轉換為合成語音，這項科技已經開始被用於幫助患有溝通障礙的人。舉例來說，由於中風、疾病或聲帶麻痺等原因所導致失去語言能力，因而患有失語症的患者，已經可以從臨床研究中的植入裝置而受益，使他們得以溝通。目前，這項科技仍處於基礎，只能在簡單的詞彙層面上進行思維轉換為語言，而且需要進行侵入性腦部手術，但是它證明一個概念，即在不久的將來，我們可以在進行最小的醫學干預程度下，實現生成句子和複雜自然語言的能力。

當今，最先進的腦機介面（brain-computer interface）包括所謂的神經顆粒（neurograins）。[242]神經顆粒是分散在大腦中的小型微芯片，[243]可以記錄和傳輸大腦活動訊號到電腦，並可以用於刺激大腦組織本身。目前，這些芯片主要由矽微芯片製成，尺寸約只有鹽粒大小，目前只在老鼠和其他齧齒動物上進行研究。在

---

242 Jihun Lee, Vincent Leung, Ah-Hyoung Lee, Jiannan Huang, Peter Asbeck, Patrick P. Mercier, Stephen Shellhammer, Lawrence Larson, Farah Laiwalla, and Arto Nurmikko, "Neural Recording and Stimulation Using Wireless Networks of Microimplants," *Nature Electronics* 4, no. 8 (2021): 604–614, https://doi.org/10.1038/s41928-021-00631-8

243 Emily Mullin, "'Neurograins' Could Be the Next Brain-Computer Interfaces," *WIRED*, September 13, 2021, https://www.wired.com/story/neurograins-could-be-the-next-brain-computer-interfaces/?mod=djemfoe/

應用於人類之前，需要開發出更小的感測器，以便植入時減少對大腦造成的損害，並且減低免疫系統將之視爲外來物體，檢測並排斥它們的可能性。再者，還需要開發更優秀的科技，以便將它們順利地植入大腦中（目前與神經顆粒一起使用的外科技術尚未達到成熟階段）。另外，神經顆粒的安全性和持久性仍需要進一步確認，且我們尚未能完全且有意義地解碼和理解神經顆粒發送的數據。

我們能蒐集個人的神經活動，並透過科技轉化爲能與他人溝通的語言，[244]此能力具有開創性。這項科技具有廣泛應用價值，爲人們帶來許多助益，如幫助那些失去溝通能力的人，或天生無法如此的人，[245]同時還能將思想自動翻譯成說話者不懂的另一種語言，不需打字、說話或動作就能進行口述或溝通，另外也能用許多其他正向方式，使思想之間的溝通更加輕鬆快速。舉例來說，神經顆粒科技可能有潛力用於讓患有腦部和脊髓損傷的患者恢復運動功能。這些科技將成爲我們人類未來的一部分，並且會改變我們個人和社會的面貌，同時也會對我們的語言和溝通方進行調整修正。

---

244 Steven Gulie, "A Shock to the System," *WIRED*, March 1, 2007, https://www.wired.com/2007/03/brainsurgery

245 Francis R. Willett, Donald T. Avansino, Leigh R. Hochberg, Jaimie M. Henderson, and Krishna V. Shenoy, "High-Performance Brain-to-Text Communication Via Handwriting," *Nature* 593, no. 7858 (2021): 249–254, https://doi.org/10.1038/s41586-021-03506-2

如果有一天，我們能夠遠程記錄我們神經活動並解讀它所反映的思想，以便在思想之間進行非口語或書面語言的溝通，這可能聽起來遙不可及，但是請記住，不久前，透過電話傳遞我們的語言到遠距離也同樣被認為是奇跡。在普魯斯特（Marcel Proust）的巨作《追憶似水年華》中，他曾經巧妙地說：「我們曾對電話這種超自然的工具驚嘆不已，但如今我們卻不假思索地用它致電給裁縫師或點冰淇淋。」另一種類似的「超自然」例子是特雷門琴（theremin），這種樂器的操縱方式是由玩家將手部靠近，而非實際接觸來控制。儘管它遵循明確的物理和電學原則，但如果你問人們他們認為特雷門琴是如何運作的，很多人會錯誤地認為手部散發出一種能量來演奏樂器。這就表示，僅僅只是因為某些事物對我們而言似乎不透明，並不表示它是超自然或遙不可及的。

與此同時，就像任何其他探索一般，也是有可能有人利用這種知識和科技進行邪惡的用途，方法有很多，其中之一是有人可能透過遠程、未經同意地記錄他人的腦部神經活動，來獲取對方思想。對它如何在社會中作用的法律規範將是個棘手的問題，而要獲得成功，將需要建立和執行對這些科技使用的嚴格規定。我們可以在社群媒體瞥見這種科技發展會帶來怎樣的道德與法律問題，當前正試圖監管社群媒體和科技對個人數據的存取，包括歷史搜尋紀錄、消費者行為數據以及醫療、金融、政治和個人資

訊。但比起存取我們思想和神經活動帶來的影響，圍繞科技隱私和社群媒體的法律訴訟和政治影響只是九牛一毛。雖然這項科技還有很長遠的路要走，但現在已經不只是理論上的存在，也是人類未來的明確現實，且已經提供概念驗證選擇。[246]目前，個人化的大腦植入物已經在臨床上測試應用於治療癲癇、帕金森症，甚至是重鬱症。

當然，如歷史所示，科學進步可能同時帶來正面和負面的影響。最值得注意的是核能的利用，它可提供幾乎取之不盡的可持續能源（如發電、供熱等等），但同時它也有製造原子彈和其他核武器的風險。愛因斯坦曾承認：「我曾在人生中犯了一個巨大的錯誤——簽署致羅斯福總統建議製造原子彈的信。但我有正當的理由——德國人將製造它們的風險。」儘管核武器科技自愛因斯坦時代以來已經發生變化，但是倫理問題仍然與現今的科學研究有直接相關。

不幸的是，倫理學研究的進展遠遠落後於在二十一世紀的科技和方法論發展。由於我們在投入財政支持方面的選擇，導致某些科學領域的發展比其他領域更快，有時我們甚至來不及充分認知其長期影響。雖然我們開始理解語言作為符號系統和思想作

---

246 Arielle Pardes, "Elon Musk Is About to Show Off His Neuralink Brain Implant," *WIRED*, August 28, 2020, https://www.wired.com/story/elon-musk -neuralink-brai n-implant-v2-demo

爲神經活動之間的聯繫，及如何衡量這種聯結並能從中受益，不過我們尚未完全理解其中的局限或風險。引用科幻作家艾西莫夫（Isaac Asimov）的話來說：「現今生活最令人悲哀的一點，是科學知識的累積速度，超過社會智慧的增長速度。」[247]

然而，這不應阻止我們繼續投資能造福我們星球並推動人類進步的科學和科技，使其面對繼續各種挑戰時更有可能生存，無論挑戰來自地球內的自然還是地球外皆然。不過，這也強調了我們更需要投資倫理學、道德學、哲學、社會科學、人文學科、藝術和精神面的研究，並給予同等支持，因爲它們對人類的生存就像科技一樣不可或缺。堅信道德原則永不妥協的哲學家康德（Immanuel Kant）寫道：「有兩樣東西時時刻刻以全新而不斷增長的驚奇與敬畏填滿我的心靈：高懸在我頭頂的星空，以及我內心的道德法則。」[248]

那些反對科學的人所不明白的是，用卡爾・薩根（Carl Sagan）的話來說：「科學不僅與心靈相容，還是心靈的深處源流。」[249]身爲一名科學家就是會不斷對世界感到驚嘆，並試圖理解，無論是宇宙還是我們內在的意識，無論層次是大如恆星還是

247 Isaac Asimov and Jason Shulman, eds., *Isaac Asimov's Book of Science and Nature Quotations* (London: Weidenfeld & Nicolson, 1988)

248 Immanuel Kant, *Critique of Practical Reason*, trans. Lewis White Beck (London: Liberal Arts Press, 1985)

249 Carl Sagan, *The Demon-Haunted World:Science as a Candle in the Dark* (New York: Random House, 2011)

小如次原子，或者以我的情況來說，是在語言和思維的界面。

我們對於語言和神經的潛力所知甚少。正如宇宙學和天體物理學提供了理解外太空的方式，心理語言學和認知科學提供了理解我們內在世界的方式。語言和思維的研究也是對意識的研究。而我們還不了解宇宙和意識在我們所處的世界如何交互作用，除了意識到它們都存在於我們所處的世界。

不過，比起意識到我們人類所知甚少的同時，更加令人沮喪的是意識到許多人並不願意去了解這些資訊，其中包括一些有權人士。例如，基礎科學的價值常常被嚴重誤解和低估。是的，神經科學家們記錄了烏鴉和其他物種的腦部活動，以研究大腦的功能、起源、能力和潛力。是的，生物學家會研究其他物種，甚至細胞可以做什麼。基礎科學為應用領域的發展奠定了基礎，最終將能造福社會，對於我們可能尚未完全理解的影響、效用和重要性方面具有重要意義。然而，政策制定者決定如何分配研究資金時，經常無法理解這些事情。我還記得當莎拉·佩林（Sarah Palin）在競選副總統期間，在演講中批評美國國家衛生院（National Institutes of Health）將聯邦資金用於研究果蠅，當我聽到人群歡呼聲時，我感到多失望，這完全忽視了對果蠅模型進行基因研究，在理解人類疾病方面所能做出的貢獻。果蠅有60%的基因與人類基因組同源，約75%的基因與人類有關。果蠅不同於從出生、生育到死亡需花費數十年的人類，牠們的生命週

期短得多，加速了對橫跨生命週期的研究的機會，並加速推進許多治療人類疾病的方法。（公平地說，莎拉·佩林不是唯一一位批評自己不了解事物的政治家，也絕非最糟糕的一位。或許我對佩林抱有較高的標準，是因爲我心中，任何與阿拉斯加有關的事物都佔有特殊地位。我期望從一生都在捕魚、打獵和與大自然共處的人，看到對自然界有更好的認識。）（按：佩林爲阿拉斯加前州長）

經濟估計顯示，每投資一美元於研發，社會將至少可以獲得5美元的回報，有些估算甚至是每1美元投資有高達20美元的社會回報。[250]這就像擁有一台已有實績的引擎，能推進人類進展和國家利益。然而，目前美國只將GDP的2.8％投入研發方面，這個數字相對較低，例如低於以色列的4.9％、韓國的4.6％、日本和德國的3.2％等其他國家。自2000年以來，中國對研發投資每年增長16％。[251]科學和創新的進步與它們的投資成正比。對「推動科學的好奇心」投資不足，會影響一個國家的實力，以及其人民的生活水準、健康狀況和應對危機的能力，甚至會影響國家在世界上的競爭力。

250 Benjamin F. Jones and Lawrence H. Summers, "A Calculation of the Social Returns to *Innovation," in Innovation and Public Policy*, eds. Austan Goolsbee and Benjamin F. Jones (Chicago: University of Chicago Press, 2020)

251 Benjamin F. Jones, "Science and Innovation: The Under-Fueled Engine of Prosperity," in *Rebuilding the Post-Pandemic Economy*, eds. Melissa S. Kearney and Amy Ganz (Washington, DC: Aspen Institute Press, 2021)

我擔任美國國家衛生院研究部門主席時，負責評估語言和交流研究提案，我經常看到許多出色的研究申請沒得到資助，因為美國國家衛生院分配給研究的資金太少，以至於只有大約10%具有高度競爭力的申請能得到資助，90%的研究無法獲得資金支持而窒礙難行。想想看，如果這些數字能夠顛倒過來，我們將可以獲得多大的進展！

　　我選擇移民到這個國家，是因為我欣賞這個政府的制度、法律、憲法、科學家、人民和精神。我成為美國人並不是因為偶然的幸運或出生。我對我的選擇深思熟慮，並做出有意識的決定，就像在過去幾個世紀以來從世界各地湧入美國的移民人才一樣。眾所周知，在美國，外國出生的博士生數量，以及由移民創辦的新創公司數量繁多。[252]由移民創辦的公司雇用的員工總數比美國勞動力中的移民人數還多。雖然正如《紐約時報》「階級相關問題」互動網站所示，[253]美國社經階層之間的流動性相對較低，但仍然高於其他國家。但是，選擇入籍美國，成為美國公民，並熱愛這個國家，並不表示要忽視需加強的領域，這是為了國家利益。投資於研發方面，就是利益將遠超過成本的領域之一。

　　當提到培養多元化的研發人才時，現今有很多關於科學領

---

252 Jones, "The Under-Fueled Engine of Prosperity."

253 David Leonhardt, "A Closer Look at Income Mobility," *New York Times*, May 14, 2005, https://www.nytimes.com/2005/05/14/national/class/a-closer-look-at-income-mobility.html

域多樣性、公平性和包容性的文章可供參考。有一個概念稱為WEIRD群體，代表西方（Western）、受過教育（Educated）、工業化（Industrialized）、富裕（Rich）和民主（Democratic）。除了這個縮寫外，這些群體之所以奇怪（weird），是因為它們只佔世界人口的12%，但卻佔研究人口的80%左右，對塑造科學和社會敘事產生了不成比例的影響。

　　Neurotree是一個基於網路的學術系譜數據庫，類似於傳統的家譜或家族樹，不過不太一樣的，是它並非展示親屬關係（例如父母和子女），而是學術導師和門生之間的聯繫（例如指導教授和他們的研究生），此數據庫包含了數以千計的學者資料，可追溯到數百年前。當我查看Neurotree時，我依然震驚於我學術譜系當中女性相對男性的數量之少，尤其譜系來自數百年前。當我追溯我的學術譜系，從我博士論文的指導教授奈瑟（Ulric Neisser），再到他的指導教授史帝芬斯（S. S. Stephens）和沃爾夫岡・柯勒（Wolfgang Köhler），再到埃德溫・波林（Edwin Boring）、愛德華・鐵欽納（Edward Titchener）、威廉・馮特（Wilhelm Wundt）、柯爾・哈斯（Karl Hasse）、約翰內斯・穆勒（Johannes Müller）和赫爾曼・馮・亥姆霍茲（Hermann von Helmholtz），以及其他許多卓越而認眞的男性，他們將一生奉獻給科學、探索和人類進步。我不禁想問——女性在哪裡呢？當然也有女性和這些男性一樣聰明和努力，但她們卻沒有在此領域

占一席之地。在世界上許多地方，情況至今依然如此。當孩子們畫科學家的畫像時，他們更傾向畫男性，即使女科學家對歷史上各個科學領域產生了深遠的影響，大多數的人無法說出任何女性科學家的名字。亞歷山卓的海佩蒂雅（Hypatia）是一位優秀的哲學家、數學家和天文學家，活躍於將近兩千年前，她證明科學故事也是（沒有被充分講述的）女性的故事，其中有許多人甚至為此付出一生，但大多人的名字甚至不曾出現在國家學術機構的名單上。義大利哲學家安伯托・艾可（Umberto Eco）在他的書《康德與鴨嘴獸》（Kant and the Platypus）的開篇寫道：「語言哲學研究的歷史充滿了**男人**（理性且有限生命的動物）、**單身漢**（未婚成年男性）……」[254]

直到近幾年，美國國家衛生院才明確表示其資助的研究不僅應納入男性，還要持續平等地納入女性。目前社會興起主要的運動，旨在增加科學和科技領域中少數族裔的代表性。在討論多元化的同時，我們必須加上語言的多元化。大多數科學文章皆用少數幾種語言撰寫。這表示世界上超過一半的人口既無法獲得這些文章共享的知識，也無法為這些知識做出任何貢獻。所以大部分的人會被排除在外。以屠呦呦為例，在她獲得諾貝爾獎之前（屠呦呦是首位獲得諾貝爾獎的中國女性，也是近千位諾貝爾獎得主

---

254 Umberto Eco, *Kant and the Platypus: Essays on Language and Cognition*, trans. Alastair McEwan (New York: Harcourt Brace, 2000)

中僅有的五十八位女性之一），她發現的瘧疾治療方式在中國以外只被引用過一次。在科學論文的參考文獻中，作者被引用的程度會根據其背景而異，這種不平衡普遍存在。[255]想像一下，如果知識的獲取和參與知識經濟更加平等，科學和科技的進步會加快多少，人類的進步會走到多遠。目前，由於存在語言、種族、性別和其他形式的排斥，世界大多數人口的智力資源尚未得到充分開發；利用這些資源將有助於解決全球氣候危機，同時還能治療新冠肺炎、癌症、心臟疾病以及許多其他疾病和危險。

在瑞士國家研究計劃（Swiss National Research Program）資助的一項研究中，日內瓦大學的經濟學家研究專業活動中的外語使用情況，並得出結論：瑞士的多語能力帶給該國價值相當於381.5億美元的經濟優勢。瑞士有四種官方語言，德語、法語、義大利語和羅曼什語，此外也有很多人使用英語，學校也有教。媒體機構迅速解讀該研究，認為多語能力佔瑞士GDP的十分之一。[256]

瑞士的研究結果與歐洲執行委員會（European Commission）

---

255 Jordan D. Dworkin, Kristin A. Linn, Erin G. Teich, Perry Zurn, Russell T. Shinohara, and Danielle S. Bassett, "The Extent and Drivers of Gender Imbalance in Neuroscience Reference Lists," *Nature Neuroscience* 23, no. 8 (2020): 918–926, https://doi.org/10.1038/s41593-020-0658-y

256 Simon Bradley, "Languages Generate One Tenth of Swiss GDP," Swissinfo.ch, November 20, 2008, https://www.swissinfo.ch/eng/languages-generate-one-tenth-of-swiss-gdp/7050488/

關於多語能力和經濟競爭力的研究一致。歐洲執行委員會指出，約有11%的歐洲中小型企業因缺乏語言和跨文化技能而在出口業務受到損害。[257]同樣地，英國政府估計，因為外語能力不足，英國每年經濟損失約500億英鎊。[258]

在雇主和國家層面上，培養多語員工能直接帶來經濟效益。[259]在科學和科技領域，擁有多語能力的人可以協助解決其他人無法解決的問題，且當語言多樣性的人口未被排除時，知識能更快且更深入發展。

將語言多樣性的人口排除在研究之外，表示會限制對人類本質的完整理解，且侷限科學的發現和進步。

有名又晦澀的謎題仍等著被解答。大多數人都知道耳朵用於聽取外來聲音。但僅有少數人知道，耳朵也會發出聲音，且如果你把高敏感度的麥克風（如用於聽力研究的類型）放在耳邊，你實際上可以記錄到耳朵發出的聲音。這些聲音被稱為耳

---

257 The European Commission, "ELAN: Effects on the European Economy of Shortages of Foreign Languages Skills in Enterprise," CILT, the National Centre for Languages (2006), https://ec.europa.eu/assets/eac/languages/policy/strategic-framework/documents/elan_en.pdf

258 James Foreman-Peck and Yi Wang, "The Costs to the UK of Language Deficiencies as a Barrier to UK Engagement in Exporting," UK Trade and Investment, May 9, 2014, https://www.gov.uk/government/publications/the-costs-to-the-uk-of-language-deficiencies-as-a-barrier-to-uk-engagement-in-exporting

259 Judith F. Kroll and Paola E. Dussias, "The Benefits of Multilingualism to the Personal and Professional Development of Residents of the US," *Foreign Language Annals* 50, no. 2 (2017): 248–259, https://doi.org/10.1111/flan.12271

聲傳射（otoacoustic emission），是現代科學的謎團。它們的功能是什麼？它們是否有任何實際用途，還是類似退化尾巴（按：vestigial tail，指人類從尾巴退化的尾椎）的演化產物？

直到蘇密特・達爾（Sumit Dhar）的聽覺研究實驗室（他們研究耳聲傳射）和我的心理語言學研究實驗室（研究雙語和多語能力）聯合研究，並將雙語者納入耳聲傳射的研究中，才獲得意外的發現。[260]研究結果表示，耳聲傳射受高階認知過程的影響，並與大腦的執行功能密切相關。當聽覺和視覺等多個感覺通道接收到冗餘和非冗餘輸入時，耳聲傳射的強度會改變。具有雙語經驗的人對語音刺激的耳聲傳射變化較大。[261]這些研究結果告訴我們，耳聲傳射受到經驗的塑造，並受到自上而下認知過程的影響。儘管我們目前仍不清楚為什麼人類和其他哺乳動物會演化成發出裸耳無法聽到的聲音，也還不確切知道此功能的具體用途為何，不過耳聲傳射似乎確實可能具有某種功能。如果對我們現有的耳聲傳射理解仍讓你不滿（「很好！你才告訴我人類的耳朵會發出聲音，但是你沒告訴我為什麼以及它們能用於那些方面——

260 Viorica Marian, Tuan Q. Lam, Sayuri Hayakawa, and Sumitrajit Dhar, "Spontaneous Otoacoustic Emissions Reveal an Efficient Auditory Efferent Network," *Journal of Speech, Language, and Hearing Research* 61, no. 11 (2018): 2827–2832, https:// doi.org/10.1044/2018_JSLHR-H-18-0025

261 Viorica Marian, Tuan Q. Lam, Sayuri Hayakawa, and Sumitrajit Dhar, "Top-Down Cognitive and Linguistic Influences on the Suppression of Spontaneous Otoacoustic Emissions," *Frontiers in Neuroscience* 12, no. 378 (2018), https://doi.org/10.3389/fnins.2018.00378

真令人失望！」），那麼，歡迎來到科學世界！

誰知道有多少類似這樣或更具有價值的探索，因為多語者經常被排除在研究樣本之外，而尚未進行呢？雙語和多語能力可能是推動兒童發展、老化和健康研究的隱藏變數。[262]無論語言和/或雙語是否為焦點，將語言多樣性納入考量，將有助於提高研究的可重複性，並提升我們對人類處境的理解。我們所有人與生俱來的語言能力，可以且應該被充分用來最佳化我們的大腦，拓展人類能力，加快發現和進步速度，而語言多樣化會變成這場探索的不可或缺的一部份，而非事後諸葛，是關鍵因素而非增加複雜的因素。

多語思維是這宇宙奇蹟的典範，它為人類認知帶來了驚嘆和難以置信的新視角。然而，多語雖然是世界上的常態，而非例外，對它的研究不足導致其價值被低估了。

多語能力的價值不僅存在於個人層面，也存在於社會層面。語言、思想與多語思維之間的聯繫，最起碼可以成為推動人類走向進步的動力，最極限情況下，甚至是生存的關鍵。

更令人訝異的是，我們不僅生活在一個由代碼所組成世界，我們**本身就**是代碼，從我們身體的DNA開始，代碼由體

---

262 Krista Byers-Heinlein, Alena G. Esposito, Adam Winsler, Viorica Marian, Dina C. Castro, Gigi Luk, Benjamin Brown, and Jasmine DeJesus, "The Case for Measuring and Reporting Bilingualism in Developmental Research," *Collabra: Psychology* 5, no. 1 (2019), http://doi.org/10.1525/collabra.233

內展開。我們由語言構成。我們的基因密碼可以透過讀取DNA鹼基對中的通用語言來解碼。如同我們用語言有將限的符號（單字、字母或其他符號）組成無限的思想和概念，DNA密碼將有限量的DNA鹼基對結合，形成多樣複雜的有生物和物種，代表著地球上所有生命。人類語言能力和地球上所有生命的基因代碼之間有許多相似之處，例如擁有層次結構、創造力（generativeness）、遞迴性和幾乎無限的表達能力。[263]

我們可以使用一種語言（即人工智慧所使用的數學語言）來存取另一種語言（即基因遺傳學所使用的DNA語言）的資訊。隨著電腦科技的提升，我們現在才能對整個基因組進行定序。儘管技術上來說，人類基因組計劃耗時十三年完成，但實際上是花費了數十載的努力才得以實現，這一發現與探索外太空一樣偉大，使我們能夠存取地球上所有生命組成方程式的語言。

除了DNA，還有RNA。RNA代表核糖核酸。DNA負責遺傳訊息的傳遞，而RNA則傳遞生成蛋白質所需的基因代碼。最近，在莫德納（Moderna）和瑞輝製藥（Pfizer）等公司開發的COVID-19疫苗使用了mRNA後，mRNA也進入了公眾討論。mRNA攜帶指令，叫細胞製造身體對抗病毒的抗體所需的蛋白

---

263 Marc D. Hauser, Noam Chomsky, and W. Tecumseh Fitch, "The Faculty of Language: What Is It, Who Has It, and How Did It Evolve?" *Science* 298, no. 5598 (2002): 1569–1579, https://doi.org/10.1126/science.298.5598.1569

質，且傳遞完訊息後會被分解，而不進入細胞。mRNA只是另一種跨系統和生命形式的交流方式，使用另一種語言傳遞的訊息。DNA和RNA都以四種核苷酸編碼，腺嘌呤（A）、鳥嘌呤（G）、胞嘧啶（C）和胸腺嘧啶（T，在DNA中）或尿嘧啶（U，在RNA中）。這種核苷酸語言可以透過密碼子（codon）的序列轉譯為其他語言（例如蛋白質的語言，其中包括二十種氨基酸）。了解我們的基因和細胞的語言，就像了解自然、人造和數學代碼一樣，打開了通往未知新知識和新世界的大門。

宇宙的代碼和我們學習它們的能力，將對決定人類的未來有著很大的影響。我們的語言有能力超越目前人類思維和現有的人工智慧的限制。我們無法得知語言和它們的演變將帶領我們朝哪個方向前進，但有一件事是肯定的：如果沒有語言，我們將無法走得太遠。

如果符號系統是我們思維的代碼，而我們的思維是通往宇宙的窗口，那麼語言就成為解開宇宙奧秘的關鍵。多語能力賦予我們更大的機會找到合適的鑰匙，開啟正確的鎖。目前尚未確切知道所有鎖具體是什麼，這是發現過程的一環。人類最成功的時候，不是獲得對現有問題的答案，而是當新問題逐漸浮現的時候，那些我們尚未想過提出的問題，以及我們尚未構思的想法。

我們——與我們的語言——接下來將會做什麼呢？

結論

# 愉快的語言之旅！
## In Conclusion – or Happy Trails!

　　我經常被問到，當我們曾經學過的語言（也許是在小時候學的），但後來由於因為移民到另一個國家、被收養或社會政治變遷等原因，而不再使用時，這些語言會發生什麼情況？你應該會很高興地聽到，這些語言並沒有完全喪失。曾經學過但後來遺忘的語言仍然會在記憶中留下痕跡。如果你在早期曾知道或廣泛接觸過一種語言，後來重新學習該語言會變得更加容易。

　　在多語研究中，有一個領域專注於語言磨蝕（language attrition），即喪失原先所知的語言，例如發生在被收養的孩子或移民的子女身上。在一項研究中，即使數十年不說某種語言，[264] 在孩子被收養後過了很長的時間，其影響仍可被檢測到，儘管孩子甚至對收養前的語言和文化背景並不知情。

---

264 Ludmila Isurin and Christy Seidel, "Traces of Memory for a Lost Childhood Language: The Savings Paradigm Expanded," Language Learning 65, no. 4 (2015): 761–790, https://doi.org/10.1111/lang.12133

TJ的收養過程是透過不公開的收養程序，期間並沒有透露她的語言和種族背景。她在三歲時被安置在寄養家庭中，之後陸續換了幾個寄養家庭，最後被一個美國家庭收養，之後搬到另一州。她知道自己在美國出生，母親並非美國人且不是說英語。當她三十三歲時，身爲在美國使用英語的女性，她正在接受心理治療，並尋求俄亥俄州立大學語言學專家的幫助，希望揭開她語言背景的秘密，並能更深入了解自己的背景。在心理治療的影響下，TJ回憶起了一些童年記憶，其中包含一些詞彙的痕跡，她想確定自己是否還能夠回憶起一些曾經學過的語言資訊。在最初的對話中，TJ提供了幾個詞形（word form），其中一些被研究人員識別爲斯拉夫語源。然後，研究團隊隨後使用著名的「存留典範」（savings paradigm），這是一種學習和重新學習的技巧，透過比較已學習過的詞彙和未知新詞彙的學習速度，以識別失去的童年語言。TJ的表現被拿來與十二名英語使用者的女性組成的對照組進行比較。根據TJ學習三歲前可能已掌握詞彙的速度，比較三歲時不太可能知道的詞彙，再與對照組進行比較，研究人員得知TJ失去的童年語言是俄語或烏克蘭語。這項研究顯示，童年語言的丟失，正如被領養者經常經歷的狀況，相對於從頭學習一門新語言，更容易恢復。

有證據表明，一些人在出生時就對語言有一種傾向性，

他們天生更擅長學習語言。甚至還有多元智能理論。語文智能（linguistic intellegence）被提議爲多語者和擅長語言學習的人所特別具備的一種智能類型。

然而，多元智能理論並沒有普遍共識。最初提出了七種智能類型，[265]包括音樂型、視覺空間型、語文型、邏輯數學型、肢體動作型、人際智能型和個人內省型。隨後，自然觀察者智能[266]（對植物和動物的分類和利用）和存在主義智能（對人類存在的整體思考）被納入其中。自那時以來，還有其他類型的智能被提出。但是，誰最終決定何者被視爲一種智能類型，何者又不算呢？對每種智能的有效和可靠衡量標準是什麼呢？有些人是基於潛在的先天特徵，將智能解釋爲一個人價值的基礎，[267]但人們無法爲這些先天特徵負責。難怪這一理論會引起爭議。

不過多元智能理論正確地指出，有些人比其他人更擅長語文學習，就像有些人在音樂或運動方面表現得更好。然而，固有能力無法解釋地理和國家層面的雙語能力。國家政策和社會框架會直接影響語言多樣性。如果你所在的社群支持特定的生活習慣，例如健康飲食、運動或多語能力，那麼採納這種生活方式就會變

---

265 Howard Gardner, *Frames of Mind:The Theory of Multiple Intelligences* (New York: Basic Books, 1983)

266 Howard Gardner, *Intelligence Reframed:Multiple Intelligences for the 21st Century* (New York: Basic Books, 1999)

267 Richard J. Herrnstein and Charles Murray, *The Bell Curve* (New York: Free Press, 1994)

得容易許多。當學校教授第二語言，並且肯定語言多樣性，而不是將它邊緣化時，多語能力就會變得和識字一樣普及。

　　除了對語言的自然傾向，或有助於建立多語社群的社會政策，語言學習的經驗本身就會使人們在語言學習方面變得更好。就像其他任何事情一樣，熟能生巧。

　　如果你已經會說另一種語言，或者父母會說另一種語言，千萬不要因爲你的語言或口音讓別人感到不適而抹殺掉這一部分。將你所知道的語言視爲你的個人超能力，讓你能夠做出驚喜的事情，包括一些有趣的小事，如當別人在背後談論你時，他們不知道你可以明白他們說什麼。

　　根據Babbel這款語言學習app指出，有71%的美國人和61%的英國人表示，他們認爲懂多種語言的人更具吸引力。再者，掌握多種語言還能提高個人收入。根據佛羅里達州的一項研究報告指出，能夠完全掌握英語和西班牙語的西班牙裔美國人，其年收入比只會說英語的人高出近七千美元。[268]加拿大貴湖大學（University of Guelph）的經濟學家發現，會說英語和法語的男性比只懂英語的男性增加3.6%收入，而會英語和法語的女性比只懂英語的女性增加6.6%收入。在加拿大魁北克省，掌握法語和英

---

268 Christopher Davis, "In Florida, It Pays to Be Bilingual, University of Florida Study Finds," University of Florida, January 31, 2000, https://news.ufl.edu/archive/2000/01/in-florida-it-pays-to-be-bilingual-university-of-florida-study-finds.html/

語的男性比只會法語的男性增加7%收入，對於在工作場所使用英語的人，這個差距增加到21%。

在此階段，我們已經介紹了多語能力對我們大腦、感知、記憶、決策、情緒和創造力所產生的強大變化。這些變化可能會讓一些讀者決定踏上學習一門新語言之旅，或讓孩子學習一門新語言。但是該如何學習？什麼時候學習？你要如何一窺單語窗簾的背後呢？如果你想知道應該在何時學習另一門語言，答案是從出生開始就是最佳時機。其次最佳的時機呢？就是現在。

儘管曾經有人認為在超過所謂「關鍵期」年齡後，要學習一門新語言，特別是達到流利程度，是有難度甚至不可能的，但我們現在知道這並非事實。關鍵期的概念可以追溯到1967年的一項研究，該研究提出了截止點應該是在青春期。之後，一項針對669,498人進行的大規模分析訂定這個年齡為17.4歲，[269]而且還有其他數百項研究提出了其他年齡點。最近，對這個大型數據集的重新分析發現，沒有證據可以支持關鍵年齡的存在。[270]相反地，先前報告的影響似乎是因為個人和社會因素所驅使，導致這些因

---

269 Joshua K. Hartshorne, Joshua B. Tenenbaum, and Steven Pinker, "A Critical Period for Second Language Acquisition: Evidence from ⅔ Million English Speakers," *Cognition* 177 (2018): 263–277, https://doi.org/10.1016/j.cognition.2018.04.007

270 Frans van der Slik, Job Schepens, Theo Bongaerts, and Roeland van Hout, "Critical Period Claim Revisited: Reanalysis of Hartshorne, Tenenbaum, and Pinker (2018) Suggests Steady Decline and Learner-Type Differences," *Language Learning* 72, no. 1 (2021): 87–112, https://doi.org/10.1111/lang.12470

素干擾語言學習的模式，包括學校效應、生活環境差異和社交習慣的不同。

　　透過我數十年對多語者的研究，我發現人們在任何年齡都能學習另一種語言，並且幾乎能立即獲得好處。然而，那些在青春期後向非母語者學第二語言的人，當他們在說新語言時，確實通常會保留一些外國口音，部分原因是由於他們的發音和感知系統已經受到母語的影響。擁有口音只是為了能說另一種語言而做出的一點妥協，有些人甚至可能認為這是一項優勢。

　　你可能為了大腦健康、探索旅行、追求浪漫或個人成長等因素，而對學習另一門語言產生興趣。過去你可能會搜尋《如何學習西班牙語》或《三個月語言變流利》，甚至買了《義大利語入門》之類的書來學習。也許你是那種喜歡購買關於自我提升、職業發展、保持思維敏捷、改善人際關係或旅遊等書籍的人。或許你是老師、商人、營銷人員、人生導師、退休人士或學生。你可以將學習另一種語言視為送給自己的禮物。

　　在學習語言方面，我們可能對某些語言具有較高的學習天賦，而對其他語言則不然。有些人可能發現學習以拉丁語為基礎的語言是輕而易舉，而雖然認為日耳曼語系的語言有一定難度，但是還能應付，不過電腦語言則感到非常困難，而對於依賴音調訊息傳達意義的任何語言（例如華語）則覺得幾乎無法。作家可能會發現自然語言比人造語言更容易掌握，程式設計師則可能會

發現人造語言比自然語言更容易理解，另外，音樂家可能更擅長依賴音調的語言。

　　無論我們個人對語言的喜好如何，即使最終對成功的衡量標準有所不相同，任何人都可以在學習新語言方面獲得進步。根據美國國務院提供給外交官和政府職員的外語培訓數據，[271]估計以英語為母語的人學習一門語言所需的時間為600至2,200小時，具體取決於語言的不同，這是根據70多年來美國外交官學習語言的教學經驗而制定的時間表。一位以英語為母語的人學會西班牙語大約需要600小時，但是學習日語則需要花上近四倍的時間。下表列出所教授的語言學習能力分析和學習這些語言所需時間。（按：此表針對英語母語人士）

---

271 U.S. Department of State, "Foreign Language Training," accessed June 22, 2022, https://www.state.gov/foreign-language-training/

| 第一類語言<br>學習所需時間：24至30週<br>（上課約600至750小時）。 | 24週：丹麥語、荷蘭語、義大利語、挪威語、葡萄牙語、羅馬尼亞語、西班牙語、瑞典語<br>30週：法語 |
|---|---|
| 第二類語言<br>學習所需時間：約36週<br>（上課約900小時） | 德語、海地克里奧爾語、印度尼西亞語、馬來語、史瓦西里語 |
| 第三類語言<br>學習所需時間：約44週<br>（上課約1,100小時） | 阿爾巴尼亞語、阿姆哈拉語、亞美尼亞語、亞塞拜然語、孟加拉語、保加利亞語、緬甸語、捷克語、達利語、愛沙尼亞語、波斯語、芬蘭語、喬治亞語、希臘語、希伯來語、印地語、匈牙利語、冰島語、哈薩克語、高棉語、庫德語、吉爾吉斯語、寮語、拉脫維亞語、立陶宛語、馬其頓語、蒙古語、尼泊爾語、波蘭語、俄語、塞爾維亞-克羅埃西亞語、僧伽羅語、斯洛伐克語、斯洛維尼亞語、索馬利語、他加祿語、塔吉克語、坦米爾語、泰盧固語、泰語、圖博語（藏語）、土耳其語、土庫曼語、烏克蘭語、烏爾都語、烏茲別克語、越南語。 |
| 第四類語言<br>學習所需時間：88週<br>（課時：2,200堂）。 | 阿拉伯語、粵語、華語、日語、韓語 |

　　好消息是，只需短時間學習就能開始體驗到變化。只要留學一學期足以產生一些多語能力的效果，這表示只需要幾個月沉浸

另一種語言環境中的經驗，就可以改變你的大腦運作方式。[272]

　　僅需學習六個月的西班牙語入門課程，[273]單語大學生在執行控制任務時，腦電生理反應就會與雙語者相似。另一項研究發現，在一週密集的蓋爾語課程後，[274]與對照組相比，年齡介於十八歲至七十八歲之間的參與者中，注意力切換方面有所改善。瑞典武裝部隊口譯學院的新兵在進行為期三個月的語言培訓後，[275]語言處理區的皮層厚度呈現增加。

　　一旦你決定要學習哪種語言，你可能會迫不及待地想獲得一些有效的學習技巧。以下是幾種幫你在成人學習另一種語言，以及培養雙語兒童時可以考慮的幾種策略，以供你在學習之旅上有所助益：

272 Andrea Takahesu Tabori, Dennis Wu, and Judith F. Kroll, "Second Language Immersion Suppresses the Native Language: Evidence from Learners Studying Abroad," *Proceedings of the International Symposium on Bilingualism* (2019): 90

273 Margot D. Sullivan, Monika Janus, Sylvain Moreno, Lori Astheimer, and Ellen Bialystok, "Early Stage Second-Language Learning Improves Executive Control: Evidence from ERP," *Brain and Language* 139 (2014): 84–98, https://doi.org/10.1016/j.bandl.2014.10.004

274 Thomas H. Bak, Madeleine R. Long, Mariana Vega-Mendoza, and Antonella Sorace, "Novelty, Challenge, and Practice: The Impact of Intensive Language Learning on Attentional Functions," *PloS ONE* 11, no. 4 (2016): e0153485, https://doi.org/10.1371/journal.pone.0153485

275 Johan Mårtensson, Johan Eriksson, Nils Christian Bodammer, Magnus Lindgren, Mikael Johansson, Lars Nyberg, and Martin Lövdén, "Growth of Language-Related Brain Areas After Foreign Language Learning," *NeuroImage* 63, no. 1 (2012): 240–244, https://doi.org/10.1016/j.neuroimage.2012.06.043

# 1. 上課。

現在大學和社區學院廣泛提供外語課程。許多社區中心、養老院和宗教場所也提供夜間和週末課程。

# 2. 使用語言學習app。

如果參加正式課程預算不夠或無法配合你的時間安排，你可以使用現代科技代替正式課程。在疫情封鎖期間，語言學習app的使用量大幅增加。許多數字平台可供選擇，臨床試驗報告指出，透過智慧型手機app來學習語言可以改善老年人的執行功能[276]。許多app擅長融入遊戲設計，以利用大腦釋放的血清素和多巴胺，讓學習語言吸變得吸引人、有趣且令人興奮。其中有許多app，如多鄰國（Duolingo），他們聘請了具備學習認和神經方面背景的語言科學家和研究人員，並倚賴以證據爲基礎的科學和學習方式來設計這些app。

# 3. 旅行。

沉浸在另一種文化中能給學習另一種語言提供絕佳的機會。你不僅能接觸到母語人士，還能接觸到各種語言背景的人。中學和大

---

276 Jed A. Meltzer, Mira Kates Rose, Anna Y. Le, Kiah A. Spencer, Leora Goldstein, Alina Gubanova, Abbie C. Lai, Maryam Yossofzai, Sabrina E. M. Armstrong, and Ellen Bialystok, "Improvement in Executive Function for Older Adults Through Smartphone Apps: A Randomized Clinical Trial Comparing Language Learning and Brain Training," Aging, *Neuropsychology, and Cognition* (2021): 1–22, https://doi.org/10.1080/13825585.2021.1991262

學的海外留學計劃尤其有價值，因爲處於在大腦最具可塑性階段的年齡階段。如果年輕時因爲經濟或生活環境的限制而無法留學，那麼往後從生活中享受沉浸式語言學習的好處也不晚。有時候你可能不需要遠到世界的另一端，你可以在國內參觀另一個省份或州，甚至是你目前居住城市的一個社區或地區。

## 4. 與另一種語言使用者建立關係。

很多年前，我哥哥與一名瑞典人達成協議——他將幫助她學英語，她則會幫助他學習瑞典語。簡而言之，那位瑞典人現在已經當了我嫂子十多年了。與說其他語言的人互動，無論是朋友、同事還是約會對象，是學習另一種語言最簡單、最愉快的方式之一，同時還能增強你的社交網路。

## 5. 培養習慣。

就像其他事情一樣，無論是做運動、演奏樂器或者投資，保持一致性和長期性的態度至關重要。將另一種語言融入到你的日程安排和例行事項中。你可以主動學習該語言，也可以被動地聽音樂、觀賞該語言爲內容的視覺媒體和其他娛樂形式，將自己融入該語境中。你可以和說其他語言的人一起玩電玩遊戲和線上遊戲。如果有選擇機會，在觀看電影或使用手機或電腦界面時選擇新語言。

## 6. 使用記憶法。

記憶法（mnemonics）是指改善和協助記憶的技巧。有很多記憶法技巧可供選擇，但是對於語言學習者而言，建立已知詞彙和正在學習的新詞彙之間的聯繫是特別有用的技巧之一。這裡是我在研討會中遇到一位多語學生的例子：「當我學習西班牙語中表示『危險』的詞彙時，它的西班牙文是peligroso，我學習這個詞彙的方式是因爲它聽起來類似英語中的pelican（鵜鶘）。我很怕鵜鶘，所以用這招強化記憶效果。同時，當我學習漢語的『危險』時，學會的方法是因爲其中的『險』看起來像漢字『劍』，因爲劍象徵危險，所以我在腦海中將這個詞彙和『危險』聯繫在一起。現在在我大腦中對於鵜鶘、劍和危險三者之間形成了了非常奇特的聯結。」

## 7. 尋找適合你的學習模式。

達到雙語能力的方法有很多，各種方法可以都試試看，直到找到適合你自己的方式爲止。有些人會在每週選不同日子說不同的語言。有些人只對特定的朋友或家人使用某種語言，例如和祖父母。還有些人會以說另一種語言作爲獎勵或懲罰的方式來激勵自己。例如，你可以決定每次在社群媒體上有一種想和某人爭論的衝動時，可以花十分在語言學習app上。這樣你很快就會變得流利！

如果你想培養出雙語的孩子，這裡有七種實證建議：

## 1. 增加語言的使用量。

兒童在每種語言中所接受的語言輸入量能預測其詞彙和文法發展。輸入量愈多，愈能提高學會語言的成功機會。當兒童聽到更多的詞彙，他們的詞彙量也會增加更多。口述你們一起參與的活動，念書給孩子聽，與孩子一同參與閱讀活動，並盡可能讓孩子經常接觸兩種語言。

## 2. 提高語言品質。

語言輸入的品質會影響兒童的語言發展結果。與照顧者進行激勵性的面對面互動，對幫助兒童獲得語言能力至關重要。例如，與兒童互動並讓他們讀書有助於語言發展，而透過電視接觸到的語言則效益甚微。雖然成人可能從接觸外語媒體受益，然而低品質的電視觀看實際上關聯到雙語兒童擁有較少的詞彙。因此，請致力於增加面對面交流的時間。

## 3. 請親友提供協助。

另一個語言發展的重要預測因素，是語言輸入的**多樣性**。定期與多位不同語言使用者互動能有助於提高兒童的雙語能力，因為他們接觸到更多元化的語言輸入。與多位家庭成員、朋友、祖父

母，以及會說另一種語言的親戚互動，對兒童的語言發展會助益良多。

## 4. 選擇對你家庭最適合的策略。

讓你的孩子接觸多種語言的方式不勝枚舉，視家庭情況而定。雖然目前尚未確定哪種方法最適合培養雙語兒童，不過已發現幾種有助於雙語語言發展的方法。其中一種常見的方法是「一人，一語」，這種方式常適用於擁有不同語言能力的父母（家長A講一種語言，家長B講另一種）。還有另一種常見的方法是讓孩子在家中接觸一種語言（通常是少數語言，若此種語言是父母的母語，則稱為傳承語言〔heritage language〕），同時在學校中接觸第二種語言（通常是多數人使用的主流語言）。你還可以為孩子和自己量身訂製適合的策略。

## 5. 讓孩子引導方向。

注意孩子的暗示，並隨著他們的興趣來引導。當兒童能和細心敏銳的成年人互動時，他們語言發展的成果將會最好。相較於成年人專注於感興趣的事物，當成人關注孩子熱衷的領域時，孩子更能學到新詞彙。如果孩子能參與其中，他們學會兩種語言的機會更高。為了鼓勵學習動力，請試圖找到能夠引起孩子興趣又涉及雙語的活動。

## 6. 考慮雙語教育。

在孩子早期發展階段，你可以選擇聘請會說另一種語言的保姆或照護者，或將孩子送到使用另一種語言、多語教學或是手語的幼兒園就讀。當孩子達到學齡時，可以考慮選擇雙語沉浸式教學的學校，此課程是讓兩種不同母語的學生在同一間教室學習，並使用這兩種語言進行教學。如果你所在的學區沒有雙語沉浸式教學課程，你還有其他替代方案。課後或週末的語言課程可以提供正式的教學環境，促進學習第二語言的能力。如果你希望讓孩子學習和使用與你的信仰相關的語言，宗教場所也可以成為有用的資源。同樣地，夏令營、交換計劃、留學或旅行（如果符合家庭預算），都能為孩子提供優秀的語言學習機會。

## 7. 持續學習關於雙語發展的知識。

你可以學習更多雙語能力的事物。在培養雙語兒童方面有許多誤解。好的開始是了解這個主題，包括「雙語實務」網站（Bilingualism Matters）分享的資源，以及此領域專家所撰寫的相關書籍。

在培養雙語兒童方面，雖然沒有普遍的規則可循，然而身為父母，最重要的事情是提供關愛支持。你所採取的方法將會取決於家庭的情況、孩子的性格、所在區域，以及可用的資源。最

重要的是，專注於培養一個快樂的孩子。能夠說兩種或更多種語言，[277]以及由此帶來的認知和社交益處，都是額外的獎勵喔。[278]

最後，如果你考慮該用母語還是使用第二語言與孩子交流，答案是**你應該要使用提供孩子最豐富語言輸入的語言**。要求父母不用熟練的母語，而使用不熟悉的第二語言和孩子溝通，雖然這種建議可能是出於善意，但不可諱言，這其實是缺乏知識的建議。告訴父母不要用母語與孩子溝通，會排除熟練母語的使用，並減少提供孩子的語言輸入規模和豐富程度。如果父母對第二語言不熟悉，要求他們使用不擅長的語言，這將表示用貧乏的輸入，取代詞彙、文法和講故事等豐富的輸入，甚至可能只有來自電視和網路的被動輸入，而非雙向互動和豐富的面對面溝通。事實上，輸入的豐富程度是預測孩子語言和認知發展的最佳指標之一。對孩子而言，接受豐富多樣的語言輸入，比起只關注語言種類多寡更重要。這些輸入包括各種聲音、詞彙和文法，而不是強調他們學習哪一種特定語言。孩子所接收到的輸入愈豐富，無論是透過聽覺、視覺和觸覺等方面，刺激大腦中的神經元更活躍，

---

277 Viorica Marian and Anthony Shook, "The Cognitive Benefits of Being Bilingual," *Cerebrum*, October 31, 2012, https://dana.org/article/the-cognitive-benefits-of-being-bilingual

278 Samantha P. Fan, Zoe Liberman, Boaz Keysar, and Katherine D. Kinzler, "The Exposure Advantage: Early Exposure to a Multilingual Environment Promotes Effective Communication," *Psychological Science* 26, no. 7 (2015): 1090–1097, https://doi.org/10.1177/0956797615574699

使他們大腦更有活力。其實，大腦的結構主要是受接收到的語言輸入所塑造而成。

在我自己的家庭，因為我們使用許多不同的語言（母親講羅馬尼亞語和俄語，父親講荷蘭語和德語，我們住在美國中西部地區，所以主要用英語溝通，旅行時偶爾接觸到西班牙語和法語），我們從不強迫孩子學習特定的語言。相反地，我們廣泛地讓他們接觸這些語言，如此一來，當他們想需要時，能更容易地學習並熟練這些語言。這種方法似乎成效斐然，因為我三個孩子在學語言方面都很容易，當他們需要時也能輕鬆學習。（老實說，他們當中沒有人能完全流利的使用多種語言。部分原因是因為他們個人對其他領域感興趣。另一方面，因為我的孩子們在美國受教育，該教育體系並不支持多語能力，他們成長於單語為主的社群。這與他們父母和祖父母在歐洲多語的環境中成長，在學校至少學習一門外語，通常是兩門或兩門以上的外語經歷形成鮮明對比。）當然，這不是受控制的實驗，我們無法知道這種語言天賦程度是因為遺傳，還是源於童年時廣泛地接觸多種語言所致。不過，身為個人經驗的證據，它反映一項建議：讓孩子接觸並沉浸在豐富的多語環境中。即使無法掌握流利的多語能力，接觸多語的經驗也會帶來豐富的經驗，並可能會帶來長期的益處。

學習另一種語言的時機永遠不會太早或太晚，而且可能樂趣無窮。

# 致謝

　　我由衷感謝史蒂芬‧摩洛（Stephen Morrow）引領我來到Dutton出版社，感謝吉爾斯‧安德森（Giles Anderson）帶我認識史蒂芬，感謝亞特‧馬克曼（Art Markman）帶我認識吉爾斯，以及感謝德瑞‧根特納（Dedre Gentner）帶我認識亞特。感謝達頓團隊的—— Stephen、Grace Layer、Sabila Khan、Rachelle Mandik、Rick Ball、Alice Dalrymple、Vi-An Nguyen、Sarah Thegeby、Nicole Jarvis、Hannah Dragone和Tiffany Estreicher。我衷心感謝你們。

　　還有，我要感謝我在雙語和心理語言學研究實驗室的現任和過去成員，他們進行許多本書討論的研究。特別感謝Ashley Chung-Fat-Yim、Sayuri Hayakawa、Sirada Rochanavibhata、Anthony Shook、Wil van den Berg和Rachel Webster，以及Rina Magarici和Matt Schiff，感謝他們的貢獻和建議。

　　同樣地，我要感謝西北大學、美國國家衛生院、美國國家科學基金會（National Science Foundation）和德萊尼基金（Delaney Foundation）對我進行的研究提供支持。

感謝在心理語言學、認知科學、溝通科學和障礙學、心理學、語言學、神經科學、哲學、教育和世界語言等等領域的學生、導師和同事們多年來幫助我塑造工作和構想計畫。

我要感謝Grace、Nadia、Aimee和Aswin van den Berg，還有我的父母Nicolae和Natalia Marian，以及我家人和朋友們對我的愛。

最後，我要感謝讀者，在這些頁面上與我建立跨時空的連繫。

# 圖片列表

| 頁數 | 圖片來源 |
|------|----------|
| 19 | Hasbro, Inc. |
| 21 | Dr. Ashley Chung- Yim and Dr. Viorica Marian, based on the American Community Survey, "Language Spoken at Home (S1601)," by the United States Census Bureau, 2018, https://data.census.gov/cedsci/table?q=language&tid=ACSST5Y2020.S1601. |
| 36 | Dr. Ashley Chung- Yim. |
| 38 | Matias Fernandez- Duque. |
| 42 | Dr. Viorica Marian and Dr. Ashley Chung- Yim. |
| 45 | Dr. Ashley Chung- Yim. |
| 47 | Dr. Ashley Chung- Yim. |
| 54 | Siqi Ning. |
| 58 上、下 | Dr. Ellen Bialystok. |
| 77 | Dr. Viorica Marian. |
| 103 | Siqi Ning. |
| 103 | Dr. Ashley Chung- Fat- Yim based on data from Yang, Yang, and Lust, "Early Childhood Bilingualism Leads to Advances in Executive Attention: Dissociating Culture and Language," *Bilingualism: Language and Cognition* 14, no. 3 (2011): 412–422, https://doi.org/10.1017/S1366728910000611. |
| 191 | Dr. Ashley Chung- Yim and Dr. Viorica Marian, based on "Pupils by Education Level and Number of Foreign Languages Studied," *Eurostat*, 2019, https://ec.europa.eu/eurostat/databrowser/view/EDUC_UOE_LANG02__custom_1291971/bookmark/table?lang=en&bookmarkId=cd6aa898-476c-3e14047c93c8. |
| 201 | Wolfgang Köhler. |
| 205 | Aram Saroyan, *Complete Minimal Poems* (Brooklyn: Ugly Duckling Press, 2014). |
| 219 | Tilman Piesk. |
| 244 | Dr. Viorica Marian. |

國家圖書館出版品預行編目資料

語言的力量：語言如何影響我們的思維、說話與生活，如何學會更多種語
言，和多語言能力對腦部的好處 / 薇奧理卡‧瑪利安(Viorica Marian)著 ;
胡欣蘭譯. -- 初版. -- 臺中市 : 晨星出版有限公司，2024.01
　　面 ; 公分 . 一（勁草生活；538）
　　譯自：The power of language : how the codes we use to think, speak,
and live transform our minds
　　ISBN 978-626-320-678-6（平裝）

1.CST: 語言學 2.CST: 心理語言學 3.CST: 語言社會學

800.14　　　　　　　　　　　　　　　　　　　　　　112017858

勁草生活 538

# 語言的力量：語言如何影響我們的思維、說話與生活，
如何學會更多種語言，和多語言能力對腦部的好處

**The Power of Language:
How the Codes We Use to Think, Speak, and Live Transform Our Minds**

| | |
|---|---|
| 作者 | 薇奧理卡‧瑪利安（Viorica Marian） |
| 譯者 | 胡欣蘭 |
| 編輯 | 許宸碩 |
| 校對 | 許宸碩 |
| 封面設計 | 初雨有限公司（Ivy_design） |
| 美術設計 | 曾麗香 |

| | |
|---|---|
| 創辦人 | 陳銘民 |
| 發行所 | 晨星出版有限公司 |
| | 407 台中市西屯區工業 30 路 1 號 1 樓 |
| | TEL：（04）23595820 |
| | FAX：（04）23550581 |
| | https://star.morningstar.com.tw |
| | 行政院新聞局局版台業字第 2500 號 |
| 法律顧問 | 陳思成律師 |
| 出版日期 | 西元 2024 年 01 月 15 日　初版 1 刷 |
| 讀者服務專線 | TEL：（02）23672044 /（04）23595819#212 |
| | FAX：（02）23635741 /（04）23595493 |
| | service @morningstar.com.tw |
| 網路書店 | https://www.morningstar.com.tw |
| 郵政劃撥 | 15060393（知己圖書股份有限公司） |
| 印刷 | 上好印刷股份有限公司 |

歡迎掃描 QR CODE
填線上回函

**定價 390 元**
ISBN 978-626-320-678-6